光文社文庫

文庫書下ろし

つなぐ鞠

上絵師　律の似面絵帖

知野みさき

光　文　社

この作品は光文社文庫のために書下ろされました。

目次

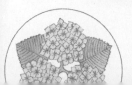

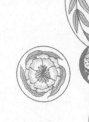

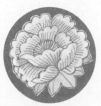

第一章

似面絵の君

一

膝《ひざ》の上で重ねた手のひらに湿《しめ》り気を覚えたのは、陽気のせいではない。

そっと上下を変えて重ね直してみたものの、やはり落ち着かず、再び元に戻すと一層緊張が増してくる。

青陽堂《せいようどう》の座敷であった。

涼太《りょうた》が隣りにいるのは心強いが、向かい合っているのは佐和《さわ》と清次郎《せいじろう》だ。

家の方ではなく、店の方の座敷に呼ばれたのも律《りつ》を固くさせている。

律が飛鳥山《あすかやま》へ涼太と二人きりで花見に行ってから二十日と少しが過ぎて、弥生《やよい》もあと五日を残すばかりだ。

――尾上《おのうえ》も堺屋《さかいや》も断った。おふくろと親父、勘兵衛《かんべえ》にも、お前と一緒になるとちゃあんと伝えた――

飛鳥山でそう伝えられてから数日、律はろくに眠れなかった。

涼太がそこまで明言したのであれば、まずは女将《おかみ》にて涼太の母親である佐和とその夫の清次郎、更《さら》にはもしかしたら番頭の勘兵衛や他の奉公人にも何やら挨拶《あいさつ》せねばならぬかと思ったからだ。

睦月《むつき》の騒ぎで青陽堂は随分評判を落としてしまった。玄昭堂《げんしようどう》という日本橋《にほんばし》の葉茶屋にそそのかされた手代が、届け物の茶葉に古茶を混ぜたのである。当の手代の源之助《げんのすけ》と混ぜ物を見逃したやはり手代の豊吉《とよきち》は既に暇を出されていて、今は玄昭堂に雇われている。しかし玄昭堂が仕組んだという証拠はなく、源之助が――青陽堂の者が――かかわっていたことから、青陽堂の落ち度には違いなかった。

客の離れた青陽堂につけ込むごとく縁談を持ち込んだのが、浅草《あさくさ》の料亭・尾上と日本橋の茶道具屋・堺屋である。

店を思うあまり涼太はしばし縁談を断れずにいたようだが、結句肚《はら》をくって己《おのれ》を選んでくれたのは律には無上の喜びだった。

しかし飛鳥山から戻って一日が経ち二日が経ち――五日、十日と経っても涼太からはなんの沙汰《さた》もなかった。

否、律が隣人の今井直之《いまいなおゆき》と過ごす茶のひとときには幾度か顔を出していたのだが、かつても今も「先生」として敬愛する今井の手前だからか、涼太は飛鳥山での出来事なぞおくびにも出さずにいつも通りに振る舞っていたのである。

気を逸《はや》らせていたのは己ばかりであったかとがっかりしたものの、そういう律も今井はもちろん、涼太の妹にして親友の香《こう》にも明かせずにいたのだからおあいこだ。

人の噂《うわさ》も七十五日《しちじゆうごにち》というが、騒ぎからまだ二月《ふたつき》だ。

涼太さんはお店の信用を取り戻すのに忙しくしているのだから、私のことは後回しでも仕方ない――

そう思いながら律も仕事に励んでいると、急きょ涼太が「顔合わせ」を言い出した。

しかも昨日の今日である。

せめておととい知らせてくれたら……と思わぬでもなかったが、手持ちの着物が少ないために身なりには迷う余地がそうない律だ。

それでも一晩悩んだ末に、岩井茶色《いわいちゃいろ》の格子絽《こうしろ》に蒸栗色《むしくりいろ》の帯を合わせて着てきた。己の着物の中では岩井茶色が一番茶葉を――青陽堂を思わせると考えたからだ。蒸栗色の帯には七宝《しっぽう》紋が入っていて、これも数少ない律の帯の中では一番上等なものである。飴色の柘植櫛《つげぐし》は着物同様亡き母親のお古《ふる》だが、簪《かんざし》は昨年涼太からもらった千日紅《せんにちこう》の平打《ひらう》ちだ。

親子だというのに、佐和たちに儀礼的な挨拶を交わすと、涼太は律を隣りにうながした。

佐和も清次郎も律は幼少のみぎりから見知っている。だがこうして青陽堂の座敷で改めて顔を合わせてみると、やはりどことなく己だけ場違いな気がしてきて落ち着かない。

涼太はまず騒ぎのことに触れ、この二十日ばかりのうちに得た新たな客の話をしてから、話を核心に導いた。

「──それで、先日申し上げました通り、来年の今頃までには必ず店を元通りにしますので、その暁《あかつき》にはお律さんとの祝言《しゅうげん》をどうかお許しいただきとう存じます」

両手をついて頭を下げた涼太の隣りで、律も手のひらを八の字について、しっかりとお辞儀した。

そのまま佐和の返事を待つこと、ほんのしばし。

「……お律さんは、上絵《うわえ》のお仕事はどうされるのですか？」

諾《だく》か否《いな》かしかないと思っていたのに、佐和に問われて律は戸惑った。

横目に顔はよく見えぬが、傍《かたわ》らの涼太も面食らっているのが判る。

いつまでも頭を下げたままではいられぬので、律は身体を起こして佐和と向き合った。

隣りの清次郎は何やら面白そうに成り行きを見守っているものの、佐和はじっと律を見据えてにこりともしない。

だがその目はただまっすぐで、貫禄はあれども威圧しようとはしていなかった。

涼太さんは涼太さんの意思を伝えた。

今度は私がしっかりする番──

「わ、私は」

思わず裏返りそうになった声に慌《あわ》てて、重ねた手を握りしめる。

「上絵の仕事は続けます。涼太さんと、め、夫婦《めおと》になっても、上絵はずっと続けます」

「そうですか」

「はい」

淡々とした佐和の返答とは対照的に、力強く律は頷いた。

「しかしうちには、お律さんの仕事場になりそうな、余分な部屋はありませんが」

「それは今の長屋を――」と、涼太が口を挟んだのへ、

「私はお律さんにお訊ねしているのです」と、佐和がにべもなく遮《さえぎ》る。

「あ、あの」

また少し動揺しつつ、律は涼太の台詞《せりふ》を引き継いだ。

「今借りている裏の長屋を、そのまま仕事場として使おうと考えております」

「上絵のために、長屋を借りたままにするというのですか？」

「はい。道具がたくさんありますし、蒸しをするのにかまどを使いますから……」

「混ぜ物騒ぎ以来、うちの台所は苦しくなっています。裏長屋とはいえ嫁に別宅を持たせるような贅沢はさせられません。ましてやお律さんの長屋は、今井先生のところよりも広い二《に》間《けん》三間。その分、お家賃も高いのですから」

「お――お家賃は私が……私が上絵で稼いで払います。涼太さん――いえその、青陽堂にご迷惑はおかけいたしませんので……」

これは既に涼太と昨年末に話したことだ。

「そうですか」と、佐和は変わらぬ口調で言った。「それは立派な心がけですね。ではお律さんのお仕事は、お家賃にはけして事欠かぬほど思わしく運んでいるのですね？」

嫌みは感ぜられなかった。

が、試されているような気はした。

桜の着物で袖を描き直してから、池見屋《いけみや》からの仕事は巾着《きんちゃく》のみだ。

——お前が何も言わずにそのままだったら、私はもう着物の注文は入れないつもりだった。

あの二朱《しゅ》は手切れ金でもあったのさ——

描き直したのちに訪れた池見屋で、女将の類《るい》はそう律に言った。

しくじりを認め、心付けの二朱も返上したため「手切れ金」にはならなかったが、しばらくはまた巾着絵で踏ん張らねばならぬだろう。

「……『けして』事欠かぬとも、『思わしく』運んでいるとも言えません」

正直に律は切り出した。

取り繕《つくろ》ったところで、佐和は全てをお見通しなのではと思わないでもなかった。

「先だって桜の着物を請け負ったのですが、未熟者ゆえに片袖《かたそで》をしくじってしまいました。なんとか誤魔化せないかと思ったものの、そううまくはいかず、のちに描き直しを申し出る羽目に……描き直した着物は喜んでいただけましたが、呉服屋と仕立屋には大層迷惑をかけました。呉服屋には手間賃を返上して詫《わ》び、仕立屋には急がせたお礼を私から支払ったので、実入《みい》りではなく持ち出しとなってしまいました」

佐和と清次郎の顔は変わらぬが、涼太が微《かす》かに眉をひそめた。

手間賃をもらうどころか持ち出しになったことは、涼太には言っていなかった。行方不明となった奉公人の六太《ろくた》を探したり、盗人の巾《きん》一味の捕り物騒ぎがあったりと、涼太がせわしない間の出来事ではあったが、言わなかったのはひとえに己の見栄《みえ》である。

「今は池見屋さんの他、仕事をくださる呉服屋はありませんし、その池見屋さんからもしばらく着物の注文はないでしょう。し、しかし」

無言の佐和に、やや気が急《せ》いて律は続けた。

「巾着絵でもそこそこの実入りにはなりますし、これまでに貯めてきたお金もあります。ですから、お家賃や仕事の費えを青陽堂にお願いするようなことは一切ございません」

律が言い切ると、座敷には束の間沈黙が満ちた。

涼太の顔を窺いたいが、そうできずにいると、おもむろに佐和が言った。

「――『一切』などと大見得《おおみえ》を切られると、かえって信用なりません。また、そのように一人で全てを賄《まかな》う気なら、わざわざうちに入ることはないでしょう」

「母さま――」

「お前もですよ、涼太」

慌てた涼太を佐和は静かな声で制した。

「お前が店を立て直すのに尽力《じんりょく》しているのは判ります。しかし商売に『必ず』などありません。此度《こたび》の騒ぎがよい例です」

「私はただ、覚悟を持って事に臨むべく……」

「涼太。覚悟があるなら、二度も許しを請うような真似はよしなさい」

ぴしゃりと言うと、佐和は律たちの顔を交互に見やった。

「お前の覚悟とやらはもう一月《ひとつき》も前に聞いています。私は本日は、お律さんの意を確かめるためにこの顔合わせに応じたのです。お前ばかりが先走っていることもあり得ますからね」

佐和の隣りで清次郎がくすりとしたが、律たちはそれどころではない。

「――お律さん」

「はい」

改めて己を見つめた佐和の目を、見つめ返して律は再び膝の上の両手を握りしめた。

「涼太はうちの跡取りで、そのように育ててきました。お律さんも亡き伊三郎《いさぶろう》さんの跡を継いだのですから、上絵を続けていくのもよいでしょう。とはいえ、うちに嫁ぐ気がおありなら、これまでとまったく同じにとはいきませんよ？」

佐和の言わんとするところは解しているつもりだ。

涼太がいるから律は佐和のように店の「女将」になることはない。

だが涼太と夫婦になる――青陽堂に嫁ぐ――以上、家でも店でも「妻」や「嫁」の役割はできる限り務める所存であった。また、これまでとまったく同じ暮らしをするつもりなら、夫婦となる意味はないと律自身も考えている。

「承知しております」

上絵師であり続ける。

これはもうとっくに決めてあることだ。

そして……私が一番好きなのは涼太さん――

「精一杯努めます。ですから――女将さん、旦那さん、どうか、涼太さんと夫婦となることをお許しくださいませ」

手をついて、今一度深々とお辞儀をすると、律は今度は誰の言葉も待たずに顔を上げた。

佐和はやはり眉一つ動かさず、だが心持ち和《やわ》らいだ声で言った。

「二人がその気なら、一年も待つことはないでしょう」

「えっ？」と、声を出したのは涼太である。

「如月《きさらぎ》にも言いましたよ。この辛気臭《しんきくさ》い折、めでたい話で店の気概を高めるのも良案だと。さりとて店もお前もまだ不安がありますからね。二月、否、三月《みつき》は様子を見るとして……」

清次郎を見やって佐和が問うた。

「祝言は文月《ふづき》――藪入《やぶい》りの前日としましょうか？」

「お前がよいなら、私に否《いな》やはないよ」と、清次郎はにっこりとする。

「それでよいですね？　二人とも？」

無論、律たちにも否やはない。

「――はい」

声を合わせて応えると、佐和はようやく一つ頷《うなず》いた。

「ではそのように。お律さん、本日はご足労《そくろう》おかけしました」

それだけ言うと、律に礼を口にする間《ま》も与えず、さっと立ち上がって座敷を出て行く。

呆然《ぼうぜん》として見合わせた律と涼太へ、清次郎が温かい声で言った。

「まずはよかったな、涼太。お律さん」

「はあ……」と、律たちは再び声を合わせた。

「二人の祝言か……ああ、その前に結納《ゆいのう》の儀だ。うん、めでたい話はいいねぇ。気が晴れやかになる」

「ええ……」

どうにも言葉にならぬ律たちを見やって、清次郎はとうとう噴き出した。

二

「まあ！」と、手を叩いて喜んだのは千恵《ちえ》だ。

池見屋の女将・類の妹で、日本橋に住む粋人《すいじん》の雪永《せつえい》の想い人でもある。

青陽堂での「顔合わせ」を終えた三日後、律と涼太は池見屋に来ていた。

飛鳥山で雪永が提案した、桜の着物を見ながらの「花見」である。

涼太が茶を淹《い》れる間、待ちきれぬようにうずうずしていた千恵だった。各々《おのおの》の前に茶が配られた途端、矢継《やつ》ぎ早《ばや》に問いかけてきて、律たちは顔合わせで話したことや、祝言が文月の半ばになったことを早々に明かす羽目になった。

「文月！」

「お千恵、声が高いよ」

「だって、文月なんてもうすぐよ」

たしなめた類へ、口をすぼめながら千恵が言う。

「まだ夏もきていないじゃないか」

「それでもすぐよ。ねえ、お律さん？」

あと三日もすれば卯月《うづき》ではあるが、三月半は先の話である。

だが涼太は律の初恋の君で、恋心を抱き始めてもう十数年だ。その年月を思えば、三月半などあっという間な気がしないでもない。

「ええ、まあ」と、曖昧《あいまい》に応えながらも、頬が熱くなる。

あの後しばらくは何やら信じられぬ——もしや全ては夢ではないかと疑ったものだが、日に日に「祝言」に現実味を覚え始めていた。

顔合わせの翌日に涼太が今井宅に現れて、律が晴れて「許嫁《いいなずけ》」となったことを報告した。

のちに今井と共に律は大家の又兵衛を訪れて同様の報告をしたのだが、話は瞬《また》く間に長屋中に広がったようだ。

――よかったね、りっちゃん――

真っ先に向かいに住む佐久《さく》が声をかけてくれたのが、律には嬉しかった。

花見の席で、佐久が持ってきた井口屋《いぐちや》との縁談を断って以来、佐久とはどこかぎくしゃくしていたからだ。

――どうも私は、お節介が過ぎちまうきらいがあって……あれから井口屋で基二郎《もとじろう》さんとも話したんだよ。二人にお構いなしで、荘一郎《そういちろう》さんとうちとで勝手にあれこれ言ってすまなかったねぇ――

――いいえ。私こそ……もっと早くにちゃんとしていればよかったんです――

もごもごと言い合うと、互いに揃って安堵《あんど》の笑みをこぼした。

佐久のお節介は、律と涼太の仲を知りつつも、先はなかろうと踏んでいたからだ。

井口屋は糸屋で、基二郎は京で染め物を学んだ職人である。なれば上絵師の律とお似合いだろうと、佐久と荘一郎――基二郎の兄にして井口屋の店主――は二人の仲を取り持とうとしたのだった。

当の律たちには余計な世話でしかなかったものの、佐久も荘一郎もそれぞれ律や基二郎を思ってのことだったと承知している。

「まあ、まとまるところにまとまってよかったね、お二方《ふたかた》」

類が言うと、「そうよ」と頷いてから千恵が問うた。

「それで結納の儀はいつなの？」

清次郎が言った「結納の儀」は、公家や武家に続いて商家——特に大店《おおだな》では当たり前になりつつあったが、律たち裏長屋の住人にはまだ馴染みがない。

今井から話を聞いた長屋の者は、「どんなもんかねぇ」「楽しみだねぇ」と、佐久に限らず興味津々《しんしん》だ。また、青陽堂の奉公人たちにも話は伝わっているようで、皆の通りすがりの会釈が一層深く、温かく——律にはなんとも面映《おもは》ゆい。

「まだ日取りは決めていませんが、まあその、近々……」

言葉を濁した涼太の横から、類が呆《あき》れ声を出した。

「お千恵、いい加減におし」

「いいじゃないの。だってお姉さん、私、嬉しくて仕方がないのよ」

にこにこしながら千恵が手にしたのは一石屋《いっこくや》の饅頭《まんじゅう》で、律の手土産《てみやげ》だ。

律の長屋からほんの二町ほど離れた佐久間町《さくまちょう》にある一石屋は、弟の慶太郎《けいたろう》が住み込みで奉公している菓子屋である。手土産を買うついでに慶太郎と少し話せぬものかと思っていたが、まだ遣い走りが多い慶太郎は届け物に出ていて留守であった。

顔も拝めなかったことにはがっかりしたが、会えたところで、一回り年下の弟に「結納」だの「祝言」だのうまく切り出せたかどうかは定かではない。

まあ、慶太にはこれからおいおい……

千恵に勧められるまま律も一石屋の饅頭を手にし、それから壁際の衣桁《いこう》に掛けられた桜の着物を見やった。

父親の伊三郎がもう大分前――辻斬りに利き手を斬りつけられるずっと前――に描いた桜の着物である。

地色の灰紫色に咲く桜には、儚《はかな》げで、それでいて潔さを感じさせる。

雪永はこの着物を十四、五年前に手に入れたという。

とすると、おとっつぁんは二十九か三十――

律は今年でもう二十三歳だ。

あと六、七年ののちには、これに――おとっつぁんに――負けない着物を描きたい――

一刻ほど歓談したのち、律と涼太、そして雪永は腰を上げた。

見送りに出て来た千恵が律の手を取って言った。

「お律さん、しっかりね」

「はい……」

目を細める千恵は律より一回り年上なのだが、律よりもずっと世間知らずゆえに、まるで同い年、ともすれば年下のように錯覚してしまうほど愛らしい。

律が思わず微笑《ほほえ》むと、傍らの雪永も目を細めた。

千恵に長い片想いをしている雪永である。

律と目が合うと、微笑は照れ臭げな苦笑になった。

池見屋を離れると雪永が言った。

「お千恵が根掘り葉掘りすまなかったね。お律さんとは気心が知れているし、涼太に再び会うのもそれは楽しみにしていたんだ」

「その節はどうも……おかげさまで顔合わせを無事に終えることができました」と、涼太。

「おかげさまで？」

律が見やると、涼太は盆《ぼん》の窪《くぼ》に手をやった。

「先日、雪永さんのところへ茶を届けたら、お千恵さんが花見を大層楽しみにしていると聞かされたんだ。つまり、挨拶やら顔合わせやらはどうだったのか、祝言の日取りは決まったのかなど、いろいろ訊ねられるだろう、と」

つまり、それを聞いて涼太は慌てて「顔合わせ」を両親に申し出たという訳だ。

「二人ともお律のことは生まれた時から知っているから、改めて挨拶だの顔合わせだの思いも寄らなかったんだが……そういうものでもないらしいな。すまねぇ、気が回らなくて」

「ううん、涼太さんはお店のことで忙しくしてるんだもの……」

律が小さく首を振ると、雪永がくすりとした。

「なんにせよ、よかったじゃないか。お千恵じゃないが、文月なんてもうすぐそこだ。お律さんは仕事も上々で何よりだ」

「上々とはとても言えません。お類さんからお聞きでしょう？」

「ああ、袖を描き直したことかい？　だが、お千恵から聞いたんだが、近頃は『鞠巾着《まりきんちゃく》』が人気なんだろう？」

「人気だなんて……お千恵さんはご自分とお杵《きね》さんの分と、二つ買ってくださいましたが」

杵というのは類と千恵の乳母で、今は主に千恵の身の回りの世話をしている。

「しかしおととい納めた五枚も、もう買い手がついているとお類が言っていたよ」

「それは、その、ありがたいことです」

鞠の巾着絵は桜の着物の後に描き始めた。

表に三つ、裏に二つ、大小の鞠の絵を入れたこれらは類に気に入られ、二度目は三枚、それ以降は五枚ずつ、これまでに計二十五枚描いている。同業の竜吉《たつきち》が売り込みに来て以来、巾着絵は五日で二、三枚に減らされていたから、元通り五枚の注文に戻って、律はひとまず安堵していた。

佐和に「そこそこ実入りになる」と言えたのは、この巾着絵が念頭にあったからだ。

類の案で「鞠巾着」と銘打ったこの巾着は四度目にしてすぐに売り切れ、五度目と六度目に納めたものは仕立てる前から買い手がついた。

鞠巾着といっても、描く鞠はいわゆるそこらの鞠ではない。円の縁回りは鞠のようでも中には櫛や簪、笄《こうがい》、手鏡など女子《おなご》が喜びそうな小間物を始め、犬張子《いぬはりこ》や独楽《こま》、凧《たこ》、または人形や貝合《かいあわせ》、歌留多《かるた》など子供が好みそうな意匠を描くこともある。

今なら意匠《いしょう》に慣れてきた分、五枚の倍は描けると思うものの、類からは何も言われていない。また律自身、着物でのしくじりを省《かえり》みて、焦らずにじっくり描くよう心がけている。

仁王門前町《におうもんぜんちょう》に寄るところがあるという雪永とは、御成街道《おなりかいどう》に出たところで別れた。

得意客の雪永の誘いゆえに出て来た涼太だ。一旦店には戻るが、すぐまた違う客先へ赴《おもむ》くという。律も三日後までに、また五枚の鞠巾着を納めることになっていて、まだ二枚しか仕上げていない。

よって互いにそうのんびりしてはいられないのだが、どちらからともなく、律たちはゆっくりとした足取りで御成街道を南に歩く。

「……結納の儀だが」

「はい」

「近いうちに日取りを詰めて知らせるからよ」

「はい」

涼太さんとこんな話をする日がこようとは――と、律はまだどこか夢見心地である。

「一石屋にも早めに知らせておかねぇとな」

「一石屋？」

ようやく顔を上げて涼太を見やると、涼太は小首をかしげつつ微笑んだ。

「あたりめぇだろう？　慶太はお律の弟じゃねぇか。結納の儀に呼ぶのは当然だ。一石屋もそれくらい都合してくれるだろうが、結納の日に一刻ほど、祝言の日は夜のうちに慶太を帰してもらえねぇか、うちからちゃんと頼みにいくさ」

佐和が祝言を「藪入りの前日」としたのも、奉公人である慶太郎を慮《おもんぱか》ってのことだろう。

慶太郎には祝言まで会えぬと思っていたから、結納でもしばし慶太郎と時を過ごせることや、涼太が慶太郎を一人前に扱ってくれることが律には嬉しい。

「それからお律の親代わりだが……伊三郎さんやお美和《みわ》さんの親類よりも、先生に頼んじゃどうかと思うんだが、どうだ？」

伊三郎は両国《りようごく》の草履《ぞうり》屋の三男だった。長兄《ちようけい》は店を継いで草履屋を、次兄《じけい》は婿入り先の小間物屋に勤めているが、伊三郎の生前から兄弟間での行き来はそうなかった。またどちらの店も小さいゆえに、伊三郎の死後、律も慶太郎も引き取れぬと双方から言われてから、二人とはますます疎遠になっている。

母親の美和は勘当同然で伊三郎に嫁いだために、下白壁町《しもしらかべちよう》で左官をしている兄の喜一《きいち》からは美和の死後に縁切りを申し渡されているし、王子に近い滝野川村《たきのがわむら》の組頭に嫁いだ美和の叔母《おば》の豊《とよ》やその息子の太吉《たきち》ともほとんど交流がない。

よって律も彼らを頼ろうとは、はなから考えていなかった。

一方、隣人の今井は近所の手習い指南所の師匠で、律たちのみでなく町の皆から「先生」と呼ばれて親しまれている。律たちを生まれた時から見知っていて、今も日頃からあれこれ相談に応じてくれる頼もしい存在だ。

「私も先生にお願いしようと思ってた」

「うん」

些細《ささい》なことでも、思いを同じくしているだけで胸が浮き立つ。

神田川《かんだがわ》まで三町ほどのところで東に折れると、青陽堂が見えてくる。

裏口から出て来た丁稚《でっち》が、律たちに気付いて頭を下げた。

新助《しんすけ》という名で、長屋にもたまに遣いに来る慶太郎と変わらぬ年頃の少年だ。

「お帰りなさいまし、若旦那——お律さん」

はにかんだ笑顔が律には照れ臭い。

「こんにちは。新助さん」

「これから遣いかい？」

「はい。旦那さまのお遣いで両国まで文《ふみ》と茶葉を届けに」

「そうか。気を付けて行っておいで」

「はい。行って参ります」

はきと応えて、今一度にこやかな会釈《えしゃく》をこぼして新助は歩いて行った。

涼太は店を通り過ぎ、長屋の木戸の前まで来ると言った。

「また先生のところで、明日にでも」

「ええ。また……明日にでも」

こんな他愛ないやり取りにさえ、これまでとは違った高鳴りを胸に感じる。

どちらからともかく微笑を漏らすと、律は長屋へ、涼太は店へと足を向けた。

三

卯月朔日《ついたち》、描き上がった五枚の巾着絵を持って律は昼前に池見屋を訪れた。

池見屋は女将の類の他、手代が二人、丁稚が一人のこぢんまりとした店だ。

だが己が気に入った物だけを売り、気に入らない者は相手にしないという類の高飛車な商売には多くの贔屓《ひいき》客がいて、江戸中の粋人のみならず町娘も足繁く店を覗きにやって来る。

丁稚の姿は見えないが、類に加えて藤四郎《とうしろう》、征四郎《せいしろう》の二人の手代もそれぞれ客の相手をしていたため、律はしばし店の隅《すみ》で待たせてもらった。

類の客は女で三十路《みそじ》をいくつか過ぎたばかりのようだ。京風のおさ舟髷《ふね》と留袖からして武家の奥方らしい。類が見立てているのは錆鼠色《さびねずいろ》の反物《たんもの》だが、糸の淡い濃淡を活かした自然な格子縞が粋である。

「それではこの反物で、こちらと同じ寸法でお仕立ていたします」

女が持参したと思われる着物の包みを指して類が言うと、「そのように頼みます」と言葉少なに女は応えて帰って行った。

「鞠巾着のお客さまだよ」

律を座敷にうながしながら類が言う。

「どこぞで犬張子の絵が入った鞠巾着を目にしたらしくてね。似たような物が欲しいと、前金で頼まれていて、五日前にお前が納めたうちの一枚をお買い上げくださった」

「ご子息がいらっしゃるのでしょうか？」

「さぁね。だが、ついでに旦那さまの単衣《ひとえ》まで注文してくださることになったから、鞠巾着さまさまだねぇ」

にやにやと、からかい口調の類である。

しかし、律もこの一年半で大分類に慣れてきた。

「ええ。今はこれが頼りですから、鞠巾着さまさまです」

澄まして言うと、類は今度はくすりとした。

描いてきた五枚の巾着絵を類の前に広げて見せる。

此度は小間物の他、得意の花々を入れたものも二枚ある。また同じ小間物を描いても、色合いや鞠の組み合わせは変えてあり、これまで一枚たりともまったく同じにはしていない。

「うん、花もいい。これなら季節ごとにまた売れる」

そっけない言葉でも、類にしてこの台詞は賞賛と受け取ってよいだろう。

「次も五枚頼むよ」

「はい」

律が頷いたところへ、手代の征四郎が顔を覗かせた。

「お客さまが鞠巾着を注文したいと仰っています」

「お客さまってのは、お前が相手していたあの娘かい？」

店で征四郎が応じていたのは、律と変わらぬ年頃の——だがおそらく武家の娘であった。

「はい」

「次の五枚はもう買い手が決まっているからね。その先の話になるよ」

「それが、鞠の絵から注文したいと」

「ふぅん」

顎《あご》に手をやるもほんのひととき、類は言った。

「倍の値でもいいのなら。お前の手間賃も倍でどうだい、お律？」

もちろん律に否やはない。

律の手間賃は一枚一朱で、仕立て上げた巾着を池見屋はその倍の二朱で売っている。仕立屋の手間賃は変わらぬだろうから、律に二朱払っても池見屋の利鞘《りざや》は倍以上になる筈だ。実入りの違いは商売ゆえに構わぬのだが、客が応じるかどうかは別の話である。

が、律が案ずる間もなく征四郎が戻って来て言った。

「倍の一分《ぶ》でもよいそうです」

「へぇ。なかなか思い切りのいい娘だねぇ」と、類は客が気に入った様子だ。

「意匠も決めてあるそうですが、どういたしましょう？」

「そんならお律、ここで注文を聞いておゆき」

客先に出向く手間が省けるのだから、これにも律に否やはなかった。

再び店に戻った征四郎に連れられて座敷に姿を現した。

「池見屋の主、類と申します。こちらが鞠巾着を描いている上絵師のお律さんです」

「史織《しおり》と申します」

一通り挨拶の口上を述べると、類は律たちを置いて征四郎と座敷を出て行った。

向かい合い、改めて史織を見て、やはり己と変わらぬ年頃だと律は踏んだ。

化粧気のないすっきりとした顔立ちと身体つきに、鳩羽鼠色《はとばねずいろ》の着物、白橡色《しろつるばみいろ》の帯と地味な装いだが、武家らしい落ち着きと潔さが好ましい。

「無理を言ってすみません」

相手は武家にして客、こちらは職人でも町娘だというのに、史織は先にそう言って小さくだが頭を下げた。

「いえ、大変ありがたく存じます」

深々とお辞儀を返してから、律は注文を聞き取った。

五つの鞠の絵のうち、三つは書物、残りには筆と硯《すずり》を描いて欲しいとのことである。

何やら今井——学問好きで指南所の師匠——を思わせる意匠だが、鞠巾着は男が持つには愛らしさが過ぎる。手習い好きな男児への贈り物だろうかと想像するも、話しぶりから史織自身の物だと判った。

「本がお好きなのですね。お名前にふさわしく……その」

出過ぎた、礼を欠いた物言いだったかと律はやや慌てたが、史織はまったく気にせぬ様子でにっこりとした。

「ええ、栞《しおり》とかけた父の名付けです。父が書物が好きで私もそのように育ちましたが、要らぬ知恵を女だてらに……と、兄たちにはよく言われます」

「さ、さようで」

「お律さんはそんなことはありませんか？　内職をされている女性は多くとも、お律さんのような職人にお目にかかるのは初めてです。着物も、ちょっとした繕い物ならともかく、仕立屋や縫箔師《ぬいはくし》は男の方ばかりですもの」

「そうですね。女ゆえに侮《あなど》られていると思うことはままあります」

「そうでしょう」

我が意を得たりと言わんばかりに、史織は少しだけ声を高くした。

池見屋とその女将の類の噂は前々から耳にしていたのだが、訪れたのは今日が初めてだそうである。また倍の値でも注文を即決したのは、上絵師が女だと——律だと——知ってますます興味を抱いたからだと史織は言った。

「女将さんがお客さんへあの鞠の巾着を出したのを見て、同じ物がないかとお訊きしたところ、まだ先の注文になると言われたのです。注文なら好きな絵を描いてもらいたいと頼んでみたら、ちょうど上絵師が来ているから伺ってみると……お客さんではなさそうだと思っていたけれど、お律さんはてっきりお遣いか何かでいらしたのかと思っていました。嫌だわ。『女のくせに』と言われたり、『女には無理だ』と決めつけられたりして、いつも腹を立てるのに、知らず知らずに私も同じように思い込んでいたのだわ」

「いえ、私も意匠をお聞きした時は、弟さまへの贈り物かと思いました」

「ふふふ、じゃあおあいこね」

砕けた口調で笑った史織に釣られて律も微笑んだ。

意匠の下描きをしながら、史織に訊かれるままに、上絵師になったいきさつを話した。

殺されたとまでは明かさなかったが、二親《ふたおや》が既に亡くなっていること、また慶太郎が昨年奉公に出たことまで話すと、史織が訊いた。

「では、今はお一人で長屋に？」

「はい」

「その……ご縁談などは？」

遠慮がちに、だが女子らしい問いについ——否、おそらく己の内に聞いてもらいたいという欲があって——律は涼太のことを口にした。

幼き頃からの長い恋である。大分端折《はしょ》ったものの、身分違いと何度も諦めた想いが実ったと知ると、史織は胸に手をやって喜んだ。

「幼馴染みの君と結ばれるなんて……二人が諦めなくてよかったわ。私もお律さんにあやかりたい……」

どうやら史織にも打ち明けたい恋があるようだ。

そう推察して、律もこれまた遠慮がちに訊ねてみる。

「と仰いますと、史織さまも幼馴染みの方を……？」

「ううん。それに私は片想いでしかないのです」

ほんのり頬を染めた史織の恋の相手は町人で、本の写しを生業《なりわい》にしているらしい。

「三年ほど前から、折々に本屋でお見かけするようになって……店の者と『仕事』の話をされていたから、戯作《げさく》者かと思って勇気を出して訊ねてみたら、写しを請け負っていると教えてくださったのです。そのお方も本がお好きで、でも戯作を書くのは難しいから、せめて写しで本に携わりたいと……私も――私も同じように考えていたものですから、なんだか嬉しくなってしまって……」

しかし「女だてらに」「女のくせに」と思われるのが怖くて、自身の夢は語れずじまいだったという。

その後、顔を合わせれば会釈を交わすようにはなったものの、武家の娘と町人となれば、律や涼太どころの「身分違い」ではない。ゆえに、もとより「叶わぬ恋」と史織は諦めているようだ。

「あの方もお忙しいようで、この一、二年は、二月に一度くらいしかお目にかかっていないのです。それに私は昨年二十歳を迎えて、父はともかく、母や兄たちがうるさくて……お嫁にいったら、こうした町歩きも滅多にできないそうですから、今のうちに好きなことをして、好きな物を手に入れておきたいのです」

今年二十一歳なら律より二つ年下なのだが、二十歳過ぎれば「年増」と呼ばれる時世《じせい》である。十六から二十歳までに縁づく娘が多く、これは武家でも庶民でも変わらない。

史織の父親の役目は判らぬが、巾着に一分も出すあたり、貧乏御家人《ごけにん》とは思われぬ。

――とすると、縁談には事欠かないだろうから、そろそろ「年貢《ねんぐ》の納め時」……

体面を重んじる武家で親兄弟が健在ならば、独り身を貫くのは難しかろう。

諦めようとして諦めきれず、未練がましくうだうだするうちに律の恋は叶った。しかしそんな己が何を言おうと、史織には慰めどころか嫌みになるに違いない。

察したのだろう。

言葉に迷う律へ、史織は温かく微笑んだ。

「鞠巾着は、本屋へ持って行くつもりです。楽しみにしていますから、どうかよろしくお願いしますね」

恐縮しながら律は下描きを確かめ、辞去する史織を手代の征四郎と共に見送った。

四

翌朝、四ツも鳴らぬうちに香がやって来て律を驚かせた。

鬼子母神《きしもじん》へ行くついでに寄ったという。

「鬼子母神って——どっちの？」

江戸で鬼子母神といえば、入谷《いりや》の真源寺《しんげんじ》か雑司ヶ谷《ぞうしがや》の法明寺《ほうみようじ》のどちらかだ。

「夕刻までたっぷりあるから、雑司ヶ谷の方に行って来るわ」

律の住む神田相生町《かんだあいおいちよう》からだと入谷の鬼子母神の方が近いが、夕刻まで自由が利くなら雑司ヶ谷まで行って帰っても充分間に合う。

だが伴も連れずに一人で、一日家を空けるなぞ大店のおかみにはそうあるまい。

鬼子母神は言わずと知れた、子授け、安産、子育ての神だ。

またしても、お峰《みね》さんかお多代《たよ》さんに何か言われたのかしら——?

香が薬種《やくしゅ》問屋の伏野屋《ふしのや》に嫁いで三年以上が経った。

夫の尚介《しょうすけ》は相変わらず香を「恋女房」と呼んではばからぬのだが、姑《しゅうとめ》の峰と小姑《こじゅうと》の多代からはこの二年ほど嫌みが絶えないようである。

勝ち気な香だが、伏野屋では峰や多代の嫌みをかわしつつ、尚介や店の体面を慮ってそれなりに大人しく暮らしている。時折、律や実家を訪ねることがあってもせいぜい一刻だから、このように丸一日伏野屋を留守にしようというのはよほどのことだ。

気になって律は言ってみた。

「それなら私も一緒にいいかしら?」

鞠巾着の絵は昨日のうちに既に二枚仕上げてあった。今日明日のうちに残りの三枚を仕上げて、あさってには史織の巾着絵にとりかかろうかと考えていたから、一日遅れたところでどうということもない。

「りっちゃん……いいの?」

期待と罪悪感の交じった目で香は問うた。

「うん。仕事の方は心配いらないわ」

「でも雑司ヶ谷までは遠いわ」

「でもお天気もいいし、しばらくこもってばかりだったから、私も少し表に出て気張らししたいのよ」

「そうお？」

「それに、香ちゃんに話したいこともあるし……」

「え？　なぁに？　お兄ちゃんのこと？　私、それを訊きたくて先にこっちに寄ってみたのよ。ねぇ、飛鳥山では本当に何もなかったの？」

香は十日ほど前にも長屋を訪ねて来たのだが、律はあいにく染料を買いに出ていていなかった。ゆえに香に会うのは、一月ほど前、日本橋の藍井《あいい》に出かけて以来である。

律の留守中、香は今井からあれこれ訊き出そうとしたようだが、「顔合わせ」の前だったため今井も何も知らずに困ったと聞いている。

「話は道中で。着替えるからちょっと待っててちょうだい」

「もう！　そんなにじらさなくてもいいじゃない！」

子供じみた台詞も膨《ふく》れっ面《つら》も幼馴染みなればこそだ。

御成街道を渡って、神田川沿いを進みながら、飛鳥山での求婚、先日の顔合わせを打ち明けると、香はすぐにご機嫌になった。

「やっぱりねぇ……やっぱり私の思った通りよ。花の下で二人きりなのに、なんにもなかったなんておかしいもの」

「なんにもなかったのは本当よ。だって――」

麓《ふもと》までは手をつないで歩いたものの、それだけである。

接吻一つ交わすことなく、つないだ手も山を下りて人目が増えた途端に離してしまった。

でも、祝言を挙げたら……

接吻どころか閨《ねや》での房事《ぼうじ》に思い至って、頰が一息に熱くなる。

「だって、なぁに？」

「なんにも」

かろうじてつぶやきそっぽを向いた律を、香はさりげなく右手にいざなった。

川沿いを離れて水戸の屋敷を右手に――北側へ――回るつもりらしい。

このまま神田川から江戸川沿いを抜け護国寺《ごこくじ》への参道を行くよりも、水戸《みと》の屋敷の北側を通り、伝通院《でんづういん》を右に見つつ北西に行く方が、護国寺、そしてその先の鬼子母神には早道だ。ただしこちら側から行くと、香が楽しみにしていたであろう、賑やかな店が建ち並ぶ参道は通らぬことになる。

それでも川沿いを避けたのは、律を思ってのことだろう。

律の父親の伊三郎は、護国寺への参道の少し手前――石切橋《いしきりばし》の近くで殺された。川沿いを進むと、対岸からとはいえ、父親が殺された場所を通り過ぎることになるからだ。

友の気遣いに礼を言おうか迷っていると、香の方が先に口を開いた。

「ありがとう、りっちゃん。ついて来てくれて。鞠巾着のこと、池見屋に行った人から聞いてるわ。お仕事、忙しいんでしょう？　それなのに……」

「お礼なんて」

「だって私、一人じゃきっと、ちっとも楽しくなかったわ。一人だったら鬼子母神さまにも繰《く》り言《ごと》を言って、余計に嫌われちゃったと思うのよ」

律が案じた通り、香は昨夜また峰から子を成せぬ嫌みを延々と聞かされたそうである。

「それなのに今朝方、牛込《うしごめ》までついて来い、なんて言うんだから」

牛込には峰の伯母がいて、今日は法事があるという。この二年ほど、どこへ行くにも「一人も孫を産めぬ嫁を連れ歩くのは恥ずかしい」と言っているのに、朝一番で来た遣いから人手が足りないと聞き、下働きをさせるつもりで香を呼びつけた。

「あれだけ莫迦《ばか》にされた上で、一日峰さまの言いなりなんてごめんだわ。だから六曜《ろくよう》にかこつけて、『今日は大安吉日《きちじつ》ですので、鬼子母神さまを参りに行きます』と断ったのよ」

卯月は仏滅から始まるから、二日の今日は大安である。しかし鬼子母神参りはでまかせで、律や今井、実家を訪ねたのちに、神田をぶらぶらしてから帰ろうと香は考えていた。

しかし敵も然《さ》る者。鬼子母神参りは嘘だと踏んだ峰は「すすきみみずく」を買って来るように香に命じたという。すすきみみずくはその名の通り薄《すすき》で作られたみみずくの人形で、雑司ヶ谷鬼子母神の参詣《さんけい》土産である。つまり香はでまかせをなじられぬよう、本当に鬼子母神参りに出かける羽目になったのだった。

「でもいいの。鬼子母神さまにはそろそろお参りしようと思っていたし、こうしてりっちゃんと一日一緒に過ごせるんだもの。大安吉日とはこのことよ。峰さまのことなんかより、もっと楽しい話をしましょうよ」

文月の祝言には是非、夫婦共々参席したいと張り切る香と話すうちに、あっという間に鬼子母神に着いた。

律が鬼子母神を訪れるのは十一年ぶりだ。慶太郎が生まれる前に、父母と三人で安産を祈願しに来たことがあった。律自身がまだ少女だったこともあって本堂はうろ覚えだが、膨らんだお腹を撫でる美和と自分、そんな律たちを目を細めて見守る伊三郎は、今なお記憶に鮮やかだ。

本堂を前にしてちらりとまた祝言と——その先にある青陽堂での暮らしが頭に浮かんだ。

祝言と日取りが決まって舞い上がっていたものの、涼太と夫婦になるということは、青陽堂の跡取りを産み、育てることでもあるのだと今更ながら実感する。

もしも……もしも子供が授からなかったら——

急に不安を覚えた律を香がうながした。

「りっちゃん、せっかくだから一緒にお祈りしましょう」

微笑んだ香の目は穏やかで、にわかにあたふたした己が恥ずかしい。

本堂で手を合わせたのち、香は律をご神木《しんぼく》の銀杏《いちょう》へと引っ張った。

応永《おうえい》に植えられたという樹齢五百年以上の大木である。

「これは『子授け銀杏』よ。幹を抱いてご祈願するの」

香の言う通り、幾人か並んだ女たちが次々と、幹を抱いてはじっと目を閉じる。

律も香に倣《なら》って一緒に幹を抱いたものの、ふと見やった——目を閉じた香からは、ただひたむきな祈りが感ぜられて胸が締め付けられた。

すすきみみずくを買い求めると、香は気を取り直したように、行きに通り過ぎた護国寺へと律を誘った。

「まずは音羽町《おとわちょう》で何か美味しいものを食べましょうよ。それからお参りを済ませて——そのあと少しだけお店を覗いてもいいかしら？　ねぇ、りっちゃん？」

やや甘えた声の香に、律は一も二もなく頷いた。

五

音羽町の中でも、護国寺からほど近い一丁目で菜飯《なめし》の握り飯を食べた。

九ツを聞いたばかりだが、そうのんびりしてはいられない。律たちの足では神田まで一刻、銀座町まで戻る香は駕籠《かご》を使ったとしても更に半刻は必要だからだ。

どちらからともなく急いで昼餉《ひるげ》を済ませると、律たちは境内《けいだい》に足を踏み入れた。

早く店を覗いて回りたいのは山々なのだが、参詣を怠るほどではなかった。

律にとっては護国寺も両親との想い出の場所である。十一年前、父母と鬼子母神を訪ねた帰りにやはり護国寺に寄ったからだ。

また昨年の夏、父母の仇を見つける前にも訪れていて、美和と伊三郎を偲《しの》びながら天下泰平に感謝している。

此度も同じように今は亡き二人の顔を思い出しながら、自身や皆の無事を奉謝《ほうしゃ》した。

両親の仇である小林吉之助《こばやしきちのすけ》に騙《だま》され、あわや殺されそうになったのは、昨年、この護国寺を訪ねた五日後――文月二日であった。

涼太さんと先生が助けに来てくれて、あの男は「病死」して……

武家ゆえに「病死」とされたが、吉之助は身内の手で内々に処せられたようだ。

「文月まであと三月……」

つぶやいた香にどきりとするも、香には吉之助どころか、仇討ちについては何一つ知らせていない。

吉之助と対峙《たいじ》した時に、一度は死を覚悟した律だった。

それが一年後となる次の文月には、嫁ぐ日を迎えようとしているのである。

「人間万事塞翁《さいおう》が馬と先生は仰っていたけれど、ほんと人の運命なんて、どう転ぶか判らないものね……」と、律はしみじみしたが、

「あら、私には初めから判っていたわ」と、したり顔になって香は言った。「初めからずっと、りっちゃんとお兄ちゃんはいつか必ず一緒になるって判ってたもの」

律自身よりもずっと、律と涼太の絆を信じ続けてくれた香である。

思わず顔をほころばせた律を、遠くから高い声が呼んだ。

「おりつさん！」

振り向くと、男児が一人、母親の手を離してこちらへ駆けて来る。

「あ——秋彦《あきひこ》さま」

番町《ばんちょう》に屋敷を構える本田左衛門尉《ほんださえもんのじょう》の一粒種、秋彦であった。

今年六歳の秋彦は相変わらずの振り分け髪だが、背丈は三尺五寸ほどと昨年から二寸ほど伸びている。

秋彦の後ろから苦笑しながら歩いて来るのは、本田の妻にして秋彦の母親の弓江《ゆみえ》である。

「おりつさん、おひさしゅうございます」

「お久しゅうございます。秋彦さま。奥さま」

深々と頭を下げた律に倣って、傍らの香もお辞儀した。

「おりつさん、こちらはどなたですか？」

興味津々で秋彦は律と香を交互に見やった。

「友人のお香さんです」

「おこうさん……」

つぶやくように繰り返した秋彦へ、香はにっこりとして今一度頭を下げた。

「香と申します」

「わ、わたしはあきひこともうします。おりつさんには、ずっとまえに、ここでにづらえをかいてもらいました。こまどりとわたしのにづらえです」

「さようでございますか。ずっと前というと……？」

ちらりと己を見やった香へ律は応えた。

「昨年の水無月《みなづき》の終わりに、ついでがあってここまで足を伸ばしてみたのです。――奇遇《きぐう》です、秋彦さま。私はちょうど、昨年ここへ来たことを思い出していたのです」

昨年、参詣を終えた律がしばし境内を散策していると、駒鳥とその鳴き真似をしている秋彦を見つけた。この時描いた秋彦の似面絵《にづらえ》が縁になり、後日、律は本田に妻子の似面絵を頼まれた。だが本田家への道中に寄った質屋の徳庵《とくあん》が、仇の吉之助の片棒を担いで律を騙し、駕籠で吉之助の待つ屋敷へ連れ込んだのである。

吉之助の「病死」をもって一連の事件が収まった後に、律は改めて定廻《じょうまわ》り同心《どうしん》の広瀬保《ひろせやす》次郎《じろう》と共に本田家に出向き、頼まれた似面絵を描いていた。

「わたしもです。わたしもおりつさんのことを、ちょうど、ははうえとおはなししていたのです。ねぇ、ははうえ?」

「まこと、奇遇ですこと」と、弓江も微笑んだ。「私どもは十日に一度はこちらへ参りますが、お律さんは滅多においでにならないでしょう?」

「滅多にどころか、昨年の水無月以来でございます」

「まあ、それでは奇遇も奇遇――」

「まこと、きぐうもきぐう……なのです」

知ったかぶって母親の台詞を繰り返す秋彦が愛らしく、律は香と共に目を細めた。

「お律さんのことはこちらを訪ねる度に思い出していたのですが、本日は道中で、また近々似面絵を頼めないかと話していたのです。昨晩、秋彦が癇癪《かんしゃく》を起こして、以前描いてもらった殿さまの似面絵を一枚、おしゃかにしてしまったのです」

「わたしはかんしゃくなどおこしておりません」

ぷうと膨《ふく》れた秋彦を、弓江は悠然《ゆうぜん》としてからかった。

「あら、しらを切るおつもりですか?」

「しらをきるおつもりではありません!」

言い切ってから秋彦が小首をかしげたものだから、弓江、それから律たちはとうとう小さく噴き出した。

「わたしは――わ、わるいのはちちうえです」

顔を赤らめてむくれた秋彦の頰を弓江が撫でた。

「そうですね。先走ったのは殿さまの不手際《ふてぎわ》ですが、殿さまには事情がおありなのです。思い通りにならないからといって、癇癪を起こすのは感心しませんよ、秋彦。人や物に当たったところで何も変わりません。まずはよくよく事情を考えてみることです」

本田左衛門尉は使番《つかいばん》兼巡見使《じゆんけんし》として昨年の文月末日に江戸を発《た》っている。密命を受けてのことらしく、保次郎どころか家の者も行き先は知らぬようだ。

そんな本田から先日「弥生末日までに一度江戸に戻る」と知らせが届き、秋彦が喜んだのも束の間、諸事情により帰宅は叶わなかった。

ほんの十日ほどとはいえ、父親との再会を今か今かと待ちわびていた秋彦は、帰宅がなくなったと知って、知らせた家臣の大倉与五郎《おおくらよごろう》、それから律が描いた本田の似面絵に当たってしまったそうである。

「しかも、おしゃかにしたのは殿さまが笑っている方の似面絵なのです」

律が描いた本田の似面絵は二枚。厳《いか》めしい、五百石の旗本らしい顔と、温かい目元口元をした父親、または夫らしい顔をしたものであった。

ふふ、と忍び笑いを漏らして弓江は続けた。

「よい機会ですから、新しい似面絵を描いてもらうまで、怒っている方の似面絵にたくさん叱ってもらいましょう」

「いやです。おりつさん、はやくあたらしいにづらえをかいてください」

近頃は「お上の御用」の他、似面絵は引き受けないことにしているのだが、本田はお上の密命ゆえに江戸を留守にしているのである。何より、このように秋彦に頼まれては、到底否とは言えぬ律だった。

近々、日を改めて屋敷へ伺うことを約束すると、秋彦は今度はちらりと香を見やった。

「おこうさんも——いらっしゃいますか？」

先ほどのむくれ顔とは違う赤味を帯びた頰をして秋彦は言った。

あら……と、律は思わず口角《こうかく》を上げた。

どうやら秋彦は香が気に入ったようである。

十代には「相生小町《あいおいこまち》」と言われた香である。伏野屋に嫁いでもその愛らしさは変わっておらず、おきゃんな気質と相まって、その姿は今でも充分人目を惹く。

同じように口角を上げた弓江が律に目配せをして言った。

「よろしければ、お香さんも是非」

「そうです。おこうさんも、ぜひ」

懸命に秋彦が繰り返すものだから、律は笑い出さぬよう苦心した。

六

ふと、知った顔を見た気がして、涼太は振り返った。

銀座町からの帰り道、京橋《きょうばし》ではなく中《なか》ノ橋《はし》を渡り、松川町に差しかかったところである。

十間ほど後ろの通りを、すっと折れて行った男が気になって踵《きびす》を返す。

千歳茶色《せんさいちゃいろ》の単衣に鉄色の滝縞《たきじま》の帯という地味な身なりはともかく、そう暑くもないのに手ぬぐいをほっかむりして、人目を避けている様子だった。

小走りに男が折れて行った通りに入り、左右へ目を光らせた。

じっと佇《たたず》むことほんのひととき、二軒先の店の陰からそっと男が顔を覗かせる。

保次郎であった。

あっ、と口を開きかけた涼太を、保次郎は人差し指を立てて止めた。

わざとゆっくり、さりげなく近付くと、涼太は囁《ささや》き声で言った。

「広瀬さん……何ごとですか？」

定廻り同心が帯刀もせずに変装——というほどでもないが——しているのである。事件なら、己にも何か助力できぬかと思った涼太だ。

だが張り詰めた涼太とは裏腹に、保次郎はがくりとうなだれた。

「ああ……やはり見つかってしまったか。お前は本当は後ろにも目玉があるんだろう？」

「定廻りの旦那が物《もの》の怪《け》を信じてるようじゃあ、いけやせん」

「気付かれぬうちに隠れたつもりだったのに――」

「でしたら、今少し辛抱しねぇと……非番の旦那を駆り出すほどの事件かと思いきや、こりゃ一体、なんの遊びなんで？」

「旦那、旦那と呼ぶのはやめとくれ。こいつは遊びじゃなくてお忍びなんだ」

「お忍び？　じゃあ、やっぱり何か探ってるんで？」

「うむ。いつもの恰好では皆なかなか打ち解けてくれぬでな。こうして時折、書生を装って市中を窺《うかが》っているのだ」

言いながら、書物らしき風呂敷包みを掲げて見せる。

「なるほど。それは立派なお心がけです」

「というのは上への建前で、私も非番の時くらい身軽にのんびりしたいのだよ、涼太」

「はあ……」

流石に涼太が啞然《あぜん》とすると、保次郎はくすりとして肩をすくめた。

急死した兄の後を継いで定廻りになるまでは、保次郎は次男の冷や飯食いで、帯刀《たいとう》もせずに勉学に勤《いそ》しんでいた。定廻りとなってからのこの三年弱で大分逞《たくま》しくなったものの、ほっかむりと日焼けさえなければ、帯刀していない今の姿は以前のそれとさほど変わらない。

「それがそうでもないのだよ。定廻りだと皆が道を開けてくれるのは、腰に二本差していればこそだ。刀に加えて、お前が揃えてくれた着物に帯に雪駄《せった》、お前が仕込んでくれた歩き方、話し方――そういったものを皆は見ているのであって、私の顔なぞ二の次、三の次なのだ。このなりで町へ出る時は、歩き方も声色《こわいろ》も変えているからね。そりゃ、顔見知りと面と向かえばばれてしまうよ。だが、通りすがりに気付く輩《やから》はお前くらいだ」

「顔を見りゃあばれちまうでしょうに」

歩き方も声色も変えている、と保次郎は言ったが、「変えている」のはむしろ役目の間であって、今の「素《す》」の保次郎の方が涼太には馴染み深い。

「気付いたってんじゃないんですが、何やら気になったんです」

「それもお前の人探しの才のうちだ。人の顔を覚えているだけでなく、こうささやかな気配にも聡《さと》いんだからまったく恐れ入るよ。なぁ、涼太。せっかくだからその才を――」

「御用聞きにはなりませんから」

先手を打って言うと、「つれないね」と、保次郎は大げさに肩を落とした。

「それはそうと、涼太は茶会の帰りかい？」

今日の涼太は店のお仕着せではなく、山鳩色《やまばといろ》のよそ行きを着ている。

が、抱えた風呂敷包みに入っているのは、店を売り込むための試しの茶葉である。

「茶会じゃないですが、雪永さんの口利きで、芝神明《しばしんめい》の茶屋に行って来たんです」

「芝神明とはちと遠いな」

芝神明は京橋から一里弱南——増上寺《ぞうじょうじ》の少し手前にある。神田相生町の青陽堂から京橋まで三四半里《さんしはんり》はあるから、涼太の足でも一刻近くかかる道のりだ。

「しかしあの辺りは、増上寺を真ん中にぐるりと寺社が連なっていますからね。くだんの茶屋はそう大きくはないんですが、ひっきりなしに参詣客やら坊主やらがやって来るんで大層繁盛しています」

雪永が前もって話を通しておいてくれたところへ、店主に頼まれて——というより、おそらく試されて——涼太は煎茶《せんちゃ》を淹れた。

違う茶葉で淹れた茶を二杯飲み干したのち、店主は速《すみ》やかに商談を口にした。

「うちの茶葉を使ってくれるばかりか、少し店にも置いてくれると言うんで」

茶屋の利益となるよう小売りの手間賃を上乗せするのだが、店主の申し出は良心的であった。また、少しばかり売り値が高くなっても青陽堂まで出向く手間が省けるのなら、寺院や近所の者は喜ぶし、参詣客には土産にしようという者も出てくるだろう、と言うのである。

「そりゃよかった」と、保次郎は顔をほころばせた。「判る者には判るんだ。青陽堂の茶葉はちょっとした手土産にもちょうどいいからね。うまく話がまとまってよかったな。いやぁ、めでたい、めでたい」

「……めでたい話ならもう一つあるんですや。それで先ほど帰りしな、伏野屋に寄って来たところなんで」

無邪気に喜ぶ保次郎へ涼太は切り出した。

「伏野屋というと、もしや、お香さんが――」

「ああいや、そいつは違いやす」

「なんだ、違うのか。とすると……」

「お律と話がまとまったんで」

気恥ずかしさから短く言うと、保次郎が目を見張った。

「それはつまり――」

「文月に祝言を挙げる運びになりやした」

「なんと！　それは聞き捨てならんな。詳しゅう話すのだ、涼太。話すまでは帰さぬぞ」

兄の義純《よしずみ》が妻《めと》を娶る前に殺され、急きょ跡継ぎとなった保次郎は二十七歳で、涼太より三つ年上だ。他に兄弟姉妹がいないこともあり、両親――特に母親――が嫁取りに奔走しているのだが、いまだ良縁に恵まれずにいた。

立ち話もなんだから――と保次郎が言い出して、どちらからともなく目に入った茶屋へ歩み寄ると縁台に腰かけた。

男が二人で茶屋で一休みとはそれこそなんだが、保次郎は酒に弱く、涼太は仕事中、また先ほど八ツを聞いたばかりである。

それぞれ一杯茶を頼むと、「それで？」と保次郎が話の続きをうながした。

「大した話じゃありやせん。弥生の頭に、お律と飛鳥山に花見に行きまして……」

飛鳥山で求婚したことと先日の顔合わせで決まったことを、涼太は手短に話した。

顔合わせから半月が経っているが、涼太自身、いまだ信じ難い時がある。

「店が今の様子じゃちと心許《こころもと》ないんで、祝言は来年にと私は言ったんですが、女将が三月も待てばいいだろうってんで」

「女将さんの言うことはもっともだ。決まった話なら長々と一年も待つことないさ。大体、涼太、お前もそうだが、お律さんだって子供が一人二人いてもおかしくない年じゃあないか。いやいや、それを言うなら私の方こそ——ああ、なんともはや、とうとう涼太にまで先を越される日がこようとは……」

そう言って保次郎は大げさに頭を抱えてみせる。

「まあその……世の中、何が功を奏するか判りやせんや」

他に慰めようもなく涼太は言った。

混ぜ物騒ぎのおかげで店は窮地に立たされ、弱気になった青陽堂につけ込むごとく二つの縁談が持ち込まれた。

——いや、弱気になったのは俺だけだ。

店を思うあまり商売につながる縁談に心揺れた涼太であったが、今思えば佐和や清次郎、そして番頭の勘兵衛に試されていただけのような気もする。

「客足を取り戻すまでしばらくかかりやすが、あの騒ぎのおかげで帳簿に詳しくなりやした
し、お律ともこうしてまあ、落ち着くところに落ち着きやした」

何やら熱くなってきた顔を隠すように、涼太は茶碗を口に運んだ。

「む。早速《さっそく》のろけられるとは」

「勘弁してくださいよ、広瀬さん。広瀬さんこそ、断られてばかりじゃないでしょうに」

定廻りを「不浄役人《ふじょうやくにん》」とののしる役人は少なくない。だが朱房《しゅぶさ》の十手《じって》を懐《ふところ》に肩で風を
切る定廻りは町の者には人気だし、上役の町奉行や与力《よりき》、同輩《どうはい》たちには重宝されている。よ
って良縁かどうかはともかく、縁談は引きも切らない筈であった。

「そりゃまあ、母上がはねた話が大分あるようだが、私から断りを入れたことはまだないよ。

私はこの際、母上のお眼鏡《めがね》に適《かな》うなら誰でもいいんだが」

「いくらなんでもそりゃねぇでしょう。広瀬さんが『これは』と思うお人はいらっしゃらな
いんで?」

「それがな、涼太。『これは』と思ったお人には、もう振られてしまっているのだよ」

あまりにもさらりとした返答ゆえに、一瞬、からかわれたのかと思った涼太だ。

実際からかうように保次郎は微笑んだのだが、それがかえって涼太に確信させた。

武家なれば、己や律よりもずっと、恋や婚礼はままならぬものなのだろう。

つい気持ちが咎《とが》めたのを見て取ったのか、保次郎は更ににっこりとした。

「それにしてもめでたいな。何がめでたいって、私や先生やお香さんが、これ以上お前たちにやきもきせずに済むことさ」

「はあ、その、面目ありやせん」

保次郎は夕刻まで辺りを散策して過ごすそうだが、涼太はそうのんびりしていられない。

しかし、茶を飲み干して保次郎に暇《いとま》を告げると、帰路につく前に涼太は店主のもとへ足を向けた。

祝言の日取りが決まってから、仕事に一層張りが出てきた。

お律は「鞠巾着」とやらが評判らしい。

俺も負けちゃいられねぇ——

「神田相生町の青陽堂から参りました、手代の涼太と申します」

丁寧に頭を下げてから、涼太は試しの茶葉を取り出した。

七

「まあ！」

千恵ではないが、つい高い声を上げてしまい、律は慌てて口に手をやった。

「だがもう振られちまったそうなんだ」

低い声で言う涼太へ、律も声を潜めて問うた。

「というと……一体どのお方だったのかしら？」

保次郎が「これは」と思った女のことである。

「広瀬さんの縁談はかれこれ十は聞いてるからなぁ……とにかく、広瀬さんには昨日、俺が伝えたからよ。気を遣わせちゃ悪いから、俺たちの話はほどほどに……」

「ええ」

律が頷いたところへ、今井が小さく噴き出した。

「こらこら、お前たち……そういう気遣いは広瀬さんには無用だよ。この私もそうだが、あの人は定廻りになる前からずっとお前たちを見てきたじゃないか。親しき仲にも礼儀はあれど、広瀬さんは身分を超えた友人だと私は思っている。お前たちにとってもそうだろう？友は友の仕合わせを願い、喜ぶものだ。よしんば羨《うらや》みはしても妬《ねた》みはしない。――それが真の友愛なれば」

涼太や今井ほど保次郎とは親しくないが、その人品《じんぴん》を律は敬愛している。

ゆえに良縁を願わずにはいられないものの、「誰でもいい」というのはあまりにも利他的でやるせない。

「お武家だから仕方ないのでしょうけど、ご自分のお気持ちよりも、ご両親や跡継ぎのことばかりでなんだか寂しく思うんです」

「うむ。確かに武家は窮屈ではあるが……そういったことを全て引っくるめて、広瀬さんが選んだ道でもあるのだ。自由気ままに生きたいという願いも、二親に喜んでもらいたい、家をつないでいきたいという思いも、どちらも欲には違いないからね。皆、何かしら——知らず知らずにでも——秤《はかり》にかけている欲がある筈だ」

「そうですね。私も……」

——仕事と涼太さんを秤にかけて、涼太さんを諦《あきら》めようとしていた。

でも、どちらも諦めずに済んだのは、涼太さんのおかげだわ……

改めて感謝の意を込めて涼太を見やるも、涼太は何やらむすっとしている。

「私も、なんだ？」

「えっ？」

「大方《おおかた》、俺と——うちと井口屋を秤にかけてたんだろう？」

「ち、違います」

井口屋——基二郎——にも律にもその気はなく、律は今年の花見の席できっぱり断りを入れている。

「とんでもないわ。お佐久さんが勝手に言ってただけで、私も基二郎さんも、はなからそんな気はなかったんだもの。ひどいわ。そんな風に思ってたなんて」

冗談とは思えぬ様子の涼太に、律も半ば本気で膨れると、横から今井が苦笑を漏らす。

「やれやれ。祝言もまだだというのに、犬も食わないなんとやら、だ」

「よしてくだせぇ」

「からかわないでください、先生」

涼太と律が口々に言うと、今井は更ににやにやとした。

「もう……」

両手で茶碗を囲んで、律は照れ臭さを誤魔化した。

「それはそうと、仕事はどうなんだね？　二人とも？」

「悪かねぇです」

「悪くありません」

今井の問いに口を揃えて応えると、顔を見合わせ、律たちはとうとう笑い出した。

「やれやれ……」

つぶやいた今井と更にひとしきり笑ってから、涼太が店の様子を話し出す。

以前の賑《にぎ》わいからはほど遠く、離れた客の大半はそのままとなっているが、ぽつぽつと新しい客がなくもないという。

「俺はこれまでほとんど売り込みに出たことがなかったんで、いい修業になってやす。売り込みに行っても、店の名を出すと小莫迦《こばか》にされることが多いです。ですが、小口《こぐち》の客の手応えは悪くありやせんし、出先でも店でも、前よりじっくり客と話せやす。何より、試しの茶葉を選ぶのも、客先でいろんな茶器を見るのもなんだか楽しいんでさ」

「うん、楽しみがあるのは何よりだ」

今井と頷き合う涼太が己へ微笑むのへ微笑み返してから、「私も」と律も口を開いた。

昼前に池見屋に出向いて、五枚の鞠巾着絵の他、史織から頼まれた一枚を納めて来た。

「注文の分は十日いただいたんで、ゆっくり描くことができました。いつものは慣れてきたからもっと描いてもいいんですけど、こうして早く納められれば、その分意匠も落ち着いて考えられるし、売れているからって下手に焦《あせ》らない方がいいってお類さんも……」

「そうとも」と、涼太が相槌《あいづち》を打つ。「それに、気を持たせるのも池見屋の商売のうちなんだろう」

「そうなの。お類さんも同じことを言ってたわ」

――数を増やせば儲けは増える。だが、その分飽きられるのも早くなる。こういうのは出し惜しみして気を持たせた方が、物も名前も売れるのさ――

そう類は言っていた。

「流石《さすが》、池見屋の女将は商売上手だ」と、今井も頷く。「しかしそれもお律、お前がいいものを描き続けてこそだ」

「はい」

史織の鞠巾着は、史織の希望で地色は煤色《すすいろ》。鞠糸の色も赤や黄色よりも青や緑を多めにして書物や筆、硯に合うようにした。派手さはないが、史織の落ち着いた身なりに似合ったものが描けたと思っている。

鞠巾着は鞠を描くのが一手間なのだが、実入りは大して変わらずとも、己が考えた――己がいいと思うものを描いているという充足感がある。加えて、祝言が決まってからのこの半月で、律はこれまでになく安らかで、それでいて強い情熱を覚え始めていた。

――お前に苦労はかけたくねぇ、ちっとは贅沢さしてやりてぇ、そんなのが全部、俺の励みになるんだよ――

飛鳥山での涼太の台詞が、今なおじわりと胸を熱くする。

伊三郎が殺され、慶太郎と二人きりになった時、律も同じように思ったものだ。

だが、ただがむしゃらに、暮らしのために気負っていたあの頃とは今は違う。

――私も涼太さんに苦労をかけたくない。

自身はもとより青陽堂の恥にならぬ仕事をし、青陽堂の重荷とならぬようしっかり稼ぐ。ともすれば不安になりそうな決意も、今の律には励みであり、喜びであった。

盗み見たつもりが、涼太もこちらを見やって目が合った。

思わず目を落とすと、今井がくすりとした。

「さて、これ以上あてられぬうちに出かけるとするか」

保次郎の話を聞いて、本屋に用事があったのを思い出したそうである。

茶器を片付けて、今井と涼太を律は玄関先で見送った。

隣りの己の家に戻り、上がりかまちで草履を脱ごうとした矢先、小走りに戻って来る涼太の足音が聞こえてきた。

「お律、ちょっと――」

振り向いた時には、涼太は既に土間に足を踏み入れていた。

「涼太さん？」

向かいの佐久の家の戸は閉じられていたが、涼太は黙ったまま律の肩に触れ、戸口から見えぬようかまどの方へ一歩押しやった。

何ごとかと見上げた律の唇を涼太のそれが塞《ふさ》いだ。

少し湿った唇が、囁くごとく己の唇を食むことほんの刹那《せつな》。

息を止めた律が「接吻」という言葉を思い出す前に、涼太の唇は離れていった。

「お律」

「はい」

どこか怒ったような困ったような涼太に戸惑いつつ、律は応えた。

「結納の儀だが……月末までにはと女将に話を通してある」

「はい」

「忘れちゃいねぇからよ」

池見屋からの帰り道で結納の話をしてから十日あまりが経っているが、忘れられていると は露ほども思っていなかったから、律はますます戸惑った。

「ええ……判っているわ」

律が言うと、ややばつの悪い顔になって涼太が言った。

「ならいいんだ。じゃ、また……」

それだけ言うと涼太は一人で合点したように頷いて、くるりと踵を返して出て行った。

残された律はしばし呆然としていたが、来た時と同じように小走りに足音が遠ざかっていくのを聞くうちに何やらこみ上げてきた。

唇に手をやり一人でくすくすしていると、今度は表から帰って来た佐久が大家の又兵衛《またべえ》と挨拶を交わす声が聞こえてきて、律は慌てて引き戸を閉じた。

八

月末までに――と涼太は言ったが、七日後には日取りが決まり、その二日後の卯月二十日に律たちは結納の儀を迎えた。
四ツ過ぎに現れた慶太郎は、一石屋のお仕着せではなく睦月の藪入り前に仕立ててもらった褐色の単衣を着ている。

「おれ、こんなの――結納の儀なんて初めてだよ。旦那さんもおかみさんも、吾郎《ごろう》さんもよく知らないって。どうしよう、先生？　もしも何かそそうしちゃったら――」

緊張の面持ちで慶太郎が言うと、今井は口の前で人差し指を立てた。

「しっ。お前がそそうをしたところでご愛敬だが、私がそそうをしたら目も当てられん。私も結納の儀なぞ初めてなんだ。聞いたことはあっても、見たこともないのだよ」

「そうなの？　じゃあどうするの？」

「どうしようもない」

さらりと応えて今井はにっこりとした。

「そそうしないようせいぜい気張って努めるさ。幸い、旦那さんも女将さんも結納の儀はほんの三度目だ。内輪の儀だし、多少手違いがあったところで大事にはなるまいよ」

「なぁんだぁ……」

胸を撫で下ろした慶太郎に、律の緊張も大分ほぐれた。

今朝、律は初めて桔梗《ききょう》の着物を身にまとった。

白鼠《しろねず》の地色に、何色もの紫色で桔梗が描かれているこの着物は、伊三郎が己で手がけ、美和に贈った唯一の上絵入りの着物であった。

美和の死後、形見を着回してきた律だが、夫が妻への想いを込めたこの着物だけは伊三郎の死後も着るに着られず、簞笥《たんす》の奥に仕舞ったままになっていた。

でも、今日は――と、袖の桔梗を律は見つめた。

おとっつぁん、おっかさん、今日は一緒にいてください――

「おっかさんの着物だね」

律の想いを感じ取ったのか、慶太郎が嬉しげにこちらを見やって言った。

「そうよ。おとっつぁんが描いて、おっかさんに贈った着物よ」

「うん……あのね、姉ちゃん、よかったね」

「うん」

「おっかさんもおとっつぁんもびっくりしたろうね。びっくりしたけど――きっと喜んでくれたろうね。おれだって……おれも安心したよ」

そこまで言って照れ臭くなったのか、慶太郎は一旦口をつぐんでから腕を組み、わざと伝《でん》法《ぼう》な口調になった。

「だって――だってよぅ、行き遅れになりそうなところを、あの若――涼太さんとまとまったってんだから、実にめでてぇ話じゃねぇか……」

一石屋の兄弟子の吾郎が言ったのを、そのまま真似たと思われる。

「もう、慶太ったら!」

「これ、慶太郎――」

律と今井が同時に噴き出すと、慶太郎もつられて笑い出した。

半刻ほどして結納品を持った涼太が清次郎と佐和と共にやって来た。

律が覚えている限り、清次郎と佐和が長屋を訪ねたことはない。長屋の皆がそれぞれの戸口から窺う中、律たちは玄関先で三人を迎えた。

律の家は二間三間と九尺二間《くしやくにけん》の今井の家より広いが、所詮裏長屋の一軒だ。奥の間にも床などないから、仕事道具を片付けた横に結納品を置いてもらい、改めて挨拶を交わした。

長熨斗《ながのし》、勝男節《かつおぶし》、寿留女《するめ》、子生婦《こんぶ》、友白髪《ともしらが》、末広、家内喜多留《やなぎだる》……と目録を受け取った今井が読み上げ、のし鮑《あわび》、鰹節、鯣《するめ》、昆布、白麻、対の扇に角樽《つのだる》の酒を検《あらた》める。

今井の目配せで慶太郎が立ち上がると、佐和も涼太へ目配せをした。

「茶はうちにお任せください」

食事を用意するのは大変だろう、また慶太郎の奉公先が菓子屋なのだから、茶菓子を用意するだけでいい——と事前に言われていた。

火鉢にかけていた湯から涼太が手際よく煎茶を淹れる間に、慶太郎が丸に一つ石の焼印が入った饅頭と桜色の練切《ねりきり》が一つずつ載った皿を配って回る。

それぞれが茶を含むと、ふっと一様に顔が和らいだ。

律がふと見やったのは目の前の涼太ではなく、斜め向かいの佐和だった。

目が合うと、佐和は穏やかに——それと判らぬほど微かに——笑みを漏らした。

嫁ぎ先と縁が生じることを「縁づく」という。

祝言はまだでも、己はまさに今、青陽堂に縁づいたのだとひしひしと――言うに言われぬ喜びと共に律は感じた。

和やかに茶のひとときを過ごし、再び形式張った挨拶を清次郎と今井が交わして、結納の儀を終えた。

三人を見送ってしまうと、「じゃあ……」と慶太郎もさっさと帰り支度を始める。

「もう行くの？」

「あたり前――たりめぇさ。届け物がたんとあんだからよ」

まだ高い声にもかかわらず一丁前の口を利くところは頼もしいが、昼餉を一緒にと考えていた律はしゅんとした。

せめて木戸までと見送りに出ると、慶太郎はほんの数歩で踵を返した。

「あのね、姉ちゃん」

「なぁに？」

「あの饅頭の焼印、おれが入れたんだよ」

「え？」

「それだけだよ。菓子作りはまだまだだから、印だけ入れさしてやるって吾郎さんが……それだけだから。じゃあな！」

早口で言うだけ言って、慶太郎は再びくるりと踵を返して走って行った。

呆気にとられたのも束の間、じわりとした胸へ律が手をやると、小さくなる慶太郎の背中と入れ違いに笠を被《かぶ》った男が一人、近付いて来る。

「お律さん」

「まあ、広瀬さま――」

笠を上げてにこやかな会釈をこぼした男は、定廻りの広瀬保次郎であった。

九

「似面絵を頼みたく来てみたら、井戸端で『結納の儀』のさなかだからと、又兵衛さんに止められまして、そこらをぐるりとして戻って来たところです。どうやら無事に終わったようで何よりだ。涼太から聞いたよ。お律さん、此度はまことにおめでとう」

今井宅に上がり込み、手土産を差し出しつつ保次郎は言った。

「ありがとう存じます」

礼を返して律は茶の支度に取りかかる。

手土産の中身は稲荷寿司で、初めから昼餉を共にしようとやって来たらしい。菓子しか食べていない律たちは喜んで相伴《しょうばん》に与《あずか》ることにした。

「非番であらせられるのに似面絵を頼みにいらしたとは、本日は真のお忍びですか？」

莫迦丁寧な今井の問いに、保次郎は小さく苦笑した。

「やはり涼太からお聞きでしたか。お忍びというのは上への方便ですよ。二本差しにも大分慣れましたが、やはり丸腰は身軽でよいものです」

大きな声ではとても言えぬことであるから、ぐっと声を潜めて保次郎は言った。

「しかし先生、似面絵はお上の御用です。甘雨堂《かんうどう》から本を盗んだやつがいるのです」

「なんと。一体なんの本が盗まれたのだ？」

「絲瓜与一《いとうりよいち》の『初嵐』です」

「与一の本とは……ふむ。なかなか面白い盗人だな」

「面白がっちゃいけませんよ、先生。新作ではありませんが、注文で写したばかりの新本で売値は二分。二分でも盗みは盗みです」

作者も書名も律は知らなかったが、それもその筈。絲瓜与一というのは巷《ちまた》でもほとんど知られていない戯作者《げさくしゃ》で、当然刷られた本は少なく、初嵐というのももう五年は前のものだという。四冊でまとまっていて、ほんのり「南総里見八犬伝《なんそうさとみはっけんでん》」を思わせる伝奇《でんき》とのことだが、もともとの冊数が少ないゆえにいまや貸本屋でも扱いがないらしい。

甘雨堂というのは保次郎の行きつけの本屋の一軒で、保次郎をよく見知っている店主から此度の盗みを相談された。

「一人で似面絵を頼みにいらしたとは、つまり広瀬さんは盗人の顔を知っている――？」

「ええ。たまに見かける女です。先生も見かけたことがあるやもしれませんよ？　手代が言うにはその女の仕業《しわざ》で間違いないそうです」

甘雨堂は草草紙や浮世絵を扱う地本《じほん》問屋で貸本屋も兼ねている。高価な新本は庶民にはなかなか手が出ないが、使い古された貸本ならそうでもない。件の女は時折店に現れ、目当ての古本を買い求めていくという。

「ちょうど注文客のために初嵐を用意していたところへその女がやって来て、いくつか古本がないか調べて欲しいと言ったそうです」

女が訊ねた五冊のうち二冊があったので、手代はそれらを包んで代金を受け取った。

「女が去ってすぐ初嵐がなくなっていることに気付き、手代は女を追ったのですが、すぐに人混みに紛れてしまったとのことです。女が盗《と》ったところを見た訳ではありませんが、他に近くに客はいなかったそうで、だからその女の仕業だろうと」

女が二十歳くらいと聞いてふと史織を思い出したが、史織が盗みを働く筈もない。

保次郎が言うままに描き出してみると、丸めの顔にやや太く短い眉、小ぶりの垂れ目と、やはり史織とは似ても似つかぬ女であった。

「ああ、この女ならおそらく私も見たことがあるよ。美冬堂《みふゆどう》でだが……」

似面絵を覗き込んだ今井が言った。

「美冬堂でですか？」

保次郎が驚いたのは、美冬堂というのが甘雨堂のような地本を扱う店ではなく、物之本《もののほん》といわれる学術書を主に扱う書物問屋だからだそうだ。

「それにしても、この方、うまく見つかりますでしょうか？　こう言ってはなんですが、私だって何人も似たようなお顔の女性を見たことがあります」

律が危惧《きぐ》するほど女は凡下《ぼんげ》な顔立ちで、目立ったほくろや傷もない。

「うん。だが、本屋に出入りする女というのはなかなかいないものなのだよ。それにこの女に関しては、店主が一度知り合いらしき男を見ているんだ。その男は名前も居所も判ってい
るから、一緒に探ってもらえぬか、小倉《おぐら》に頼んでみるつもりだ」

小倉祐介《ゆうすけ》は保次郎の学友で、火盗《かとう》こと火付盗賊 改 方《ひつけとうぞくあらためかた》の同心だ。巷では町奉行所は火盗改は反《そ》りが合わぬといわれているが、保次郎と小倉に限ってはそんなことはなく、それぞれの役目を果たしながら互いに協力を厭《いと》わない。

「あの、でも、その女の人が盗んだとして、やはり入れ墨になるのでしょうか？」

窃盗の罪は大きく、十両盗めば首が飛び、十両以下なら——男なら——敲《たた》きの上で入れ墨が主な罰とされている。だが此度盗まれたのは本で、その価値は二分である。律の家賃二月分と庶民には大金ではあるものの、出来心で片付けられぬほどではない。

「おや、お律、よもやこの盗人が女ゆえに斟酌《しんしゃく》すべきだと言うのかい？」

からかい口調の今井に、律は口を尖らせた。

「違います、先生。そりゃ、もしも女の方が入れ墨となったら少しはお気の毒だと思いますけど、罪は罪ですから。私はただ、盗った人はその本が本当に好きだったんじゃないかと。だとしたら、もしも本が無事に戻ったら、少しくらいその、手心を……」

「うん。甘雨堂もそういったことを考えて、あまり騒ぎにならぬようにと私に相談してきたのだが……しかし、先生が美冬堂でも見たというのが気になるな。それにお律さん、その本を本当に好いているのは注文主だ。五年以上も昔の戯作の写本なんて、惚れ込んでなきゃ頼みやしないよ。そうまでして頼んだ本が盗まれたなんて、その人はどんなにかがっかりするだろう……だから早くとっ捕まえて、本がゆくべきところに届けたいんだ」

書物を愛する保次郎だけに、いつも以上に義憤《ぎふん》を覚えているようだ。

非番の間は自分も探すつもりらしく、律にもう一枚同じ似面絵を描くよう頼むと、懐紙《かいし》に包んだものを差し出した。

十

結納の儀から五日後、史織が長屋を訪ねて来た。

案内役は雪永だ。

池見屋に明日納める五枚の巾着絵はとっくに描き上げていて、律は今井宅にて涼太の淹れた茶をのんびり飲んでいた。

「史織さまが似面絵を頼めないかと……」

「似面絵ですか？」

新たな巾着の注文ではないかと期待した律は、やや落胆しながら問い返した。

「うん。お律さんは似面絵師の前に上絵師なのだからとお類からは叱られたんだが、その、お千恵が蒔《ま》いた種なんでね……すまないが一枚、史織さまのために都合してもらえないだろうか？」

律にとっても涼太にとっても恩のある雪永だ。

似面絵の一枚くらい――と、一も二もなく律は承知した。

雪永の横で頭を下げた史織が手に提《さ》げているのは、律が描いた鞠巾着だ。

池見屋の店先で互いに鞠巾着を持った千恵と史織が鉢合わせ、立ち話から座敷に移っておしゃべりするうちに史織の想い人の話になったという。

「私……とうとう水無月に輿《こし》入れが決まってしまいました」と、史織が言った。

「輿入れ……」

「母がいつまでも我儘は許さぬと、私に断りなく縁談を承諾したのです。鉄砲方の御家人で、乳母が言うには武事には秀でていても文事は振るわず、『賢《さか》しい女は嫌いだ』そうで……この鞠巾着もおそらく気に入らないだろうから、隠しておくように言われました。せっかく描いていただいたのに残念ですが、あの人の似面絵を好きな書物と共にこの巾着に仕舞って、これまでの日々を偲びとうございます」

不安はあれど律には待ち遠しい祝言が、史織には不自由で憂鬱な暮らしへの始まりとなるようだ。

武家の娘である史織は町人に恋をしており、千恵は町娘でありながらかつて武家の男と言い交わしたことがある。さすれば千恵が史織に同情したのも道理で「せめてもの想い出に」似面絵を描いてもらってはどうかと勧めたそうである。

「お千恵には今後みだりに似面絵のことは言わぬよう、釘を刺しておいたから……快く引き受けてくれてありがとう。なんせお千恵に、必ず引き受けてもらうよう頼み込まれてしまってね。お千恵は今日はお杵と浅草に行く約束をしていて、自分でこちらに案内できないのを悔しがっていたよ」

そう言って雪永は苦笑したが、その笑顔は律の胸を締め付けた。

お千恵さんは、あの似面絵をまだお持ちなのかしら――？

千恵と言い交わした男の名は村松《むらまつ》周之助《しゆうのすけ》。町娘の千恵は武家の養女となって周之助に嫁ぐ筈だった。だが何者かに手込めにされた千恵は入水《じゆすい》自殺をはかり、命は取り留めたものの、周之助とは破談。それから昨年までの十数年をおぼろげな記憶と共に生きてきた。

今でこそ周之助と結ばれなかったことを理解している千恵だが、律が出会った頃は己が周之助の妻であると信じており、そんな千恵の記憶をもとに律は若き日の周之助の似面絵を描いたことがあった。

せめてもの想い出、と言った千恵の気持ちは判らぬでもない。

だが、想い人の似面絵を隠し持って他の男に嫁ごうとしている史織には、もう二十年近くも千恵を——他の男を想い続ける女を——愛してきた雪永に似た切なさを覚えてしまう。

己の同情なぞ無礼なだけだと承知している。

しかし未熟さゆえにそれと悟られるのを恐れた律は「まだ他に寄るところがあるから」と、雪永が上がらずに辞去したことにほっとした。

裏長屋を訪れたのは初めてなのか、史織は興味津々で今井の九尺二間に上がり込む。

「流石、指南所のお師匠さん。本をたくさんお持ちですね」

小さな棚に積まれた本を見やって、嬉しげに史織が問うた。

「もっぱら貸本で済ませていますが、どうしても手許に欲しい本は買っています。あなたも相当な本好き——いや、学問好きとお見受けしました」

史織の、書物やら筆やらが描かれた鞠巾着を見て今井は微笑んだ。

「学問はそれほどでも」と、史織ははにかんだ。「物之本にも時折手を出しますけれど、地本の方がやはり読みやすくて……欲しい本は数多《あまた》ありますが、小遣いではとても賄いきれないので、私ももっぱら貸本です」

「そうですか」

「お嫁に行ったら町歩きも控えねばなりません。貸本さえも好きに読めなくなりそうです」

しょんぼりした史織の前に、涼太が淹れ立ての茶を差し出した。

「お律さん、もしやこちらの方が……？」

「ええ、まあ……」

おずおずと訊ねた史織に律が小さく頷くと、察した涼太が照れ臭げに頬を掻いた。

「涼太さんでしたわね。お話はお律さんから伺っております」

「お話……ですか」

「ええ」と、史織はようやくにっこりとした。「おめでとうございます。どうかお律さんと末永くお仕合わせに」

「はあ、その、どうも恐れ入ります」

恐縮する涼太に律まで面映ゆくなる。

気を取り直して家から筆を取ってくると、似面絵の下描きを描き始めた。

初めは恥ずかしげにしていた史織だが、目、鼻、口、耳と描き出すと、少しずつ身を乗り出した。

「目尻は今少し細く、でも穏やかで、それでいて凜としていて……」「上唇がやや薄く、ああでも、ほんのちょっぴりです。上下ほどよく、だから会釈がとても温かいのです」「眉尻も鼻梁《びりょう》もこう……すっとしていて、けして派手やかではありませんが、清々《すがすが》しくて」

史織の言う通りに事細かく目鼻立ちを整えていくと、どことなく見知った顔になってきて、律は内心首をかしげた。

派手やかではないと史織は言ったが、似面絵の男は学者然としながらも秀麗《しゅうれい》だ。が、惚れた男なれば、史織が多少美化しているとも考えられる。

だって、これはもしや広瀬さん……？

保次郎を一割――否、二割増しほど優美に描けば、似面絵とそっくりになりそうだった。

ちらりと涼太を見やると、涼太も何やら窺うように律を見た。

似面絵の男は髱《たぼ》がやや膨らんだ、いわゆる八丁堀風の小銀杏髷《こいちょうまげ》で、着流しで丸腰だと立ち居振る舞いや身なりによっては武家か町人か判じ難い。

「……史織さま」

愛おしげに似面絵を丸めて巾着に仕舞った史織へ、おずおずと律は切り出した。

「似面絵のお方とは、本屋で巡り合わせたと仰いましたね？」

「ええ」

「本の写しを生業にされているそうですが、あの、お名前などは……？」

律が問うと史織は顔を赤らめた。

「名乗り合ってはいないのですが、お店の方とのお話から、『次郎』さんかと……」

「次郎さんか……」と、涼太も合点したように頷いた。

閃いて律は更に問うた。

「そのお店というのは、もしや甘雨堂ではないですか？」

「あら、お律さんどうしてそれを？」

「どうしてって――」

返答に困って律は今井の方を見た。

先生なら何かご存知なのでは――？

そう期待してのことだが、今井は何故かくすりとしたのみだ。

「甘雨堂ってのは岩附町《いわつきちょう》の本屋だな？　先日、写本を盗まれたっていう？」

涼太が問うのへ律は頷いた。

保次郎に頼まれて盗人の似面絵を描いたことは、数日前に今井宅で話してあった。

「まあ……」と、史織はますます驚き顔になる。「お千恵さんから、お律さんはお上御用達《ごようたし》の似面絵師でもあるとお聞きしたのですが、そんなことまでご存知だなんてびっくりしました。その通りです。誰だか不埒《ふらち》な女が私の注文した本を盗んだのです」

「えっ、盗まれた戯作は史織さまが注文されたものなのですか？　ええと、確か糸瓜《へちま》――いえ、絲瓜……」

「絲瓜与一の初嵐です」

果実から繊維が採れる糸瓜はかつて字が表すままに「いとうり」と呼ばれていたのだが、いつしか訛《なま》って「とうり」となった。この「とうり」の「と」が、いろは歌では「へ」と「ち」の間にあることから、これまたいつしか「へちま」という洒落《しゃれ》言葉になったという。

五年前の戯作の写本をわざわざ注文するほどだから、広瀬さんが言ったように史織さまはよほどその本がお気に入ったのだろう……

「それとも――もしや、その本の写しは次郎さんが？」

「嫌だわ。お律さんはなんでもお見通しなのね」

赤くなった頬に史織が片手をやった時、「先生！」と今井を呼ぶ保次郎の声がした。

十一

開け放したままの戸口から保次郎の顔が覗いた。

「ああ、すみません。来客中だったとは――」

振り向いた史織と目が合って、保次郎は言葉を呑んだ。

先だっては書生風の身なりで丸腰だったが、今日の保次郎は脇差しを差している。着物もまた涼太が見立てた鉛色の御召《おめし》で、非番とはいえ「定廻りの旦那」にふさわしい体裁《ていさい》だ。

声を失った史織と見つめ合うことしばし、保次郎は困った笑みを浮かべて言った。

「参りましたな……あなたは片山《かたやま》さまのご息女であらせられますな？」

「はい……し、史織と申します」

「無論、お名前も存じ上げておりますよ。私は——広瀬保次郎と申します」

「広瀬さま……」

呆然として繰り返す史織に、保次郎は小さく頷いた。

「甘雨堂では次郎と名乗っておりますが、本の写しは道楽を兼ねた小遣い稼ぎでして……どうか他言無用に願いまする。甘雨堂から史織さまが注文された本を盗んだ者は、昨夜お縄にいたしました。今頃、甘雨堂から片山さまのお屋敷に遣いが行っている筈です」

「あなたさまが盗人をお縄に……？」

「実際に捕らえたのは友人ですが、私は町方でして」

「町方の広瀬さま、というと——ああ、まさか定廻りの……」

「そのまさかでございます」

「そんな……だって……」

「覚えがないのは当然です。見合いもありませんでしたし、甘雨堂を訪ねる際は、私は大抵、町の者を装っていますから」

「あ……」

「違うのです」と、史織は頭を振った。

「違う、とは？」

「お――お顔が違うのです」

確かに似面絵よりも本物の方がやや見劣りするが、保次郎が次郎――史織の想い人――であることは間違いない。

――それに、「見合い」もなかったというのは、一体どういうことかしら？

戸惑う律より、更に困惑した顔の保次郎へ、今井がのんびりと言った。

「片山さまというのは、書物《しょもつ》同心の片山通之進《みちのしん》さまのことですかな？」

「さようです」と、保次郎。

「書物同心というと……ああ、昨年の秋の」

顎に手をやった涼太がつぶやくのを聞いて、律も思い出した。

昨年、文月の終わりに、保次郎の父親が持ってきた縁談相手が書物同心の娘であった。

しかし「その女性とはご縁がなかった」――つまり振られたと保次郎は言っていた筈だ。

「だって、定廻りの広瀬さまは……」

しどろもどろに史織は三年前に、岩附町で捕り物に出くわしたことを話した。

「いきなり匕首《あいくち》を持った男が通りに躍り出てきて、道行く人を切りつけながら――道をあけるよう脅して逃げようとしたのです。そこへ、定廻りの広瀬さまが現れて……」

小者に控えるように言うと、十手も抜かずにあっという間に男を組み伏せたという。「町の者が『流石、広瀬さまだ』と口々に言うのを聞いて姓は覚えていたのですが、その、次郎——広瀬さまとはまったくお顔が」

「ああ、それは私の兄です。三年前——その岩附町での捕り物から二月ほど後に兄は亡くなり、僭越《せんえつ》ながら私が跡を継ぎました」

「そうだったのですか。私はてっきり……ですから、ご縁談をいただいた時、定廻りの広瀬さまと聞いてお断りしてしまったのです」

そう言って、史織は手をついて頭を下げた。

「申し訳ありません。縁談をお断りするには何かもっともらしい理由が必要だと思い、『不浄役人』などと心にもないことを申しました」

察するに「不浄役人に嫁ぐのは嫌だ」とでもごねたのだろう。

「お顔を上げてください」と、保次郎は穏やかに言った。「断りの言葉があなたの本心でなかったことは、お父上からお聞きしております。誰か意中の者がいるようだ——と。兄上をお断りになったくらいなのだから、私など初めから勝負にならなかったことでしょう」

保次郎の兄の義純は保次郎より一回り大きく、颯爽《さっそう》とした風貌で武芸に秀でていた。おおらかな人柄で上司や同輩の信頼も篤く、町の者にも人気であった。

「母から聞いたのですが……史織さんは近々、鉄砲方の同心とご縁を結ばれるそうですね。

どうか末永く……お仕合わせに」

微かな躊躇《ためら》いから保次郎の気持ちを律は悟った。

「広瀬さま」

一歩前に出ると、律は史織を押し留めて鞠巾着から似面絵を取り出した。

「この方が史織さまの意中の君です。鉄砲方の同心さまではございません」

広げられた似面絵を見て、保次郎が目を丸くした。

十二

「……つまり、史織さまこそが広瀬さんが『これは』と思ったお人だったのね」

番町への道中、律は史織の——そして保次郎の——恋の顚末《てんまつ》を香に話した。

卯月も今日明日を残すのみで、本田左衛門尉の似面絵を描きに行くところだ。律は駕籠が苦手なのと、香とのおしゃべりを楽しみたいのもあって、本田家には駕籠の用意は断った。

「本屋に通うお武家の娘と、町人のふりをして非番の日も市中を見回る定廻りの恋……これこそ戯作になってもおかしくないわ」と、香はご満悦だ。

他言無用と言われているから、保次郎が小遣い稼ぎに本の写しをしていたことは、残念ながら香には内緒である。

史織は十六歳になって初めて、一人歩きを許されたという。それでも初めは乳母が見張っていたそうだが、少しずつ自由に——といっても、せいぜい十日に一度、日中のみという約束で——出かけられるようになった。

書物同心の父親の影響で本好きに育った史織には、小間物屋よりも本屋を見て回る方が楽しく、甘雨堂に通ううちに保次郎に想いを寄せるようになったそうである。

史織の身分を、保次郎は甘雨堂の主から聞き及んでいた。幾度か顔を合わせるうち、保次郎も史織が気になりだしたが、所詮己は冷や飯食い、史織はいずれそれなりの身分の者へ嫁ぐだろうと諦めていたらしい。

保次郎は三年前に急きょ義純の跡を継ぐことになったが、初めのうちは慣れない役目に大わらわだった。一年ほどして母親が嫁取りを唱え始めて、昨年秋に運良く史織との縁談が持ち上がり——ようやく己の正体を明かせると保次郎が喜んだのも束の間、「見合い」はおろか、早々に断られたのである。

「ふふふ、とんだ誤解があったものね」

忍び笑いを漏らして香が言った。

「ええ」と、律も笑みを漏らしつつ頷いた。「似面絵が本人より美男だったから、広瀬さんはどうも照れ臭かったみたいで、『本当に私で間違いないのですか』と史織さまに念押しして、史織さまはそれでまたお顔を赤らめて……」

――保次郎の学友にして火盗改の小倉は、律が描いた似面絵を密偵の太郎に託し、本屋の店主が見かけたという、身元の知れた男の方を探らせたそうである。

男は絲瓜与一と似たり寄ったりの無名の戯作者で、名は明水紫山《めいすいしさん》。太郎が深川にある明水の長屋を見張ること三日目で、似面絵の女が現れた。

女の名は節《せつ》といい、明水の通い妻のような者であった。明水に頼まれて本屋に遣いに行くうちに盗みを働くようになり、明水もやがて金目当てに節に盗みをうながすようになった。

物之本の方が地本より金になるので、盗むのはもっぱら物之本であったが、初嵐を盗んだのはそれが新本だったのと、折から絲瓜与一を気にかけていた明水が喜ぶと考えてのことだったと節は言った。

「明水は戯作を書くばかりで、暮らしの費えはお節が賄っていたそうよ。そのためにお節に本を盗むようそそのかしていたのに、火盗には知らぬ存ぜぬを貫こうとしたんですって。もちろん火盗は見逃すことなく、最後には一緒に引っ張って行かれたとのことだけど」

「ひどい男ね」

節が明水を知ったのは、明水の戯作を読んだからである。明水の戯作は挿絵がほぼない、山里の怪異を題材とした読本だという。地本ですら難なく読める女は少ないというのに、どこで学んだのか、節は物之本を読むこともできるらしい。それゆえに史織は明水よりも節の所業に落胆、憤慨していたが、保次郎はそんな史織を頼もしげに見つめていた。

史織が初嵐の写本を注文したのは、やがて訪れるだろう嫁入りの前に、保次郎の想い出の品が欲しかったからである。「次郎」が手がけた写本がないかと甘雨堂の店主に相談したところ、店にはないが注文すれば受けてもらえるだろう、一から写してもらうなら初嵐はどうだろうか、と勧められたそうである。

――絲瓜与一という方の本は初めて読むので、楽しみです。是非とも楽しんでもらいたい――

――友人が気張って取り戻してくれた本です。是非とも楽しんでもらいたい――

全ては小倉の手柄のごとく話す保次郎を見ながら、律はふと思いついた。

もしや広瀬さんは「次郎」であると同時に、「絲瓜与一」でもあるのでは――?

写本に絲瓜の戯作を勧めたのは、保次郎と史織の双方を知る店主の心遣いだったのではなかろうか。

今井なら知っているだろうと後で訊ねてみたのだが、「それこそ戯作になりそうな話じゃないか」とにこやかにとぼけられ、真相は判らずじまいとなっている。

「それで、広瀬さんと史織さまはどうするの？」と、香。

「史織さまのご尊父とお相手の鉄砲方のご同心と、お二人に直談判に行くと広瀬さんは言ってたけれど、うまくいったかしら……」

そうこう話すうちに本田家にたどり着いた。

「おりつさん、おこうさん、よくいらっしゃいました！」

潑剌《はつらつ》とした秋彦に迎えられて、律たちは座敷に通された。

律が墨を磨る間に、秋彦は床に飾られた兜《かぶと》の前に香を連れて行った。

「たんごがちかいので、ちちうえのかぶとをだしたのです」

六日後には皐月《さつき》五日——端午《たんご》の節句であった。

「雄渾《ゆうこん》な兜ですこと」

「ゆうこん？」

「ああ、その、とても凜々しく力強い兜だと……」

香が言い直すと、秋彦は大きく頷いた。

「ええ。ちちうえはとってもおつよいのです」

兜の傍《そば》には菖蒲《しょうぶ》で編んだ縄がある。端午の節句に男児が興じる「菖蒲打ち」に使われるもので、綱の片端を持って地面に打ち付け、音の大きさを競うのだ。

「よごろうにまけぬよう、けいこしているのです」

どうやら家臣の大倉と端午に菖蒲打ちをするらしい。

菖蒲の縄をつかむと秋彦は「えいっ！」と畳に打ち付けた。

「これ、秋彦！　家の中ではよしなさいと言ったでしょう。言いつけを守れぬのなら、大倉殿に頼んで、端午の菖蒲打ちはなしにしてもらいますよ」

「ごめんなさい、はうえ。おこうさんにけいこをみてもらいたくて……」

叱られて肩を落とした秋彦に香が言った。

「秋彦さまが稽古に励んでいらっしゃるのはよく判りました。ですが、あまり騒がしいとお律さんも困りますから、何かお部屋で遊べるもの――あやとりでもしませんか？」

「あやとりですか。では、ひもをとってまいります」

ぱっと顔を輝かせて急ぎ座敷を出て行く秋彦を見て、弓江が忍び笑いを漏らした。

「いつも、あやとりは女子の遊びだと言い張って、私や女中はあまり相手にしてもらえないのですよ。どうやら秋彦はお香さんに一目惚れしたようです。お香さんが来るというので、今日は朝からそわそわしていました」

「お、恐れ多いことでございます」

恐縮しながら、香は戻って来た秋彦とあやとりを始めた。

その様子をにこにこと見守る弓江に似せて、律はまず、温かい笑みを浮かべた本田の似面絵を描いた。本田の絵を描き上げると、弓江、それから秋彦の似面絵を次々と描く。ついでに秋彦が菖蒲打ちをする様や、香と二人であやとりに興じる様を簡単に描くと、秋彦が声を上げて喜んだ。

「おりつさん、ありがとうございます。ちちうえがかえってきたら、これをみせます」

あやとりの様子が描かれた絵を手にして香の方を向くと、秋彦は問うた。

「おりつさんは『うわえし』だそうですが、おこうさんのおしごとはなんですか？」

「お仕事、ですか……」

香が困った顔をすると、秋彦は期待に満ちた目をして続けた。

「もしも『ごろうにん』なら、うちのじょちゅうになりませんか？」

「まあ、秋彦ったら」

「いけませんか、ははうえ？　おたまがいなくなったので、おあさがくろうしております」

あさというのは長年仕える年老いた女中で、玉は先月嫁入りが決まって本田家から暇をもらったらしい。

「いけませんも何も……」

笑いをこらえながら弓江が言った。

「まず、女の方をご浪人などと呼ぶものではありません。それからお香さんは伏野屋という薬種問屋――お薬を売るお店のおかみさんですよ。ほら、鉄漿《かね》をつけているでしょう？」

「おかみさんというと……おこうさんはもうおよめにいってしまったのですか？」

「はい。三年前に伏野屋にお嫁にいきました」と香が応えると、

「なんと……」と、眉を八の字にして秋彦はつぶやいた。

律がついくすりとすると、秋彦は今度は律の方を見て問うた。

「おりつさんはかねをつけていませんね？　ですから、おりつさんはまだおよめにいっていないのですね？」

「ええ、まだ……」

律が言葉を濁した横から香が口を挟む。

「お律さんは文月に、私の兄のお嫁さんになるのです」

「なんと。おりつさんまでおよめに――」

目を丸くした秋彦の横から、弓江がおっとりと訊ねた。

「とすると、お律さんは青陽堂に嫁がれるのですね？」

「はい」

「お香さんのお兄さんなら、さぞかし頼もしく、端整なお顔立ちなのでは？」

「そ、それほどでも……」

恐縮しながら、先日の接吻が思い出されて律は困った。

「ふふ。なんにせよ、おめでとうございます」

「おめでとうございます」と、弓江を真似て秋彦も目を細める。

「恐れ入ります」

律が頭を下げると、秋彦は弓江を見上げて言った。

「ははうえ、わたしもあにうえがほしゅうございます」

「無茶を言うものではありません」

「むちゃですか？」

「無茶です。弟や妹ならまだしも……」

「では、おとうとでもいもうとでもよいです」

屈託なく言う秋彦に、弓江は「もう……」と、微苦笑《びくしょう》を浮かべて溜息をついた。

——茶と茶菓子を馳走になってから、七ツ前に律たちは本田家を後にした。

伏野屋へは御城を南に回る方が早いのだが、神田から駕籠で帰るという香と来た道をのんびり歩いて戻る。

「弓江さまや秋彦さまにお目にかかれたのも嬉しいけれど、こうして香ちゃんとまたお出かけできてよかったわ」

「本田さまのおかげよ。五百石のお武家からお招きされたんじゃ、峰さまも駄目とは言えないもの。いい息抜きになったわ」

「私もよ。それにしても、ふふ、秋彦さまの愛らしいことといったら……」

香ちゃんに一目惚れなんて、流石にお目が高いわ——

帰ったら早速今井に話そうと、律はついにまにましてしまう。

「ええ、秋彦さまは本当に愛くるしくて……」

微笑んで頷いた香の目から、つっと一筋涙がこぼれた。

「あら嫌だわ」

すぐに頬に手をやり、香は律から顔を背けた。

「駄目ね。近頃めっきり涙脆《もろ》くなって……ああ、駄目駄目。こんな言い草もまるで年寄りみたいじゃないの――」

おどけた香の声が微かにかすれて、律の胸を締め付ける。

「香ちゃん……」

その先の台詞が見つからず、律は目を落とした。

六日後の――秋彦が心待ちにしている端午がまた、香には辛い一日となるのだろう。

黙り込むことしばし、香がそっと律の袖を引いた。

振り向いた律へ、香はいつも通りの笑顔を向ける。

「須田町《すだちょう》にお団子の美味しいお茶屋があるの。帰る前にそこで一息入れましょう。さっき弓江さまからいただいた心付けで、一本馳走してちょうだい」

「ええ、もちろん。一本といわず、二本でも三本でも……」

己の無力さを噛みしめつつ、律も精一杯微笑んだ。

第二章

無きが代

一

弾んだ足取りで律は日本橋を渡った。

着物の注文が入ったのである。

日本橋よりは京橋の方がずっと近い、畳町《たたみちょう》にある商家からの注文だ。

着物といっても女児の物で、意匠は鞠。

つまり、鞠巾着を気に入った客が、揃いの着物が欲しいと池見屋に言ってきたのだった。

それでも、着物は着物だもの――

日本橋の賑やかさには目もくれず、京橋より二筋手前の道を右に折れる。

「雪駄問屋の太田屋《おおたや》……」

類から聞いた店を探して通りを見回すと、半町ほど先に大きな日除《ひよ》け暖簾《のれん》が見えた。

「上絵師の律と申します。おかみさんはいらっしゃいますか?」

手代と思しき男は訝《いぶか》しげに律を見やったが、池見屋からの紹介でやって来たことを付け加えると、すぐに座敷に通された。

ほどなくして現れたおかみの昭《あき》は鞠巾着を片手にしている。

「あなたが鞠巾着の……？」

「律と申します」

「まあまあ、上野からわざわざどうも」

律が住むのは神田相生町だが、あえて正すこともあるまいと律はただ頭を下げた。

「池見屋で買い求めたのは、この鞠巾着です」

女児が好みそうな、櫛と簪、手鏡に、芍薬《しやくやく》と花菖蒲の五つの意匠を入れた物だ。

「揃いの着物をお求めだと聞きました。それなら、このように主に袖と裾《すそ》、背中に鞠を入れようと思いますが……」

用意してきた下描きの一枚目を広げて見せる。

袖と裾に鞠巾着と同じように大小の大きさの違う鞠を散らしたが、着物ゆえに鞠の大きさは一回りは大きなものを考えている。

「あの、娘さんはおいくつなのでしょうか？　もしもまだお小さいようでしたら、鞠はもっと大きめに、身頃や背中に入れる鞠の数も増やした方がよいかと思います」

更に大きな鞠の絵を入れた二枚目の下描きを広げつつ、律は言った。

「娘は今年十になりました。ですから、幼子が着るようなものよりも、こちらの娘らしい方が喜ぶでしょう」

そう言って昭は一枚目の下描きを指さした。

「かしこまりました」

十歳ならこましゃくれた娘も少なくない。子供らしい着物はせいぜい七歳までだろうと思っていたから、律は素直に頷いた。

「では次に、鞠の中に入れる絵なのですが、鞠の数が増えますので、巾着とお揃いの絵の他にも違う絵を入れることができます」

「あら、そうなんですか？」

「ええ。もしも娘さんがおうちにいらしたら、お目にかかれますでしょうか？　娘さんのお好きな絵を描きますし、お好みの色などもお聞きしたいのですが」

できることなら、娘に直《じか》に会ってみたかった。

小間物や色の好みに加えて、背丈や顔立ち、言葉遣い、立ち居振る舞い、気性などが判れば、より似合う色や意匠で仕上げられる。

「それが……娘は今、風邪で臥せっておりまして。夏風邪は長引くというでしょう？　大事を取ってゆっくり休ませてやりたいのです」

「それはお大事に……」

直に会えぬのは残念だが、病ならば仕方ない。

「ではせめて、娘さんがお持ちの小間物や玩具がありましたら、見せていただけないでしょうか？　それからお好きな花があれば教えてくださいませ」

　律が頼むと、昭はぱっと顔を輝かせた。

「ああ、そうですね。ちょっとお待ちください。すぐにあの子の物を持って来ますから」

　いそいそと座敷を出て行った昭を待つことしばし。

　昭は提げてきた二つの風呂敷包みのうち、まず一つを開くと蒔絵《まきえ》の手箱を取り出した。

　化粧箱として使っているようで、中にはいくつもの櫛や簪の他、色とりどりの手絡《てがら》や房紐が入っている。

「簪はこれとこれ、櫛はこちら、手絡はこの二枚……」

　一通り並べた中から、昭がそれぞれお気に入りの品々を指さした。

　もう一つの風呂敷包みは、貝合の貝桶と袱紗《ふくさ》に包んだ人形だった。

「そろそろ人形遊びには飽いてきたのですけれど、この姉様人形はお気に入りで……貝合はたまにしかしませんが、それは貝が欠けるのが嫌だからなんです。絵を眺めるのは好きみたいで、よく並べて眺めているんですよ」

「さようで……」

　好きな花は桃《もも》と椿《つばき》。

「でも、芍薬も牡丹《ぼたん》も百合《ゆり》も好きなんですよ。ふふ、いつか俚諺《りげん》通りの佳人《かじん》になるのだと張り切っておりますの」

立てば芍薬、座れば牡丹、歩く姿は百合の花――というのは佳人を表す俚諺である。十歳にしては大分ませているように思えるが、昭の娘なら判らないでもないと律は思った。三十四、五歳と思われる昭は年相応にふくよかではあるものの、やや濃い眉に切れ長の涼しげな目元、その割にはぷっくりと可憐な唇と、愛らしい顔立ちをしている。

「お母さま似なら、今でも充分愛くるしいことでしょう」

世辞ではなく律が言うと、昭は嬉しげに微苦笑を浮かべた。

持参した矢立《やたて》の筆で、小間物や玩具の絵を描き留めると律は早々に太田屋を後にした。

太田屋を出ると、神田には戻らずに京橋へ向かう。

京橋から一町ほど南の三拾間堀《さんじっけんぼり》に香が嫁いだ伏野屋がある。

手土産を買うかどうか迷ったが、香がいるとも限らない。

勝手口に回ると、出て来た女中に小声で言った。

「今井先生の遣いで神田から参ったのですが――」

「お律さんですね。存じ上げております。すぐにお香さんを呼んで参りますから」

これまた密《ひそ》やかに――速やかに応えて女中は微笑んだ。

三十路近い、顔は見知っているものの、名前は知らない女中である。だが、仕草や声に香への好意が感ぜられて律は嬉しくなった。

ひとときと待たずにぱたぱたと足音がして、香が台所に顔を出す。

「りっちゃん、どうしたの？」

「畳町に用事があったのよ。香ちゃんがいるかどうか判らなかったから、手ぶらでごめんなさいね」

「いいのよ、いいのよ。さ、上がってちょうだい。お条《くめ》、知らせてくれてありがとう。ついでに――」

「お茶の用意と、旦那さまに言って、和独活《わどつかつ》を少し用意してもらいますね」

和独活というのは煎じ薬で、頭痛や眩暈《めまい》に効能がある。

「流石、お条」

今井の遣いというのは方便だったが、おそらく峰が家にいるのだろう。それなら形ばかりでも「遣い」であった方がよい。

「ちょうど一息入れようと思ってたところよ」

繕い物をしていたようで、通された座敷には着物が広げられている。

と思いきや、実は読み物をしていたらしく、着物の下からはみ出した本の角が見えた。

「暇潰《ひまつぶ》しに、ね」

照れ臭げに香が取り上げた本は、薬草について書かれた物之本である。薬草の挿絵があるとはいえ、律には読めない字が羅列《られつ》されている。

「すごいわ、香ちゃん」

「ううん。辞書を引き引き、少しずつしか読めないの。――それより、畳町に用事ってなんだったの？」

着物の注文が入ったことを告げると、香は手を叩いて喜んだ。

「りっちゃんこそ、すごいわ。子供の着物だって、着物は着物よ」

「うん。着物は着物なんだけど……鞠巾着を十枚描くのとそう変わりはしないわ」

鞠巾着十枚分というのは、類に言われたことである。

――巾着十枚分として二分と二朱。下染めの手間があるから切りよく三分にしようかね。出来映えがよけりゃ、少し色を付けてやるよ――

「でも、巾着とお揃いなんて、お子さんは大喜びでしょうね。どちらの娘さんかしら？」

「太田屋という雪駄問屋さんの娘さんよ」

「畳町の太田屋……」と、香は思案しながらつぶやいた。

「娘さんは十だそうよ」と、律は付け加えた。「風邪で臥せっていて会えなかったのだけど、お母さんが愛らしいお顔立ちで、娘さんは母親似みたい。末は俚諺通りの佳人になりたいんですって。立てば芍薬、座れば牡丹、歩く姿は百合の花……といわれるような」

「……太田屋とはお付き合いがないのだけれど、娘さんの噂は少し耳にしてるわ」

「鞠の絵のために小間物を見せてもらったのだけれど、手絡も房紐もそれはたくさん持ってるの。あれだけあったら、着物に合わせてとっかえひっかえ、楽しいでしょうね」

「そりゃ……そうでしょうね。母親だもの。きっとなんでも揃えてあげたいのよ。娘のためなら、なんでもしてあげたいんじゃないかしら……」

微かに侘《わび》しげになった声色に、律ははっとした。

母親なれば子を愛し、おしなべてできる限りのことをしてやりたいと望むのだろう。

香ちゃんだって、きっと――

いまだ母親になれずにいる香に、母娘の話は無配慮だったと、律は内心しょぼくれた。が、そんな気持ちも香には悟られてしまったようだ。

「ああでも、そういえば」と、くすりとして香は言った。「母さまはそうでもなかったわ。何かをねだると、必ずといっていいほど訳を訊かれるの。煩《わずら》わしいから――ふふ、おねだりはいつも父さまが一人の時を狙ったものよ」

「覚えてるわ。香ちゃんはおねだり上手だと、涼太さん、言ってたもの」

「お兄ちゃんたら……あ、あとね、りっちゃん、立てば芍薬の俚諺だけど、あれは生薬《しょうやく》を喩《たと》えたものでもあるのよ」

「生薬？」

「芍薬の根は身体をほぐして痛みを和らげるから、気が『立っている』時にちょうどいいのよ。牡丹は瘀血《おけつ》ね」

「お、おけつ？」

「漢方の言葉で血の巡りが悪いことだそうよ。座ってばかりいる女性は瘀血が起こりやすいの。瘀血には牡丹の皮がいいんですって。月のものの痛みにも効くそうよ」

「ああそれで、座れば牡丹――」

「そう」と、香は少し得意気に頷いた。「百合の根は咳にもいいのだけれど、癇癪《てんかん》や鬱念《うつねん》を和らげることもできるのよ。しっかり歩くには身も心も丈夫じゃないと」

「流石、薬種問屋のおかみさんね。よくご存知だわ」

「それほどでも」

互いににっこりしたのも束の間、「お香さん」と廊下から峰の声がした。

顔色を変えた香がさっと本を繕い物の下に隠す。

襖《ふすま》を開けて、峰はじろりと中を見回した。

「今井先生にお届けする和独活を持って来ました」

「そ、それはわざわざありがとうございます、お義母さま」

「お律さん、どうもお待たせしましたね」

「い、いえ、おかみさんの手を煩わせてしまいましてすみません」

頭を下げげつつ包みを受け取る律に、「ついでですから」と峰はにべもない。

「……まだ終わってないのですか？」

繕い物を凝視しながら問うた峰に、香はわざとのんびりとした声で言った。

「夕刻までまだたっぷりありますから……」

「まったく……子供が生まれたらそんな悠長に構えていられませんよ？　余計な知恵をつける暇があるなら、すべきことを先になさいな」

これには香は短く「はい」と応えて目を伏せる。

「お律さん、川北からお遣いとはご苦労さまでした。先生によろしくお伝えください」

茶も出しておらぬが、今すぐ帰れと言わんばかりだ。

「はあ、その、大した手間ではありません」

いたたまれずに律は腰を浮かせたが、すぐに香を振り向いて言った。

「お香さん、今日はこれで……でも先生が寂しがっているから、また今度顔を出してちょうだいね。勝手口は判ってるからお見送りはいらないわ」

見送りの間に繕い物を探られたらことである。

台所に行くと、女中の条が身を縮こめて近付いて来た。

「申し訳ありません。旦那さまに和独活を頼もうとお店に行こうとしたら、おかみさんに見つかってしまいまして……」

問い詰められて、律が訪ねていることを告げる羽目になったようだ。

「気になさらないでください。もとから長居するつもりはなかったですし……それより気を利かしてくだすってありがとうございました。その、これからも香ちゃんをどうか……」

「ええ、この粂はお香さんの味方ですから」

しかと頷く粂は心強い。

だがうつむいた香の横顔が頭から離れず、勝手口から表へ出た律は、まだ七ツにもならぬ明るい空の下で溜息をついた。

二

描き留めた小間物や玩具を見ながら鞠の下描きをしていると、涼太の声がした。

「お律、一息入れないか？」

振り向くと、戸口から涼太が顔を覗かせている。

「ええ、すぐに行くわ」

律が頷くと、涼太も頷き返してすぐに今井の家へ引き返して行った。

二度目の接吻を交わしてからちょうど一月だ。今井宅では何度も顔を合わせているものの、家まで呼びに来られるとついどきりとしてしまう。

筆を置いて今井の家に上がると、涼太が茶を入れる傍ら、昨日渡しそびれた和独活の包みを今井に差し出した。

「ん？　これは？」

「お土産です。すみません、昨日、先生をだしに香ちゃんの顔を見に行ったんです」

「なるほど。しばらく顔を見てないが、お香は達者にしているかい？」

「ええ、まあ……」

言葉を濁した律だが、峰の嫁いびりは今井も涼太も知っている。伏野屋でのやり取りを話すと、今井は眉をひそめ、涼太は小さく溜息をついた。

「しかし、そうだな、伏野屋もそろそろ考えなきゃいけねぇんだろうな」

「考えるって？」

「尚介さんはもう三十路だぞ？　離縁する気がねぇのはありがたいが、お多代さんとこは息子一人に娘が二人だ」

尚介の姉にして香の小姑の多代の嫁ぎ先も商家で、一人息子が跡を継ぐ。

「とすると、娘を一人もらって婿取りするか、他から養子をとるか、もしくは――」

尚介さんに外で子供を産ませるか……

言い止したのは、律を慮ってのことだろう。

尚介はそんな真似はしないと思いつつも、伏野屋には跡取りが必要だ。

涼太ならどうするのか問いたい気もしたが、とても問えたものではないと、律はただ目を落とした。

「……そういや、先日売り込みに行った芝神明の茶屋なんですが、皐月に入ってようやく前の茶葉を使い切ったってんで、うちの茶葉になりやした。評判は上々で、店に置いてもらってた土産用の茶葉が早くもなくなりそうだからと、今朝方遣いが来たんでさ」

「そりゃまた嬉しい話だな」

「ええ」

「お律も鞠巾着がいい塩梅《あんばい》だ。なぁ、お律？」

「はい」

「さっきも鞠をたくさん描いてたな」と、涼太。「お律も上々たぁめでてぇこった」

涼太が手許から開き始めた茶葉が香り始めて、塞ぎかけていた気持ちが和らいだ。

「あれはその、鞠巾着とお揃いの着物の注文がきたんです。十のお子さんのものなんだけど、着物は着物だから……」

舞い上がって話したことが香を滅《め》入《い》らせたことを思い出して律は言葉を濁したが、涼太は束の間きょとんとしてから微笑んだ。

「そんならますますめでてぇや。ほら、前に言ってたろう？　しばらく着物の注文はないだろうって。そんなこともなかったじゃねぇか」

屈託のない笑顔が胸に沁みる。

ますますめでたいのは青陽堂も同じで、少しずつでも涼太の努力が報われているのが律にも嬉しい。

「鞠巾着の——池見屋が鞠巾着を売り込んでくれているおかげよ。今度はしくじらないよう、心してかからないと」

「ああ、お互いしっかりやろう」

「ええ」

律たちが頷き合ったところへ、井戸端の方から保次郎と又兵衛が挨拶を交わす声が聞こえてきた。新しい茶碗を取りに行くべく涼太が腰を浮かせると、開け放してあった戸口から保次郎が姿を現す。

「やあ、涼太、先生、お律さん」

にこやかな様子からして、「お上の御用」ではなさそうだ。

「広瀬さん、もしや……」

「ああ待て、涼太」

問いかけた涼太を手で制し、保次郎は一つ咳払いをするとぴんと背筋を正して言った。

「この度、わたくし広瀬保次郎は、書物同心片山通之進さまのご息女史織殿と、めでたく縁組の運びとなりました」

「まあ」

これぞ本当にめでたい話である。

「それはそれは、広瀬さま。謹《つつし》んでお祝い申し上げまする」

かしこまって両手をついて頭を下げた今井に倣って、律と涼太も頭を下げた。

「いやその、皆、どうか顔を……涼太、早く茶を淹れてくれ」

照れながらも保次郎は手際よく両刀を外すと、草履を脱いで上がり込んだ。

「あれから半月……どうしたかと案じていたところだったよ」と、今井。

今井が言うように、ここで史織と想いを確かめ合ってから半月ほど保次郎を見かけておらず、律も密かに「直談判」の首尾を案じていた。

「その節はどうもお世話になりました。いやはや……片山さまの方は難なく話がついたのですが、鉄砲方とはしばし揉《も》めまして、なかなかこちらに伺えずにおりました」

「なるほど。なんにせよ、無事に縁組が決まったとはめでたい限りだ」

「本当に……」

思わず律が胸に手をやると、保次郎の前に茶碗を置きつつ涼太が言った。

「これで俺も一安心ですや」

「そうか。一安心か。しかしな涼太、ふふふふふ……」

忍び笑いを漏らす保次郎へ、涼太が眉根を寄せて問う。

「なんですか？　気味が悪い」

「母上もだが、片山さまの奥さまもえらく張り切っておられてな。鉄砲方と話がついた途端、善は急げとすぐさまあちらこちらに手配りされて、水無月は六日に祝言を挙げることになったのだ。ゆえにお前には悪いが、私の方が一足先に嫁を娶《めと》るぞ」

「何も悪いこたありやせんや。先を越すより越される方が、こちとらも気楽で助かりやす」

「む。言ったな、涼太」

そうは言うものの、顔は笑ったままである。

旨そうに一口、二口、茶を含んでから、保次郎は律の方を向いた。

「ところでお律さん。一つ頼みがあるのだが……」

「似面絵ですか？」

「あ、いや、此度は着物なのだ」

「着物？」

「そうはいっても、子供の着物なのだが」

「そいつは、ちと気が早過ぎじゃ……？」

横から涼太が言うのへ、保次郎がにやりとした。

「そういうお前は早計だ。着物は史織――さんの姪御《めいご》のものだ」

「ほう、史織さまの？」

呼び捨てにしかけた保次郎に、今度は涼太がにやりとしてみせる。

「うむ。史織さんの鞠巾着を見た叔母《おば》がいたく気に入って、今年十になった娘のために鞠巾着と揃いの着物を一緒に頼めないかと言ってきたそうだ。史織さんは池見屋を通すように何度も言ったのだが、この叔母がちと押しの強い方らしく、とにかく頼んでみてくれの一点張りで……お律さん、忙しいところあいすまないが、近々史織さんを寄越すから、話を聞くだけ聞いてもらえぬだろうか？」

「もちろんです。昨日、他からも着物の注文を受けたので、仕上げまでにはしばらくかかるやもしれませんが……」

「助かるよ。史織――さんが困っていたので、どうにも見過ごせなくてなぁ。つい、私からも口添えしてみると見栄を張ってしまったのだよ」

頬を染めつつ、保次郎は盆の窪へ手をやった。

そんな保次郎に思わず微笑んだ律の隣りで、涼太はにやにやしている。

「こりゃ、広瀬の旦那さま。おのろけご馳走さまでございます」

「勘弁してくれよ、涼太。先にのろけたのはお前じゃないか」

「俺はのろけてなんかいやしません」

涼太はすぐに打ち消したが、保次郎は今井と顔を見合わせてにっこりとする。

涼太さんが、おのろけ……？

何をどんな風にのろけたのだろうとちらりと涼太を見やると、涼太は小さく首を振った。

「俺はただ、落ち着くところに落ち着いたと言っただけで、他は何も――」

だが、仄《ほの》かに涼太の頬が赤味を帯びて、何やら気恥ずかしくなった律も、急ぎ茶を飲むことで顔を隠した。

「ところでお律さん」

のんびりと茶を口にしてから、保次郎は言った。

「またもや着物の注文とは、もうすっかり一人前ですな」

「よしてください、広瀬さん。まだまだ父には及びません」

池見屋で見た伊三郎の桜の着物を思い浮かべつつ、律は言った。

「別口でいただいた着物の注文も鞠巾着とお揃いをと――つまり、史織さまの叔母さまと同様の注文なのです。やはり今年十になる娘さんへの贈り物で、注文主は畳町にある雪駄問屋のおかみさんでして……」

「畳町の雪駄問屋というと――太田屋かね？」

「そうです。流石、広瀬さん、よくご存知で」

「いやいや、それほどでも。しかし、あそこの十になる娘というと、もしや風邪を……」

「ええ。風邪で臥せっているそうで娘さんのお顔は見ていないのですが、そんなことまでご存知なんて驚きです」

「それは……いやまあ、町を見廻るのが私の役目だからね」

そう言って保次郎は微笑んだが、声にはどことなく陰りがあった。

定廻りとはいえ、風邪で臥せっていることまで知っているとは、太田屋の娘はよほど評判なのだろう。

それとも――

風邪というのはそら言で、もっと重い病なのかしら……？

問うてみようか律はひととき迷ったが、縁組という晴れやかな話柄《わへい》に水を差すこともあるまいと思い直した。

それに、娘さんがどうであろうと、私は精一杯描くだけ――

三

保次郎はその日のうちに片山家を訪ねたようだ。

翌日の昼下がりに史織が長屋にやって来て、早速鈴木《すずき》家――史織の叔母宅――を訪ねてみないかと律を誘った。

「出かけていればいいのだけれど……」

叔母ゆえに邪険《じゃけん》にできぬが、できればかかわりたくない相手らしい。それなりの手配りはしたのだから、「お留守ならこの話はなかったことに……」と、言うのである。

「もちろんお律さんには、ご足労いただく手間賃をお支払いしますから」

そう言って史織は苦笑したが、律としてはせっかくの着物の注文をふいにしたくない。

史織の叔母は雅代《まさよ》、その娘にして史織の姪は栄恵《さかえ》という名だそうである。

「でも叔母はちっとも雅《みやび》じゃないのです。見栄っ張りで、そのくせけちで……」

「さ、さようで」

「栄恵もちっとも可愛くないんです。ううん、顔かたちは愛らしいのだけれど、それが仇《あだ》になっているんです。叔母を始め、周りが甘やかすものだから年々生意気になって……ほんとにいけ好かないったら」

むくれ顔でも、一月前とはまったく違う、潑剌とした様子が窺える。

知らず知らずに微笑んでいたようだ。

「……嫌だわ、お律さん」

赤くなった頰を押さえて史織が言った。

「だって、広瀬さまと史織さまは本当によくお似合いなんですもの」

律が言うと史織はますます顔を赤らめる。

「お律さんには父母も大層感謝しております。もちろん、私も……保、いえ、広瀬さまは、これからは一緒に勉学に励もうと仰ってくださったんです。お持ちの本は好きに読んでいいと言われましたし、本を借りるも買うもよし、ただし身代《しんだい》は潰さぬように頼む、と……あの、広瀬さまから何か私のことをお聞きですか？　巾着に一分も使うなんて、贅沢な女だと思われてやしないでしょうか？　私、こんな贅沢は滅多にしないのですよ。その、嫁ぐ前に少し楽しみたかっただけで……」

提げている鞠巾着を見やって、心配そうに史織は問うた。

「史織さま」

笑いを噛み殺しつつ律は応えた。

「広瀬さまは史織さまに心底惚れ込んでおられます。数年来想いをかけていらしたのですから、史織さまのお人柄もよくご存知かと。ですから、そうご案じなさいませぬよう」

「そう言ってくださるのは心強いのですけれど、つい不安になってしまうのです。お律さんと涼太さんは気心が知れているから、そんなことないのでしょうけれど」

「それは、まあ……」

幼馴染みゆえに気心は知れているが、不安は多々ある。

金に関しては史織とは逆で、今の己の身なりや振る舞いが青陽堂の嫁にふさわしいとは思えない。涼太にはとても言えぬが、贅沢を知らぬ望まぬ律には、財布の紐を締めている今の青陽堂の方が以前より身近に感じるくらいである。

ただ、佐和が言ったように一旦嫁《とつ》げば、今とまったく同じとはいかない。

——旦那さん、女将さんはもとより、お店の方々、町の人たち、お客さんたちに認めてもらえるよう振る舞わないと……

そんな不安を打ち明けると、今度は史織が微笑んだ。

「それなら広瀬さまと一緒だわ」

「広瀬さまと？」

「今井先生や涼太さんのことを教えてくださった折、定廻りになりたてだった頃の話もしてくださったんです。身なりも振る舞いも涼太さんが指南してくださったそうですね。お兄さまの跡が務まるか広瀬さまも大分案じてなさったそうで……でも、立場が変われば心構えも変わるそうで、こうしてなんとかなっていると仰ってました。ですから、お律さんもそう案じることはないでしょう」

そうこう話すうちに昌平橋を渡り、川沿いの太田姫稲荷《おおたひめいなり》を通り過ぎる。

鈴木家は太田姫稲荷から四町ほどの、川から一本入った通りにあった。

門扉《もんぴ》を叩く前に史織が言った。

「叔母や姪が何を言おうとも、お律さんは聞き流してください。お話はどうか私にお任せくださいね」

無論、律に否《いな》やはなく頷いたが、雅代と栄恵に対面してみて、この申し出のありがたみを一層感じた。

「あなたが、上絵師……」

上から下までじろじろ見やって雅代がつぶやいた。

「律と申します」

「藪から棒に訪ねて来るなんて、不調法《ぶちょうほう》極まりありませんよ。こちらにも都合というものがあるのですから」

律ではなく、雅代は史織の方を向いて言ったが、史織も負けてはいなかった。

「叔母さま。お律さんにも都合があります。お律さんは、あの池見屋が独り占めしている上絵師ですよ。こうして出向いてもらうにも、足代を支払う決まりになっております」

「なんですって？」

池見屋の独り占めどころか、池見屋からしか声のかからない律である。注文聞きに足代がかかるというのも嘘だが、見栄っ張りでけち臭いという雅代を黙らせるためと思われた。

「此度は叔母さまがどうしてもと仰るから、お仕事が立て込んでいる中、無理を言って来てもらったのです。ご都合がよろしくないようでしたら、本日こちらまでお出かけいただいた分は私が持ちますから、のちほどご自身で池見屋とお話しなさってくださいませ」

「のちほどなんて——そんなことしたら、もっと待たされるんでしょう？」

口を挟んだのは栄恵の方だ。

史織が言ったとおり、顔立ちは愛らしいが気の強そうな女児——否、女子である。

「さようです。鞠巾着だけでも十人は待っているそうですの。ね、お律さん？　加えて、一昨日に着物の注文も入ったそうですから、この機を逃せばたっぷり一月——いいえ、二月は待たねばならないでしょうね」

律が応える間もなく、史織は滔々《とうとう》と言ってにっこりとした。

「嫌だわ、そんなの。水無月までには欲しいのだから、他の注文は後回しにして、私の分を急いでちょうだい」

「栄恵さんたら、見かけによらず大人げないのねぇ」

わざとらしくくすりとしてから史織は続けた。

「お律さんのお客の中には、五百石の奥さまもいらっしゃるのよ。だから水無月までなんてお約束はできないわ。でも、とにかく注文しないことには何も始まりませんよ」

史織にうながされて、栄恵は鞠に入れるための小間物を取りに行く。

「大きい鞠にはこの櫛……重ねる鞠にはこの鏡――ううん、こちらの簪にして」

つっけんどんな物言いだが、下の者として見くびられるのは初めてではない。むしろ町人にも気さくな保次郎や史織のような者こそ武家では珍しい方なのだ。また武家に限らず、律はこれまでに――取り分け仕事を探して行脚《あんぎゃ》した日々に――いくつもの商家から邪険に遇されたことがある。

でも――

下描きを描きながら律はぼんやりと綾乃《あやの》を思い出した。

浅草の料亭・尾上の娘で、一度は涼太の縁談相手に名乗りを上げた別嬪《べっぴん》である。

鈴木家は旗本とのことだが、石高は五十と小禄らしい。さすれば、綾乃の方が金銭に恵まれている筈なのだが、目の前の栄恵と違って礼節をわきまえていて清々しい。

香ちゃんだって……

香が「相生小町」ともてはやされたのは、その美貌もさることながら、「大店の娘」を鼻にかけず誰にでも分け隔てなく接する人柄があってこそだと、律は思っている。

「地色は真紅《しんく》――いいえ、紅緋《べにひ》――それとも赤紅《あかべに》がいいかしら？　ねぇ、お母さま？」

「なんでもあなたの好きなようになさい。思い通りの品にするため、こうして一から注文しているのですから。それより、お律さん」

「はい」

「今日のことは池見屋には内密に願います。でなければ史織を通して頼んだ甲斐がありませんからね。手間賃も少しは……その、お判りでしょう？」

どうやら足代や手間賃を値切ろうということらしい。

足代は史織が勝手に言い出したことだから構わぬが、手間賃まで値切ろうというのには律も内心呆れ返ってしまった。

「叔母さま」

またしてもにっこりとして史織が間に入る。

「戻ったらこちらでの様子を聞かせてくれと、父に頼まれておりますの。お律さんには此度の縁組に一役買ってもらった恩がありますから、くれぐれも仕事の妨げになるような真似はするでないと、父からきつく言い渡されております」

史織の父・片山通之進は雅代の兄である。

兄に逐一報告すると言われては、雅代も引き下がらざるを得ないようだ。

しかしその鬱憤を晴らすかのように、娘と共に事細かに注文を指図してくるものだから、鈴木家を辞去した時には既に七ツを過ぎていた。

「まったくはしたない叔母で……お恥ずかしい限りです。父にはしっかり伝えますから、どうかご容赦くださいまし」

「史織さまが気に病むことはありません。着物の注文はありがたいですし……しかし、ええと、その……見聞は広まったように思います」

遠慮がちに律が言うと、史織は一瞬ののちに噴き出した。

四

翌朝、巾着絵を納めるついでに、もう一枚着物を請け負ったことを類に伝えた。

「そりゃめでたいね。巾着の方はまた五枚だけど、太田屋の方は末日の期限までまだ日が充分あるから、今のお前ならなんとかなるだろう?」

「はい」

初めはおそるおそるだったぶん回しも今や手慣れたもので、鞠を描く手間はそうかからない。待たせる客が増えたからか、池見屋の方でもいくつかの地色から客に選ばせ、鞠の部分を白抜きした布を渡してくれるようになっていた。鞠の中の絵の方も「小間物」「小間物と花」「花」「女児の玩具」「男児の玩具」などとおよその希望を聞いているので、律もそう悩まずに済んでいる。

「それで、鈴木さまの反物と、仕立屋の手配はこちらにお願いできないでしょうか？」

「それなら巾着が一朱、着物が三分。お前の取り分は客との折衝《せっしょう》次第だ」

池見屋には内密に、と雅代は言っていたが、律は上絵師でしかない。反物の調達も仕立屋への依頼もやろうと思えばできぬことはないのだが、時も手間もかかるゆえに代金を上げざるを得なくなる。加えて、池見屋が巾着に使っている木綿は目が極めて細かい上物《じょうもの》で、同様の品を見つけ出すのは至難であった。

内密になんてどだい無理なのに、まったく世間知らずもいいところだわ――

己を棚に上げて律は内心溜息をついた。

そして、あの雅代さまから、太田屋と同じ代金をいただけるかどうか……

太田屋の着物は律の手間賃を入れて一両二分だと史織には伝えていたが、鈴木家では金の話は一切出なかった。巾着も店に出しているのは二朱だが、此度はこと細かい注文だから史織の物と同じく一分としたい。だが、あの雅代が承知するとは思えなかった。

代金については史織がのちほどしっかり伝えておくと言っていたし、納品にも付き添ってくれるそうだが、折衝が苦手な律はつい憂えてしまう。

「あの、次は必ずこちらを通してもらうようにしてもらいますから……」

勝手に仕事を受けたつけだとからかわれるのを覚悟で言ったが、予想に反して類は穏やかな声で言った。

「鞠巾着が売れてる間は、また着物の注文がくるかもしれない。しっかりおやり」

「――はい」

長屋に帰って早速、既に裁ってある二着分の布の上に鞠にあたる輪を青花《あおばな》で入れた。青花は露草《つゆくさ》の液汁で作った染料で、水で落ちるがゆえに下描きによく使われる。

二枚とも寸法や鞠の位置は同じだから易《やさ》しいものだ。

九ツ前に終えてしまうと、昼餉もそこそこに律は浅草へと向かった。

浅草は六軒町《ろっけんちょう》に、泰造《たいぞう》という染物師がいる。神田の紺屋《こんや》・たでやの隠居で、店を息子に譲り渡したのちに浅草に越し、一人で染物にいそしむ老爺《ろうや》だ。

「おお、お律さん。おめでとさん」

開口一番に言って、泰造はにやりとした。

「輿入れが決まったんだってなぁ」

「泰造さん、どうしてそれを？」

「そりゃあ俺にもいろいろってがあらぁな。お相手はあの青陽堂の若旦那だそうだな。なんでも定廻りの旦那の御用聞きだとか。道理で基なんざ歯牙《しが》にもかけねぇ筈さ。金も力も持ってる色男が傍にいたんじゃな」

「と、とんでもないです。誤解です、泰造さん」

「誤解？」

「涼太さんは御用聞きじゃありません。それに今、青陽堂は大変な時で……」

「でも、基より男前なんだろう？」

「それは……泰造さんも目にしてらっしゃいますよ。ほら、茶葉を買いに行った時に、お茶を淹れていた——あれが涼太さんです」

以前、泰造と青陽堂を訪れた際、涼太が淹れた茶を振る舞われている。

「ああ……ありゃ、若旦那だったのか」

顎に手をやることしばし、泰造は目を細めた。

「いい店だな」

「え？」

「主たる者、奥でどっしり構えてりゃいいってやつもいるけどよ。そいつぁ、店を知り尽くした後の話だ。俺ぁ、好きだね。店の誰よりも物知りで働きもんの主がよ」

泰造自身がそのような「主」だったろうことは想像に難《かた》くない。

「若旦那を店の者と一緒に扱うたぁ、旦那がしっかりしてる証さ」

「女将さんです。旦那さんはお婿さんで、店を仕切ってるのは女将さんなんです」

律が言うと、大口を開けて泰造は笑い出した。

「あはははは。そんなら、そのしっかりもんの女将があんたの姑になる訳だ」

「もう、泰造さんたら。いいんです。女将さんは厳しい方ですけれど……私は好きです」

偽りのない気持ちに自然と微笑むと、泰造は一瞬きょとんとしてから再び破顔《はがん》した。

「ほう。そんなら今度はその女将を拝みに、青陽堂へ行ってみるか……」

ひとしきり話は弾んだが、肝心の下染めは断られてしまった。

「池見屋の——お類さんとこの仕事なら尚更引き受けてぇんだが、ちと面倒な絞りを頼まれたところでよ」

「そうですか」

肩を落とした律へ、泰造は続けた。

「なんだか癪《しゃく》だが、基に頼んでみちゃどうだ？　あいつなら——俺にはちと劣るが——こんなのお茶の子さいさいだ」

「でも……」

「ああ、荘一郎のことなら気にすんな。あんたの輿入れを教えてくれたのは、荘一郎さ」

「荘一郎さんが？」

律と涼太が想い合っているのを、荘一郎は佐久から聞いて承知していた。

「だがまさか二人が——いや、あの若旦那が想いを貫くとは思わなかったんだとさ。色男なのに一途なやつだと、あいつときたら何やら感心することしきりでよ」

「そんなことを？」

泰造がにやにやするものだから、律は面映ゆさを隠せない。

祝言の日取りが決まってから一月半が過ぎたというのに、このような言葉を聞いては何度でも舞い上がってしまうのだ。

二枚の着物の他にいつもの巾着絵も描かねばならぬため、あまり悠長にしていられない。

泰造の家を後にした律は、一路、井口屋へ急ぐことにした。

五

六軒町から御蔵前を通って南に下り、浅草御門を越えると神田川沿いに西へ歩く。

皐月の青々とした柳原を右手に見ながら、和泉橋《いずみばし》を少し通り過ぎたところで再び南に折れると、二町ほどで井口屋のある岩本町《いわもとちょう》だ。

泰造はああ言っていたものの、店の前まで来るとやはり気まずい。

が、そっと店を覗いた律を目ざとく見つけて、荘一郎はにっこりとした。

「やあ、お律さん、いらっしゃい。基に用事ですかな？」

「は、はい。その、着物の下染めをお願いできないかと……」

「それなら、ささ、どうぞ中へ。――ああ、ところでお佐久さんにお聞きしましたよ。青陽堂とお話がまとまったそうで、何はさておき、おめでとうございます」

気負わず、また律にも気を遣わせず、さらりと祝いの言葉を口にした荘一郎に、商売人としての才幹《さいかん》と懐の深さを感じた。

「あ――ありがとうございます」

「基は相変わらず、裏でごそごそやっとります」

裏で、というのは喩えではなく、店の裏手にある仕事場のことだ。

「おおい、基！　お律さんがお前に注文だとさ」

職人に交じって糸を染めていた基二郎へ声をかけると、荘一郎は会釈と共に店へと戻って行った。呼ばれて基二郎は顔を上げたが、綛糸《かせいと》を繰る手を止めてもらうのは忍びなく、律は慌てて手振りで示して自ら歩み寄る。

「すいやせん。もう終わりますから」

「気になさらないでください。こちらが急に押しかけたんですから」

「文月には祝言だそうですね。まずはおめでとうございます」

声を低めて基二郎が微笑むのへ、律も小声で礼を言う。

「ありがとうございます」

「話を聞いて兄貴が少しは大人しくなるかと思いきや、俺への風当たりはますます強くなりやした。ですからここしばらくは、こうして粛々と店の仕事ばかりしてるんで」

苦笑しながら基二郎が目配せすると、周りの職人たちがくすりと笑みを返した。

「まあ……」

「でも、お律さんの仕事なら大手《おおで》を振って引き受けられやす。また着物の下染めですか？」

二枚の着物の話をすると、基二郎は二つ返事で引き受けてくれた。

「大した仕事じゃなくて悪いんですけど……」

「なんの。鞠巾着の評判は耳にしてます。着物はこれからもっと注文があるんじゃないですか？　泰造さんとこじゃ、使える染料も限りがあるでしょう。何かあったら遠慮なく俺にも仕事を回してくださいよ」

縁側で待つように言われることしばし、充分染まった綛糸を絞って干すよう他の職人に頼んでから、基二郎は律を座敷に案内した。

青花を入れた布を広げて、白抜きすべき箇所を確かめ合う。色は太田屋が中紅、鈴木家が紅緋だ。中紅は赤みの強い赤紫色で、紅緋は黄色みの強い赤と、どちらも女子――というより女児に近い年頃の子供が好みそうな色合いである。

「色は違えど、鞠の場所や大きさは同じですね。一色ですし、これならそう手間はかかりません。のちの注文に備えて型を残しておいたらどうでしょう？」

「私もそう思って、紙の型は作ってあります」

また着物の注文があるとしても、おそらく子供の物だろう。それなら巾着同様、定型を残しておいて損はない。

「流石、お律さん」

「無駄にならないといいんですけれど」

思わず微笑み合うと、涼太の言葉が思い出された。

――大方、俺と――うちと井口屋を秤にかけてたんだろう？――

早速、染料を確かめに行った基二郎が、端布に二つの色を試し描いて持って来る。

「中紅はこちら、紅緋はこのような色合いに――」

どちらの色も思い通りの色合いで、見本を差し出す手際の良さは気持ちよく、また頼もしい。だが、そこにあるのは敬愛の念だけで、涼太に対する想いとはまったく違う。

まったく涼太さんたら……

嫉妬めいた言葉も今となっては可笑しくて――好いたらしいことである。

「……お律さん、仕事はこのままずっと？」

「ええ、そのつもりで、女将さん――青陽堂ともお話ししました。その、涼太……若旦那さんもそうしていいと。も、もちろん、家やお店のこともできる限りいたしますが、とにかく上絵はずっと続けます。だって私は……上絵師ですから」

基二郎へそう告げた途端、晴れ晴れとしたものが胸に満ちた。

──上絵師の律と申します──

既に幾度もそう名乗ってきた律だったが、まるで今初めて口にしたかのようである。

己がいかに肩肘張って、実《じつ》の伴わない肩書きをこれまで名乗ってきたのかを思うと滑稽であり──何故だか愛おしくもあった。

父の手助けをしていた頃はいざ知らず、己の名では紋絵《もんえ》は一度、着物はまだ二着しか描いていないし、これから描く二着も鞠巾着の延長である。まだまだ父の腕に及ばぬのは、池見屋での「花見」でも自覚した。

一つでも仕事をもらえたら、紋絵を入れることができたら、着物を任されたら──上絵師を名乗るからにはと己に課してきたこれらのことが、間違っていたとは思わない。

ただ春先以来──これからの道のりが見えてきたことで、上絵師としてようやく本当の一歩を踏み出せたと律は思っていた。

「可笑しいでしょうけれど、なんだか近頃やっと上絵師になれた気がするんです。その、いくら上絵師を名乗っても、仕事がなければ独りよがりなだけで……」

名乗るだけなら誰にでもできる。

伊三郎が亡くなったのは二年前の葉月《はづき》だった。跡を継ぐ覚悟で「上絵師」の名札を掲げたものの、丸二月以上、なんの仕事ももらえなかった日々が遠く感じる。

……少しずつ、少しずつやってきて、ここまできた。

これからも一つ一つしっかりやっていけば、きっとずっと続けていける――

ささやかでもそんな自負が芽生えた今なればこそ、気負うことなく「上絵師」を名乗れるようになれたのだろう。

「……俺なんざ、いまだ染物師を名乗れずにおりますよ」

照れ臭げに基二郎は言った。

「そんな、基二郎さんはもういくつも反物を手がけていて、泰造さんだって、雪永さんだって腕を認めてらっしゃるわ」

「ですが、京に行くまではただの糸屋の次男坊、京に行ってからは修業中の見習いにしか過ぎず、それは婿入りの話があってからも変わりやせんでした。今思えば、それも重荷だったんです。兄貴のように商才があるならまだしも、腕のねぇ、ぽっと出の見習いが染物屋の主になるなんて、他の職人はいい気がしやせん」

「でも今は……」

「今だって大して変わりゃしやせん。相変わらず兄貴のすねかじりの次男坊でさ。反物でいただいたお代も、京への費《つい》えや暮らしの糧《かて》には遠く及びやせん。しかし……」

頬を掻きつつ苦笑してから基二郎は続けた。

「甘ったれなのは承知しておりやすが、今、兄貴の金を使ってあれこれ道具を注文しておりまして……道具が揃ったらもっとたくさん反物を手がけて、兄貴に金も恩も返して、堂々と染物師を名乗れるようになりてぇです。俺からすりゃあ、腕一本で食ってる――弟さんまで食べさしてきた――お律さんは、もうとっくに一人前の上絵師なんでさ」

「そんなことは」

手を振りつつ恐縮した律だが、かつかつでもこの二年弱、一人で暮らしを賄ってきたことは事実である。

「でも、基二郎さんほど腕のある職人さんにそう言ってもらえると、とても励みになります。私……お嫁にいっても、仕事場のお家賃やら道具やら小間物やらは自分で賄うつもりです。意地っ張りと思われるかもしれませんが、そうしようと決めてます」

基二郎さんが言うように、一人前であり続けるためにも……

「そいつは見上げた心掛けですが、意地っ張りはほどほどに。家賃やら道具やらはともかく、小間物くらいはご亭主にねだってみちゃあどうです？　その方が、ご亭主も仕事に張りが出ると思いやす」

くすりとした基二郎につられて律も微笑んだ。

「ご亭主だなんて気が早過ぎます」

「そんなこたねぇでしょう。文月なんてすぐですや」

にっこりとしてから、基二郎は躊躇いつつ切り出した。

「兄貴はご亭主——涼太さんが話を進めるとは思ってなかったようで……実は俺も、お律さんを知るまではそんな風に思ってやした。だからその、お紫野《しの》を忘れるつもりで、顔合わせだと判ってて、昨年は兄貴と一緒に町の花見に行きやした」

紫野というのは基二郎が京で修業していた染物屋・多賀野《たがの》の一人娘だ。紫野と恋仲になった基二郎は一度は許婚となったものの、店主——商売人——になるよりも一職人であることを望み、縁組は破談。基二郎は京での修業を切り上げ、再び江戸に戻ってきたのだ。

「お律さんを知るうちに、その……今更もう遅いですが、俺も諦めずに今少し多賀野で踏ん張ってたら……もっと肚をくくって多賀野と話していたら、今頃まだ京で——染物をしながらお紫野の傍にいられたかもしれねぇなんて、思うようになりやした」

苦笑を浮かべているが、後悔がありありと伝わってくる。

私だって……

「私も、何度も諦めようと思いました。仕方がない、どうしようもないことだと、ずっとうじうじしてたんです。まったく褒められたことじゃありません。お話がうまく進んだのは、涼太さんが諦めずにいてくれたからです。仕事も、お互いしっかりやろうって、その」

言いかけて、律は口をつぐんだ。

これじゃおのろけだわ——

「その、私はやはりずっと仕事を——あ、あの泰造さんのように、年を取っても、いつまでも描き続けていきたいんです」

しどろもどろに泰造の話にすり替えると、基二郎は察したように目を細めた。

「泰造さんは染物一筋で、愛想は今一つ、頑固なところが商売ではちょっとばかり仇になってたようで、たでやは息子の代になった今の方が繁盛してます。しかし店の職人は皆、今でも一緒に紺にまみれて働き続けた泰造さんを慕ってますや。息子さんは商才はありやすが、紺掻《こんかき》は早々に辞めちまって……うちの兄貴も『餅は餅屋』と染物にはまったく手を出したことがありやせんし、どっちがいいってんじゃねぇんですが、俺は好きですね、泰造さんみたいなお人が」

「ええ、私も」

頷いてから、それは取りも直さず涼太のことでもあると律は気付いた。

律が知る限り、基二郎は一度しか——挨拶さえも交わすことなく——涼太と顔を合わせていない。だが、涼太の仕事ぶりは荘一郎か雪永にでも聞いて知っているようだ。

律よりも先に基二郎が照れた笑いを漏らしたところへ、荘一郎がやって来た。

「お茶も出さずにすみません。女房がちょうど甘い物を買いに出ていましてね。今、帰って来たところですから、もう少々お待ちを」

「どうかお構いなく。仕事の話は終わりましたから、そろそろお暇しようかと——」

「そんなこと言わずに」

律を遮って荘一郎は言った。

「聞きましたよ。お律さんは先だって、定廻りの広瀬さまの縁組にも一役買われたとか。ご自身のこととい、うちもあやかりたいものです。どなたか良い娘さんをご存知でしたら、次は是非ともうちの基にお願いいたします」

「兄貴、頼むから……お律さん、どうか兄貴の戯《ざ》れ言《ごと》はうっちゃっといてください」

困り顔で手を振り、兄を追いやる様が何やら微笑ましくて、律は慌てて口元を隠した。

六

着物の下染めを待つ二日の間に五枚の巾着絵を仕上げてしまい、池見屋に納めに行った。

次の五枚も請け負ってきたが、昼餉の前に基二郎が下染めを届けてくれたので、紅緋色に下染めされた巾着用の布をまず張り枠に張った。

紅緋は鈴木家の栄恵が選んだ色である。順番からすると太田屋の方を先に手がけるべきであったが、気乗りしない方を先に片付けてしまいたかった。早めに仕上げておけば、水無月に祝言を控えている史織も気が楽になろう。

鞠糸の色は琥珀《こはく》や山吹《やまぶき》といった黄色と、薄紅や桜色といった紅色、そして差し色に極細《ごく》深緑を入れた。鞠の中の絵は栄恵がそれぞれ選んだ小間物だ。

細かな違いはあれど、簪や櫛はもう二十も三十も描いている。一刻と待たずに巾着絵は仕上げてしまい、身体をほぐすためにも律は早速、蒸しまで済ませてしまった。

火を入れたついでに茶を一服含んだものの、夕刻まで次々と着物の上絵を律は描いた。

如月に袖をしくじったから、袖を描く時はどことなく気が張り詰めた。だが、着物は着物でも類が言った通り鞠巾着を十枚描くのとそう変わらない。後ろ身頃の下に入れるよう言われた鏡台の絵に少し手こずった他は滞りなく筆が進み、翌日の夕刻までには全ての蒸しを終えることができた。

翌朝一番に池見屋に描き上げたものを持って行くと、二日後には丁稚が仕立て上がった着物を届けてくれた。

「どうもありがとう」

「いえ」

幾度か顔を合わせている池見屋の丁稚の名は駒三《こまぞう》だ。無愛想だが、慶太郎より二つ年上なだけだというのに、振る舞いは手代の藤四郎、征四郎に負けず丁寧だ。

しっかり形になった栄恵の着物を確かめると、律はこの二日のうちに描き終えていた五枚の巾着絵を駒三に託した。

「お類さんによろしくお伝えくださいね、駒三さん」

「はい」

にこりともせずに頷いた駒三が帰って行くと、律は鞠の縁取りのみ終えた太田屋の娘の着物は一旦置いて、新たな巾着絵を先に済ませてしまうことにした。

――史織と鈴木家を再び訪ねたのは、それから三日を経た昼下がりだ。

鞠巾着と着物を広げると栄恵は目を輝かせて喜び、そんな栄恵を見て雅代も目を細めた。

二人の様子に律がほっとしたのも束の間、早速着替えてみたいという栄恵を女中を呼んで送り出した雅代は、真顔になって切り出した。

「他にも注文があったそうですが、随分早く仕上がったのですね」

「栄恵さんが水無月までにと言ったから、無理を言って急いでもらったのです」と、史織。

「それにしても早かったじゃないですか。手慣れている分、そうお手間でもなかったのではないかしら？」

己の方を見て問いかける雅代に、律は内心うろたえた。

手間がかかっていない分、手間賃を引けと言われているようだが、この期《ご》に及んでかけ合ってくるとは思わなかったのである。

雪華や桜の着物と比べれば、確かにそう手間ではなかったけれど……

注文の時と同様、話は任せてくれと史織に言われているため、律は返答に迷った。

と、隣りの史織がゆっくり――だがはっきりとした声で言った。

「慣れていようがいまいが、それも含めての手間賃です。ですが此度は私の――いいえ、夫となる広瀬さまのお顔を立てて、巾着はおまけとしてくださるそうです。そうですね、お律さん？」

史織に言われて律は否応《いやおう》なく頷いた。

「とすると……」

手招きされて史織は雅代ににじり寄り、何やら耳打ちすると、雅代は手文庫を開いて懐紙に金を包んだ。

包みを受け取ると史織はすぐに暇を申し出た。

着替えた栄恵がはしゃぎつつ見送りに出て来たことと、着物も巾着も栄恵の容姿によく映えていて、一緒に見送りに来た女中からも褒め言葉をもらえたことは嬉しかったが――

巾着の分をおまけということは、巾着と着物の二つで一両二分……

内、三分と一朱は布地と仕立代として池見屋に支払う約束だ。下染めは基二郎に二枚で一分で引き受けてもらえたから、律の手間賃は二分と一朱で、下描きを含め四、五日の実入りと思えば悪くない。

だがどうにも不服なのは、同じ注文の巾着に史織は池見屋に一分を出しているし、着物に太田屋は一両二分を支払うからだ。太田屋の着物の手間賃として律が池見屋から受け取るのは三分で、着物だけでも鈴木家より一朱も高い。雅代が吝嗇《りんしょく》家なのは間違いないが、これは武家に限ったことではない。ただ、言い値が至当であるにもかかわらず値切られると、己の腕を虚仮《こけ》にされた気がしてならない。

一方で、己の名が知られていれば初めから無理を言われることもなかったろうから、此度のことは総じて修業になったと律は自分に言い聞かせた。

「お代のことなんですけれど……」

鈴木家から離れて、神田川沿いを戻りながら史織が口を開いた。

「勝手にまけてしまってごめんなさい。叔母にいつまでもしつこくされるのが煩わしかったので、つい。でもどうかご心配なく……」

雅代と違って良識ある史織のことだ。巾着代は立て替えようとでも言い出すのではないかと律は気構えた。

――もしもそうなら、きちんとお断りしなくては。

史織が持ってきた注文で、まけたのも史織が勝手にしたことではあるが、武家のこととはいえ対話や折衝は全て任せきりだったのだ。

が、予想に反して史織はにっこりしながら、金の包まれた懐紙を開いて見せた。

「ほら、この通り」

懐紙の中身は一両小判に一分銀が三つで一両三分。

「もしや、お心付けに一分も……?」

律が問うと、史織は勢いよく噴き出した。

「嫌だわ、お律さん。あの叔母がそんな洒落た真似をするものですか。こうなることを見越して、私、初めから合わせて二両だと伝えておいたんです」

「えっ？」

「叔母のことだから、きっと最後までなんやかや言ってくると思っていました。そこまでお金に苦労していない筈なのに、本当にお恥ずかしい話です。一分も引いてもらえたと、今頃ほくそ笑んでいることでしょうけれど、こちらはせいぜい栄恵があのように育たぬように願うばかりです」

唖然《あぜん》とした律に、史織は更に違う懐紙に包んだ物を取り出した。

「心付けはこちらに。いえ、心付けではなく、ご迷惑をおかけしたお詫びです」

「いただけません」

これはきっぱり断ることができた。

「史織さまが配慮してくだすったおかげで、池見屋からもらう手間賃より多くいただくことができましたから、それだけでもう充分でございます」

「駄目よ、お律さん。受け取ってくださらないと、私、保……広瀬さまに顔向けできません。お上御用達のお律さんに、余計なお手間をかけさせてしまったのですから」

「いえ、あの、私の方こそ広瀬さまに顔向けできなくなってしまいます。お着物の仕事をいただいたというのに、このようなお気遣いは心苦しい限りでございまして……」

押しつ戻しつするうちに、昌平橋が見えてくる。

ふと思いついて律は言った。

「史織さま。それでは、お団子を一串ご馳走していただくというのはいかがでしょう？」

「お団子？」

「この先の須田町にお団子の美味しいお茶屋があります。史織さまにご足労いただくお手間とそこのお団子を一串、それで手を打っていただけませんか？」

一瞬ののち、史織は「ふふっ」と笑みをこぼした。

「流石、お律さん。小粋なお申し出だわ。それに比べて私ったら押しつけがましくて、融通が利かなくて……嫌になってしまいます」

「とんでもありません。お団子のことだって、以前、幼馴染みから教わったんです」

小粋なのは香で、いつもさらりとこうした案を持ちかけることで、己に気を遣わせまいとしてくれる。

「幼馴染みというと、お香さんね。お許婚の妹さん……ふふふ、広瀬さまからお聞きしています。広瀬さまご同様、お律さんと涼太さんの行く末にはらはらされていたそうで」

「はあ、その……」

「お茶屋でお団子なんて嬉しいわ。お誘いありがとうございます」

稀に習いごとの帰りに友人と寄るそうだが、どちらかの家の者が目付のごとく付いているらしい。

「一人歩きでも寄ってみたことはあるのですけど、一人だとなんだか変に気負って、ちっとも楽しめないのです」

目付もおらず、一人でもなく茶屋に行くのは初めてだそうで、目に見えて浮き浮きし出した史織を律は須田町へといざなった。

七

香が教えてくれた須田町の角にある茶屋は、その名も角屋《かどや》という。

茶屋で半刻ほどのんびり歓談したのち、律は史織と共に昌平橋まで戻った。

史織が戻る片山家は湯島天神から二町ほど東に位置している。長屋へ帰るべく律も一度は一緒に橋を渡ったものの、史織と別れてから思い直して踵を返した。

今井宅での茶の伴にと史織が団子を土産に持たせてくれたのだが、それを持って香を訪ねてみようと考えたのである。

太田屋を訪ねて以来、香には会っていない。昨年に比べて今井宅や実家に顔を出す頻度が減っているのは、姑の峰に遠慮してのことと思われる。

此度は「今井の遣い」などと見え透いた嘘は言わずに堂々と香を呼んでもらおうと、ずんずん南へ急いだ律であったが、日本橋を渡った辺りで足取りが重くなった。

口止めはされていないが、鈴木家のことは吹聴《ふいちょう》することではない。香なら口外せぬとは思うものの伏野屋で話すのははばかられる。加えて鈴木家のことを語るにはまず着物のこと、それから栄恵――つまり子供のことを話さねばならぬから、また香の気を滅入らせはしないかと案じてしまう。

かといって、史織と保次郎、もしくは己と涼太のことを語るにしても、結句、祝言の先にある嫁ぎ先での折り合いや、子作りにいきつくのではないだろうか。

そんなこんなで初めの意気込みはどこへやら、迷った律は伏野屋へ行くのは取りやめることにしたのだが、ここまで来てただ引き返すのは何やら空しい。

そうだ。

太田屋を訪ねてみよう――

太田屋の娘の着物は鞠の縁を描いただけで、中に入れる小間物や玩具の上絵はまだ手つかずだ。太田屋へ注文を伺いに行ってから半月近くが経っている。風邪はとっくに治っていようし、少しでも姿を拝めれば、話せれば、より似つかわしい絵を描くことができるだろう。

太田屋に行くと、暖簾の近くにいた店の者に名乗ったが、あいにくおかみの昭は出かけているという。

「あの、それなら、娘さんにお目にかかれないでしょうか？」

「おまりさんにですか？」

「はい、そうです」

娘の名は聞いていなかったが、「まり」というなら間違いないと律は頷いた。鞠巾着を買ったのも娘の名にかけてのことではなかろうか。

だが、通された座敷にほどなくして現れたのは、十歳よりもずっと年上——十四、五歳と思われる娘であった。色白ではあるがやや角張った顔で、鼻が低く、昭から想像していたような愛らしさは見受けられない。

「あ——おまりさんですか？　私は……」

「上絵師のお律さんということは、鞠の着物のお話でしょうか？」

「ええ。先日お伺いした際は、風邪で臥せっていらっしゃると聞いたので……その、小間物や玩具でも、やはりお姿を知っていた方が描きやすいので、一目お目にかかれたらと寄ってみたのです」

「それなら娘違いです」

「え？」

「おかしいと思ったんですよ。私が呼ばれるなんて……妹ならまだ調子が悪く、人様には会わせられません」

姉妹だったのか……

「すみません。おまりさんと聞いててっきり」

「鞠巾着の鞠ではありません。花の茉莉《まり》です」

「ああ、茉莉花《まつりか》の……？　申し訳ありません。妹さんのお名前はお聞きしていなかったものですから。妹さんもお花にちなんだお名前なのですか？」

「妹は……百合《ゆり》といいます」

にこりともせず、冷ややかに茉莉は言った。

「さ、さようで。名前からしてお百合さんも、お茉莉さんのように色白で――落ち着いた方なのでしょうね」

お可愛らしいとも、お美しいとも言い難く、なんとか取り繕ったつもりだったが、一層茉莉の不興《ふきよう》を買っただけのようだ。

「あなたは、妹のことを何も知らないのですね」

「はあ、その、お母さまからお話を伺っただけで――」

「妹はちっとも落ち着いてやしません。何ごとも大げさで、騒々しくて、我儘ばかり。でもそんなところも母には可愛いんです。百合は母親似、私は亡くなった祖母や伯母――母の姑や小姑――に似ているそうで、母は朝から晩まで百合、百合って、もううんざりです」

注文の際、姉の茉莉の話は一切出なかった。不要だったといえばそれまでだが、おそらく茉莉が言うように、昭は妹の百合ばかりを贔屓して茉莉のことなど眼中になさそうだ。

「いくら色白だって私は顔がこれですから、お古でさえ、もったいないと着せてもらったことがありません。店の者はそれなりに気遣ってくれますが、それは私が店の跡取りだからです。そもそも鞠巾着だの着物だの、贅沢なんですよ。店を営む厳しさを母はちっとも知らないで、父が稼ぐ端《はし》からいらないものをどんどん買い込んで……父も母にもっとぴしゃりと言ってやればいいのにそうしないのです。だから私がしっかりしないといけないんです。いずれ婿を取って、この店を継ぐのは私なんですから……」

それだけがこの娘の拠《よ》りどころなのだろうかと、律は切なくなった。

同時にふと、慶太郎のことが頭をよぎった。

ここまであからさまではなかったが、父親の伊三郎は息子の慶太郎よりも律を構うことの方が多かった。

だがそれは、律に上絵を仕込むためと、妻である美和を早くに亡くしたからだ。

律とは一回りも離れて生まれてきた慶太郎である。

――慶は慶事の慶――これよりめでてぇことはねぇ――

慶太郎の誕生を心から喜び、満面の笑顔で子守をしていた父親の姿を慶太郎は覚えていない。美和は辻斬りに殺された時、慶太郎はまだ四歳で、物心がついた頃には伊三郎は酒に溺れていたからだ。伊三郎が酒に強くなかったのは不幸中の幸いだったが、その分、素面《しらふ》の時の沈みようはひどかった。無邪気に父親を求めた慶太郎は、幾度か手を上げられるうちに、少しずつ父親に遠慮するようになっていった。

仕事中にうっかりして頬を張られたことはあっても、酔いに任せて殴られたことは律にはない。それは律が女だからというよりも、親子三人が暮らしていくには律が――未熟な腕でも上絵師・伊三郎を陰ながら支える者が必要だとどこかで悟っていたからだろう。

伊三郎の慶太郎への仕打ちは許されぬ――卑怯なものであったと昔も今も律は思う。

酒に呑まれたのも子供を邪険にしたのも、全て伊三郎の弱さゆえだったと律は理解しているが、慶太郎がいわれのない暴力を受け、律が贔屓されていた事実は変わらない。

律が黙ってしまったことで、きまりが悪くなったようだ。

伏せ目がちに茉莉は続けた。

「……つまらない愚痴をお聞かせしてしまいました。親をないがしろにするなど……あなたに言っても詮《せん》ないことなのに」

座敷に現れた時の襖戸の開け閉め、歩き方、背筋を伸ばして座った仕草は既に若女将を思わせる品があった。

が、大人びてはいても、眼前の茉莉はまだ親の庇護下にあるべき小娘だ。

見ず知らずの己だからこそ、つい吐き出してしまったのだろうが、常からこうしたことを思い詰めているのではないかと、律の胸はますます痛む。

それにしてもお百合さんは、半月近くも寝込んでるなんて……

何か違う病か、もともと病弱なのかと、律は勘繰った。

とすると、父母はさぞかし不安だろうし、百合に甘いのも判らないでもない。しかしそれが理由で両親共に茉莉を打ちやっているのであれば、茉莉に同情を禁じ得ない。

妹ほど構ってもらえなくとも、跡取りということで、暮らしに不自由はしていないようである。しっかり者の姉だから、自由になる金さえ与えておけばよいと二親は考えているのかもしれない。

……一度、お昭さんやお父さんと、腹を割ってお話ししてはどうだろう？

愛想の欠片《かけら》も見せず、諦めを浮かべた茉莉の目を見つめて、律は小さく首を振った。

「つまらないことなどありません。少し——父や弟を思い出しました。人の気持ちはそれぞれですから……言われなければ判らないこともままあります」

説教めいたことは言うまいと、それだけにとどめたが、茉莉はしばし律を見つめ返したのちに、やはり小さく首を振った。

「言ったところで……どうにもならないこともあります。すみませんが、今日はお引き取りください。私は店の手伝いがありますので。着物は母の言うように……母が望むように描いてくだされればそれで結構です」

「ええ、どうもお手間をおかけしました」

何やら気まずい訪問になってしまったが致し方ない。

引きも切らない人混みの大通りを、律はひっそりと北へ戻り始めた。

八

指先にちくりと痛みが走って、香は慌てて布地を手放した。

左手の人差し指の腹から染み出た血が、ぷくりと真紅の玉になるのを見つめてから、その玉がこぼれぬうちに口へ運ぶ。

蓬《よもぎ》、石蕗《つわぶき》、片喰《かたばみ》、弟切草《おとぎりそう》……

止血《しけつ》に使われる薬草を胸の内で唱えながら、刺したところを親指でじっと押さえていると、襖の向こうから夫の尚介の声がした。

「香？」

「はい。なんでしょう？」

返事をすると、そっと襖戸が開いて苦笑を浮かべた尚介の顔が覗いた。

「なんでしょうと問われると、どうにも返答に困るのだが……ちょいとお前の顔を見に寄っただけなのだよ」

「……そんなことを言われたら、私の方が返事に困るわ」

耳を澄ませ、尚介の他、誰もいないと踏んで香は砕けた口調で応えた。

「邪魔をしたかい？」

「ううん。そろそろ一休みもいいかと思ってたところだったの」

「それなら一緒に茶でも飲もう。ああ、怪我をしたのかい？　茶を頼むついでに膏薬《こうやく》を取ってくるよ」

「ちょっと針で刺しただけ。うっかりしちゃって……お茶なら私が淹れます。お湯を沸かしてくれるよう頼んでくるわ。尚介さんはここで待っててちょうだい」

台所に行くと、ちょうど粂が尚介の父親である幸左衛門《こうざえもん》の煎じ薬を作っているところであった。先に湯を沸かしてくれるよう頼むと、快く引き受けてくれる。

「ありがとう、お粂。でもお茶は私が淹れるから、お湯が沸いた頃また戻って来るわ」

台所仕事は何一つ任せてもらえないが、葉茶屋の娘として茶はできるだけ己の手で淹れるべく心がけている。

「承知いたしました。あの、お香さん」

ぐっと声を低めて粂が言う。

「来月六日、おかみさんは牛込に泊まりで出かけるようですよ」

「あら、そうなの？」

牛込には峰の伯母がいるが、泊まりというのは珍しい。

「ええ、小耳に挟んだだけなので、しかとそうとはまだ判りませんが」

「でも、知らせてくれてありがとう」

小声で礼を言うと、香は座敷へ踵を返す。

期待は禁物……

月のものへの日数を数えながら、香は己に言い聞かせた。

姑が留守となると、つい夜の営みが頭をかすめるが、少しばかりのびのびできるという思いも以前ほどではない。むしろ、そののちにまた月のものを迎えてがっかりするのではないかと、今から不安になってしまう。

「お湯はすぐに沸きそうよ。お条がお義父《とう》さまの煎じ薬を作っているの」

「そうか。そりゃちょうどよかったな」

そう言って尚介は微笑んだが、香が座ると心配そうに切り出した。

「お前が針仕事で刺すなんて珍しい……考えごとかい？」

「ええ、少し……」

「おふくろのことかい？　うるさく言わぬよう、親父からたしなめてくれるよう頼んだのだが、言って聞くお人ではないのはお前も承知の通りだ」

峰のこと、というのはつまり「子供」のことであるのだが、もう大分前から尚介は、「赤子」や「子供」「跡取り」といった言葉を避けている。

「そうとも言えるし、それだけでもないし……」

曖昧に言葉尻を濁して誤魔化したが、尚介はますます心配顔になった。

「本のことで嫌みを言われたのかい？　それなら私がもう一度釘を刺しておこう。薬種問屋のおかみが、薬種を学んで何が悪いものか。この辺りじゃ、ただ贅沢するだけで家業になんの興も示さない嫁が多いから、香のような嫁は頼もしいと奉公人たちも——無論、私も喜んでるよ」

「私のは、でも、暇潰しの付け焼き刃《ば》よ」

慰めだと判っていても、尚介や奉公人たちの気遣いは嬉しかった。

「暇潰しに物之本を読もうとは恐れ入るが……ちょいと気張らしに、出かけてきちゃどうだろう。ほら、お律さんからも誘われたんだろう？　先生も寂しがっているって」

「ええ。でもりっちゃんは今、鞠巾着やら着物やらで忙しいから、仕事の邪魔になりたくないの。青陽堂も今は大変な時だからゆっくりできないし……」

「……そうか」

今、律に会っても気晴らしにならぬかもしれないと香は危惧していた。

律と涼太が夫婦となるのは喜ばしい。

心からそう思っている。

——でももしも、りっちゃんが先におめでたになったら、やはり心から喜ぶことができるかどうか……

悩むことそのものが答えのようで、そうできそうにない己に嫌気が差してしまうのだ。それでなくとも近頃、律には大分気を遣わせている。気を付けてはいるのだが、子供の話になるとどうしようもなく塞いでしまうことがままあった。

人は人、私は私……

誰かの懐妊を知る度に己にそう言い聞かせてきたのだが、近頃はふとすると肝心の「私」が判らなくなって怖くなる。

もしもの時は養子をもらおうと、先だって尚介には言われていた。

子供のために、外に女を作る気はない——尚介がそう言わんとしているのは強く伝わってきたものの、初めて「諦め」が感ぜられた台詞であった。「そのうちに」「授かりものだから」「気長に待とう」といったこれまでの言葉から一線を画《かく》した気がして、香はやはり塞いでしまった。

その時も今のようにあれやこれやと尚介に気遣わせてしまい、律に対するのと同様、その場はそれとなく切り抜けても後で沈み込むという悪循環を繰り返している。

いけない。

こんなことではまた、尚介さんが気にしちゃう……

「……先日、りっちゃんに着物の注文があったって言ったでしょう?」

「ああ、商売繁盛で何よりだよ」

子供の話にならぬよう、尚介には注文があったことだけしか伝えていなかった。

「その着物……娘のために、鞠巾着とお揃いのを描いて欲しいっていう注文だったの」

「……だが、着物は着物じゃないか」

一瞬の躊躇いには尚介の思いやりが込められている。

己の内で、胸苦しさと感謝がない交ぜになった。

他人の事情を哀れむことで、己の悩みを誤魔化そうとしているのが情けない。

「その通り、着物は着物よ。りっちゃんが張り切ってたから言えなかったんだけど……注文主はお昭さん。橋向こうの太田屋のおかみさんなの」

「ああ……」

太田屋と聞いて尚介も事情を察したようだ。

「……お茶の支度をしてきますね」

黙り込んだ尚介を置いて、香は再び座敷を立った。

九

朝から励んで、昼過ぎまでに両袖の鞠に絵を入れた。

太田屋の娘・百合の着物である。

蒸しを終えた紬の乾き具合と色を確かめ、身頃に取りかかろうと律が張り枠を手にした矢先、それと判る涼太の足音が聞こえてきた。

一旦張り枠を置くと同時に、開け放してあった戸口からひょいと涼太の顔が覗く。

「お律、仕事はどうだ？　一服しねぇか？」

「ちょうど紬が終わったところよ。でも今日は先生は、恵明《けいめい》先生のところに……」

指南所からそのまま上野に向かうと、朝のうちに今井から告げられていた。

律が言うと、涼太は小声でつぶやくように問うた。

「なんでぇ、俺とさしじゃ嫌なのか？」

「そんなんじゃ……だって……」

「なら、ちゃっちゃと湯を沸かしちまうからよ」

言いながら涼太は土間へ足を踏み入れ、かまどに残してあった炭火からさっくりと上がりかまちの傍に寄せてあった長火鉢《ながひばち》に火を移した。五徳《ごとく》の上の鉄瓶に水を満たすと、雪駄を脱いで上がり込み、経木《きょうぎ》と小割の薪を足して火を煽る。

「ええと、茶は――」

「そっちの、女将さんからいただいた茶筒の中に」

涼太が棚から茶や茶器を用意するのを見ながら、律は胸の高まりを抑えられない。

似面絵を描いた時や結納の儀など、涼太が家に上がったことは幾度かあるが、上がりかまちのこちらで二人きりなのは初めてではなかろうか。

「茶葉を持ってくりゃよかったな」

佐和からもらった茶筒は銅の細工物だが、中身は青陽堂で一番安い茶葉である。

「いいのよ。うちはこのお茶で」

「うちはって――それこそ、うちの嫁に安物を飲ませる訳にゃいかねぇや」

「それは……」

うちの嫁と言われて嬉しくなくはないのだが、この安物が律には慣れ親しんだ味である。

「美味しいお茶は先生の家や……その、新しいおうちでいただくので充分よ。安物だけど、これだって青陽堂のお茶じゃあないの。嫁に飲ませられないお茶をお客に売るのはおかしいわ。それに涼太さん――若旦那なら、どんなお茶も美味しく淹れられないと」

二人きりを気にかけまいと早口になって言うと、涼太はまじまじと律を見つめてから顔をほころばせた。

「違ぇねぇ。ちっと待ってな。お律のよりはましな茶を淹れてやっからよ」

茶葉を急須に入れながら、涼太はにやにや笑ったままだ。

「もう。生意気言ったのは判ってます。そんなに笑うことないじゃない」

「だってなんだか……なんだかやっと、元に戻った気がしてよ」

「元に……?」

小首をかしげて問い返すと、涼太はやや困った目をして応えた。

「伊三郎さんが亡くなってから、お前はちょいちょい他人行儀になってたからさ」

ほんの三月ほど前まで、煮え切らない想いを抱いて悶々としていた律である。涼太への想いを断ち切ろうとするあまり、そのような物言い、素振《そぶ》りになっていたのは否めない。

「いやつまり俺が……その、お前をこんな年まで待たしちまったのがいけねぇんだが」

慌てて付け足した涼太が愛おしく、一度目を落とした律はすぐに微笑んだ。

「そりゃ私はじきに中年増《ちゆうどしま》だけど、『こんな年』だなんてひどいわ、涼太さん」

からかうつもりで言ったのに、「すまねぇ」と応えた涼太がおどけたのは一瞬だ。

「俺にもちっと意気地がありゃあ、もっと早くに——少なくとも、伊三郎さんにはお前の花嫁姿を見てもらえたんじゃねぇかと……」

「慶太とも言ってたんだけど、おとっつぁん、きっと喜んでくれたと思うわ」

じんとして律は応えたものの、涼太は僅かに眉根を寄せた。

「どうだろう? 半人前に娘はやれねぇと、うちに怒鳴り込んだかもしれねぇぞ。ほら、甚《じん》太郎《たろう》さんみてぇによ」

甚太郎は律の二軒隣りに住む勝《かつ》の夫だ。少々喧嘩っ早いところがあって、もう十年も前になるが、娘に求婚してきた男が気に入らず、相手方の家に怒鳴り込みに行き、男とばかりかその父親とまで口争ったことがある。

「そんなこともあったわね」と、律はくすりとした。「それで一度破談になって……でもあれがきっかけで、どちらも腹を割って話せるようになって、結句うまくいったじゃない。大体おとっつぁんは言い争いも喧嘩も得意じゃなかったし、自分が駆け落ちしたくらいだから、涼太さんのことを反対したとは思えないわ」

「駆け落ち？　伊三郎さんとお美和さんが？」

目を丸くした涼太へ律は頷いた。

「逃げ隠れはしなかったんだけど、駆け落ち同然でおっかさんを伯父のところから連れ出して、川南からこっちへ越したんですって。おとっつぁんは二十一、おっかさんは十九で、その翌年には私が生まれて――」

ふいに生々しさを覚えて律は言い止した。
十七、八歳で嫁ぐ女が多いのだから、二十歳で子持ちは珍しくない。むしろ当たり前ともいえるのだが、二十三歳にしていまだおぼこの己に比べて、美和は四年も早く伊三郎に嫁ぎ、二十歳で己を産んでいたのだ。
思わず目をそらしてしまった律へ、躊躇いがちに涼太が言った。

「そりゃお前――俺たちの年ならもう、子供が一人や二人いてもおかしくねぇや……と、まあその、広瀬さんが言ったことなんだが……」

涼太がにじり寄る気配がして、律は身を固くした。

だが息を潜めてじっとしていても、胸は大きく波打っている。

接吻や抱擁が頭をかすめてどうにも顔を上げられぬ律の耳元へ、涼太の声が囁いた。

「お律……」

肩から背中へと回された腕に抱き寄せられ、涼太の胸元で律は目を閉じた。

——と。

「ああ、暑い、暑い」

声と共に佐久のどたどたとした足音が近付いてきて、律たちは飛び退《しさ》るごとく互いの身体をとっさに離す。

「りっちゃん、瓜《うり》をもらってきたからさ。冷やして後でみんなで食べようよ……ああ、若旦那、いらしてたんですか？」

開いたままの戸口から顔を覗かせて佐久は小さく目を見張り——それからゆっくりと目元を緩めた。

「どうもお邪魔さまで……」

「とんでもない。一服しようと湯を沸かしているところです」

客商売に携わってもう十年以上の涼太はけろりとして応えたが、己の顔は赤いままだろうと律はうつむき加減に頷くのみだ。

「あら、りっちゃん、また着物？　前のは違う色だったよねぇ？」

「――え、ええ、また巾着とお揃いの着物なんですけど、違う着物です」

まだ波打ち止まぬ胸を抑えつつ小声で言うと、佐久はますます微笑んだ。

「可愛い女子が着るんだろうねぇ」

「はい。やはり今年十になる娘さんが……」

「十なら少し好みにうるさくなる年頃だ。でもそんなのも親には可愛いもんだがね。りっちゃんもそのうち、自分の子供の着物を描くように――ああ、こんな大きな着物の前に、お包《くる》みやら七五三やらあるからさ。今から楽しみじゃないのさ、ねぇ、りっちゃん？」

我が子の着物を、この手で描く――

うまくことが運べばそう遠くない日に――早ければ来年の今頃にはもう――そうした機が訪れるやもしれぬのだ。

「そ、そんな、あの、祝言もまだで……」

「なぁに、そんなのすぐだよ、すぐ。ねぇ、若旦那」

「はあ……」

祝言のことか、子供のことかと、迷った様子で涼太が応える。

「しっかりしておくんなさいよ、若旦那。りっちゃんを頼みますからね」

「はあ、その、最善を尽くす心積もりで……」

言いかけた涼太を遮って、佐久が口に手をやって笑い出す。

「あははは。そりゃあいいねぇ、若旦那。うんうん、最善を尽くしておくんなさい。いやはや流石、青陽堂の若旦那だよ。まったく心強いこと、ありがたいこと……じゃあ、りっちゃん、また後で」

「ええ、また……後で」

何やら一人合点《がてん》した佐久が去ると、律は思わず涼太と顔を見合わせた。

十

身頃の鞠の絵は、佐久の言葉を思い出しながら描いた。

人形や貝合など高価な玩具を手にしたことはなかったが、紙で人形を折ってくれたり、端《は》布《ぎれ》で手絡を縫ってくれたり、安物でも小間物を一緒に買いに行ったりと、母との想い出は律にもある。

もしも娘が生まれたら……

縫い物はあまり得意でないが、手絡くらいならなんとかなるだろう。好きな花や文様が語れるようになったら、それらを描いた巾着や着物を仕立ててやりたいし、小間物に興を抱くようになったら共に小間物屋を訪ねたり、手持ちの櫛や簪を見せながら父母や涼太の想い出を語る日もくるに違いない。

また、病で床に臥せることがあれば、食べ物だろうが小間物だろうがそれこそ着物だろうが、娘の好きな物を揃えて励ましてやりたいとも思うだろう――

時折ふと口を結んだ茉莉の顔が頭をよぎったものの、その度に仕事は仕事だと、嬉しげに百合の持ち物を運んで来た昭を思い出して押しやった。

花は巾着とお揃いの芍薬と花菖蒲の他、桃と椿、そして牡丹と百合を小間物の合間に散らして入れた。二枚の手絡はそれだけでは判りにくいため、櫛と簪の下にそれぞれ敷いた。

百合のお気に入りの貝には殿と姫の二人が一緒に描かれていた。細かな絵を布地に描くのは苦心したし、金箔の代わりに芥子色《からしいろ》を使ったが、ほぼ見てきた通り、写してきた通りになったと、描き上げた貝を見て律は一人で微笑んだ。

上絵の出来映えがよかったから、蒸しもゆったりと穏やかな気持ちで施《ほどこ》せて、それでも期限より二日も前に仕上がった。合間にすっかり経常化した鞠巾着の五枚も描いてしまい、律は八ツ過ぎに意気揚々と長屋を出て池見屋へと向かった。

からりと青い空は清々しくて、道行く人々は己も含め、夏らしい陽射しの眩《まぶ》しさと暑さに目を細めている。人いきれをも楽しむごとくのんびり御成街道を北へ歩いて行くと、三橋《みはし》を渡ったところで太郎《たろう》に出くわした。

「こりゃ、お律さん」

元は盗人、今は火盗改の小倉に仕える密偵の太郎は、ほっかむりした手ぬぐいの下で人懐《ひとなつ》こい笑みを浮かべた。

「太郎さん。……お勤め中ですか？」

小声で問いつつ、二人揃って袂から少し離れると、太郎の微笑が苦笑に変わる。

「お勤め中には違ぇねぇんですが、お上の御用じゃねぇんでさ。いやはや、お律さん、余計なことをしてくれやした」

「私が？」

驚いて問い返すと、太郎は腕を組んでもっともらしく頷いた。

「そうなんでさ。お律さんもご存知の通り、小倉さまと広瀬の旦那さまは同い年、そして同じ学問所のご学友であられやす」

「ええ。それが何か？」

「またお二人とも次男坊の冷や飯食いであったのが、小倉さまは病に、広瀬さまは辻斬りにそれぞれ兄上さまを奪われて、まずは小倉さま、それから広瀬さまと、続けざまにお家を継がれましたのも周知の通り。ところがここへきて、お律さんのおかげでお二人の足並みが乱れてきやして……」

なんとなく話が見えてきた。

「もしや広瀬さまの縁組を受けて、小倉さまもどなたか良縁をお探しなのでは？」

「流石お律さん、お察しの通りです」と、太郎はわざとらしく持ち上げた。

「とすると太郎さんのお勤めというのは――」

「小倉さまの母上さまに頼まれて、縁談相手の人となりを探っておりやす」

「母上さまに？」

「はあ……縁組には小倉さまよりも母上さまの方が頓着《とんちゃく》されておりやして、とはいえ、あり合わせの嫁では困ると、縁談ごとにこうして密命をいただくんでさ」

胸元から畳まれた紙を取り出すと、太郎は広げて律に見せた。

そこには屋敷の場所を示す簡単な絵図の他、当主の名と娘の名、続柄が、流麗《りゅうれい》な漢字と仮名の両方で書かれている。

「へへ、俺もようやく仮名が全部読めるようになりやして……」

「まあ、お仕事の合間に覚えるのは大変でしたでしょうに」

律が言うと、太郎は照れて盆の窪に手をやった。

「小倉さまが根気強く教えてくだすったから……これまでのことと合わせて並々ならぬご恩に報いるためにも、小倉さまには広瀬さまに負けぬ嫁を娶って欲しいんでさ。ねぇ、お律さん、どなたか年頃の、気立て良し、器量も好しの娘にお心当たりはありやせんかね？」

「無茶を言わないでくださいな」

「まあそう言わずに。世の中どんなご縁があるか判りゃしやせん。我が殿のために、どうか気に留めといてくだせぇよ」

ぺこりと頭を下げてから、太郎は律の抱えた包みを見やった。

「すいやせん。お届け物の途中に呼び止めちまって……池見屋においでになるんで？」

「ええ、巾着と着物を納めに行くんです」

「広瀬さまのご縁談も、もとはお許婚の巾着のご注文だったとか。ええと、鞠巾着っていぇんですよね？　先日、京橋でそれらしいのを提げてる女を見やしたよ」

「あら、嬉しい。この着物、京橋からすぐの太田屋って店からの注文なんです」

「太田屋ってぇと――雪駄問屋の？」

「よくご存知で……ああ、まさか太田屋が盗人どもに狙われているなんてことは」

「それは違いやす」

太郎曰く、太田屋の二軒隣りの店の奉公人が、尾張《おわり》で知られた盗人ではないかと、しばらく辺りを見張っていたという。

「でもそいつは他人のそら似だったんでさ。ただ、太田屋はほら、おかみがいかれちまってるから……」

思わぬ台詞に律は目を見張った。

「おかみさんというのは、お昭さんのことですか？　一体どういうことですか？」

勢い込んだ律に、太郎は声を低めて問い返した。

「そのお昭さんでさ。お律さん、ご存知なかったんで？　着物の注文はおかみからですか？　よもやお百合って娘の着物じゃあ……？」

「ええ、お百合さんの着物です。今年十になったという――」

「十八でさ」

眉根を寄せて太郎は律を遮った。

「十八？　そんなに年には見えなかったけど、それはお百合さんのお姉さんの、お茉莉さんのことでしょう？」

「妹でさ」

短く応えて溜息をつく。

「……あすこのお百合って娘は十の時に風邪をこじらせて亡くなったそうで。八年前のことだってんで、お百合は生きてたら今年十八なんでさ」

「風邪を……」

他の病を疑いはしても、まさか既に死しているとは思わなかった。

愕然《がくぜん》とした律に太郎は続けた。

「お茉莉ってのは妹です。お百合とは三つ違いの……どうにも不憫《ふびん》な娘ですや。お百合はおかみに瓜二つだったそうですが、お茉莉は祖母さん――おかみの天敵だった姑に似ているとかで、三つ四つの頃からおかみにはいないものとして扱われてきたようで」

盗人の疑いをかけた二軒隣りの奉公人のことを探る合間に、太田屋の噂も耳にしたのだと太郎は言った。

「父親の方も祖母《ばあ》さん――つまり実のおふくろを煙たく思っていたらしいや。祖母さんはお茉莉が生まれる前にとっくに亡くなってんだが、えらく厳しいお人だったみてぇでさ。そんなお人に似たもんだから、おかみや旦那はお茉莉の世話は全て乳母任せ。姉のお百合が蝶よ、花よともてはやされる陰で、お茉莉は乳母とひっそり暮らしていたんでさ……」

　そうして迎えた七歳の初夏に、姉の百合が風邪をこじらせて亡くなった。またその一月後には、百合の看病に携わっていた乳母もやはり風邪を患《わずら》い逝《い》ってしまったそうである。

「お百合が死んだ時、お茉莉は涙一つ見せなかったと聞きやした。まあ、それまでの皆の仕打ちを思えばそいつは判らねぇでもねぇんだが、これがまた可愛げがないと嫌われて――お百合が死んでも、お茉莉の天下にゃならなかった。一方で、お百合可愛さにおかみはいかれちまって、お百合の死をがんとして受け入れず、今でもずっとお百合が生きてるかのごとく振る舞ってるんでさ。お茉莉の拠《よ》り所だった乳母はお百合を追うように逝っちまったし、旦那はおかみをなだめるのに手一杯で」

　他に子供がいないために、百合の死後、父親の方は茉莉に多少の関心を見せたらしい。だがその度に昭が娘――百合――や己をないがしろにしていると狂乱したのと、父親自身が愛《まな》娘《むすめ》を失った傷から立ち直れずに、結句、茉莉を等閑《とうかん》に付したまま今に至っているという。

かくして太田屋の娘は今でも「二人」。

一人は跡取りとなる「長女」の茉莉、もう一人は十歳のまま年を取らぬ――常に風邪を患い姿を見せぬ――「次女」の百合。旦那はおかみを腫《は》れ物に触るように扱い、奉公人たちはそんな主夫婦に遠慮して茉莉に寄り添うことはない。また近隣の者たちにしても、同情は禁じ得ぬとも深入りはできぬと、知らぬ顔を貫いているらしい。

「そんな……お茉莉さんだって、実の娘には違いないのに……」

「ですがお律さん、世の中にゃあ、実の子を犬猫みてぇに捨てたり……それどころか己の手で亡き者にしようとしたりする親もいるんでさ」

怒りと嘆きと嘲笑を一緒くたにしたような声音《こわね》と顔から太郎の生い立ちが察せられて、律の胸を締め付けた。

親となった皆が皆、子を愛せぬのは知っている。

浅草の海苔屋・長谷屋《はせや》に奉公する弥吉《やきち》の母親は、男に溺れて弥吉やその妹の清《きよ》を置き去りにした。

京の絵師・忠次《ちゅうじ》の二親は、昭やその夫のごとく、長子である兄のみを大事にして忠次を邪険にした挙げ句、人買いに売り飛ばした。

妻の不義を疑った男と、不義の責めから逃れたいその妻は、二人揃って幼い幸《こう》――のちの駒《こま》――が死の恐怖を覚えて逃げ出すまで折檻《せっかん》した。

――私だったら、けしてそんなことしやしないのに――

いつかの香の言葉が耳によみがえって、律の声を震わせる。

「でもそんな人……ほんの一握りでしょう？　ほんの一握りに違いないわ……」

百合のために描いた着物の包みを抱き締めこぼした律へ、太郎はゆっくりと眉間《みけん》の皺《しわ》を解いて言った。

「ええ、お律さん。そんな親は滅多にいるもんじゃねぇ。おかしいのはおかみと旦那で、お茉莉はちっとも悪くねぇ。ただ……」

濁された言葉の続きを、思いを同じくする律は容易に想像することができた。

ただ、見て見ぬ振りを決め込んだのは――奉公人や町の人たちのように、お茉莉さんに手を差し伸べることなく去ったのは――私も太郎さんも一緒だから……

「あの……私、七ツ前に池見屋に行かねばならないのです」

律が言うと太郎は合点したように頷いた。

「どうも長々とお引き留めしちまって……それに、せっかくの着物になんだかけちをつけちまって……」

「いいえ。誰のためであろうと、私は注文通りに描くだけですから。それにお茉莉さんのことはどこか引っかかっていたんです。お話ししてくだすってありがとうございました」

「礼には及びません。お茉莉のことが引っかかってたのは俺もおんなしなんで……」

猫背な身体を一層縮こめるように頭を下げると、太郎は橋を渡って行った。

十一

池見屋の暖簾をくぐると、律の顔を見て、手代の征四郎が同じく手代の藤四郎と顔を見合わせた。

「すみませんが、少し後に出直して――」

足早に近寄って来た征四郎が立ちはだかって囁きかけたところへ、「お律さん！」と店の奥から名前を呼ばれた。

「お昭さん……」

縦に細い池見屋の奥で、昭は類と話し込んでいたようだ。

「まああ、ちょうどよかったわ。女将さんじゃ埒《らち》が明かなくて」

にこにこする昭の後ろで、類が苦虫を噛みつぶしたような顔をしている。

「巾着絵と着物を納めに参ったのですが」

「ならお披露目がてら、話は奥でするとしましょうか」

昭を座敷へ続く暖簾へうながしながら、類は律へ顎をしゃくる。

「着物をお出し」

座敷に入るや否や類に言われて、律は慌てて風呂敷包みを解いた。

まだ仕立てられていないものではあるが、子供の着物だから丈は短い。袖と身頃をそれぞれ折って、着物らしく並べて見せると、昭は胸に手をやって喜んだ。

「なんて愛らしい……あの子も喜ぶに違いありません。姉さん人形に、この貝合の貝――あの子のお気に入りをほんにしっかり描いてくだすって……ふふふ、芍薬に加えて、牡丹と百合も……」

太郎に会わねば、昭の賞賛は律を舞い上がらせた筈だ。

だが仕立て上がってもけして袖は通されぬと判った今、苦い思いが胸に満ちる。

笑わぬ茉莉の顔が着物の上にちらついて、律は伏せ目がちに口を開いた。

「……お伺いした時は聞きそびれていましたが、娘さんはお百合さんというそうですね」

昭は一瞬きょとんとしたが、すぐににっこりと目を細めた。

「ええ。ですから、百合の花も好きなんですのよ」

己を見やった類の視線から、類ははなから百合の死を知っていたのだと律は悟った。

おそらく香ちゃんも、それから広瀬さんも――

二人とも――否、類を含め三人とも――律を気遣わせまいと黙っていたと思われる。

――きっとなんでも揃えてあげたいのよ。娘のためなら、なんでもしてあげたいんじゃないかしら……――

今思えば香はあの言葉裏で、愛娘を亡くした昭に同情していたのだろう。

——それともあれは、お百合さんだけに執着しているお昭さんへの皮肉だったのかしら?

注文通りに描くだけだと先ほど太郎には嘯《うそぶ》いたものの、先に事情を知っていたら、ここまで朗らかで可憐な絵が描けたかどうか、律はどうにも自信がない。

それにしても、「いかれている」というのは本当だろうかと、昭を窺いつつ律はゆっくりと再び話しかけた。

「お百合さんのお名前は、先だってお店を通りかかった際に、お茉莉さんからお聞きしたんです。着物はてっきりお茉莉さんのものかと思ったものですから……ほら、その、鞠の絵とお名前をかけたのはないかと」

律が言うと、昭は悲しげに小さく首を振った。

「お茉莉はこういったものには興味がないのです。誰に似たのか愛想のない子で……妹のお百合がちやほやされるのが面白くないらしく、跡取りなのをいいことに店のお金は勝手に使うわ、身体の弱いお百合をないがしろにするわ……私はもう、お百合が不憫で不憫で仕方がないのですけれど、何を言ってもお茉莉は聞き流すだけ。私のことなんか、まるでいないかのごとく振る舞っているのですよ。ほんにもう、我が娘ながら、時折、空恐ろしくなってしまいます……」

声を震わせた昭は悩める母親そのもので、狂気は感ぜられなかった。

それともこれが真の狂気というものなのか――

茉莉や太郎と話していなければ、己は昭の言い分を信じていただろう。

千恵がそうであったように、大きな悲しみや苦しみは人の記憶を惑わせる。

愛娘を早くに――それも風邪で亡くしたとあっては、さぞかし無念だったろう。狂気であれ正気であれ、娘が生きているかのごとく暮らすことでしか母親が平静を保てぬというのならそれでもいい。

しかし茉莉への仕打ちは別である。

「ないがしろ」は「無きが代」が転じた言葉で、その意は「無きに等しいもの」だ。

――空恐ろしいのはあなたの方だわ、お昭さん。

お茉莉さんをないがしろに……まるでいないかのごとく「黙殺」しているのも――

返答に困って律はちらりと類を見やったが、類は「お前が蒔いた種だ」と言わんばかりに眉を微かに上げたのみだ。

「ねぇ、それよりお律さん」

束の間の沈黙をものともせず、昭は打って変わった笑顔で切り出した。

「似面絵を描いてもらえませんか？」

「えっ？」

「そのために私は今日、わざわざこちらへ足を運んだのです。お律さんに似面絵を注文するために——」

「似面絵は、お上の御用のみと伝えたんだがね」と、類。

律が以前、香に頼まれて日本橋界隈《かいわい》の娘たちの似面絵を描いていたのを昭はどこからか聞きつけたらしい。律の長屋を教えてもらおうと池見屋を訪ねて来たという。

「顔を見なくても、聞いただけでそっくりに描くことができるんですってね。着物も好きなもの——振り袖でも白無垢でもなんでも着せてもらえるんでしょう？」

「……お百合さんの似面絵ですか？」

「もちろんです」

手を合わせてはしゃいだ声を上げてから、昭はおもねるように律を見つめた。

「あの子を元気づけてやりたいんです。着飾った自分の似面絵を見たら、少しは力が湧いてくるんじゃないでしょうか。この鞠の着物を着せたのと——ああ、もちろん手には鞠巾着を持たせて——もう二、三枚、今少し年頃になった時の似面絵はどうかしら？　十六、七の年頃になれば、きっとあちこちから声がかかると思うのです。親の欲目とお笑いになっても構いませんよ。私はあの子の花嫁姿が、今からそりゃあもう楽しみで……」

昭の百合への愛情は疑いようもなく深い。

だが、その愛情の全てが無償だとは律には信じられなかった。姑に似た茉莉を厭《いと》うことが、百合への愛情をより深めているように思えてならないのだ。

お百合さんへ注ぐ想いを、ほんの少しでもお茉莉さんに向けてくれれば……

どうして、と問いたい気持ちをぐっと抑えた。

言ったところで詮ないだけだ。茉莉とてそう言っていたではないか。

——言ったところで……どうにもならないこともあります——

一人娘となってなお二親になおざりにされている茉莉はもとより、百合を失ってなお茉莉を愛せぬ昭がなんとも哀れで仕方ない。

「お断りします」

どうにもならないことを問う代わりに、律は静かに首を振った。

「え？　どうしてですか？　お代ならちゃんと払います。一枚一朱だそうですね。それなら三枚で一分はどうでしょう？」

「女将さんが仰ったように、似面絵はお上の御用でしか描かないのです。私の本職は上絵ですし、今は仕事も立て込んでおりますから」

無論これは方便で、律はこれまで何度も「お上の御用」でなくとも似面絵を描いてきた。

だが今は、百合を描かぬことが、茉莉のためにも昭のためにも、己にできる唯一のことのように律には思えた。

「そんなこと仰らないでくださいな。なんなら二枚で一分でもいいんです。お願いします。どうか娘を案ずる母を哀れと思って……ねぇ、お律さん？」

「お引き受けいたしかねます」

昭をまっすぐ見つめて律は再び静かに——きっぱりと——応えた。

愛情をかける者が親である必要はない。

弥吉と清、そして駒は奉公先や養父母に、忠次は師匠と妻に恵まれた。

茉莉にも再び乳母のように心許せる——無償の愛を与え合える者が現れぬかと、律は切に願うばかりだ。

もしくはいつか——二親が、親としての「正気」を取り戻す日を。

「そう言えば」と、律は精一杯さりげなく切り出した。「京橋で小耳に挟んだのですが、そちらにはお茉莉さんの上にもう一人、娘さんがいらしたそうですね？ ……八年前に夏風邪でお亡くなりになったとか？」

はっとして笑みを引っ込めた昭の応えを待たずに、律は続けた。

「お百合さんも夏風邪にて臥せっていらっしゃるのですから、親御さんとしてはそれはそれは気がかりでしょう。しかしいくら夏風邪は長引くとはいえ、こういつまでも本復《ほんぷく》しないとなると、お昭さんや旦那さん、お茉莉さんにまでうつりはしないかと心配です」

見開かれた昭の瞳は「正気」と見たが、今だけなのか、初めからそうだったのかは、医者ならぬ律には判じ難かった。

「お昭さん……どうかおうちとお店をお大事に。似面絵はお引き受けできませんが、巾着や着物のご注文でしたら、池見屋を通していただければいつでも馳せ参じます」

そう言って律が一礼すると、昭が口を開く前に類が手代を呼んだ。

「お帰りだよ！」

蚊の鳴くような声で暇を申し出た昭が、征四郎にいざなわれて座敷を出て行く。

「私も、お昭さんをお見送りに」

「好きにおし」

後を追って表へ出た律へ昭は小さく頭を下げたが、目を合わせようとはしなかった。

今にも七ツの捨鐘《すてがね》が鳴ろうかという刻限なのに、一刻前より暑さが増したようである。

「もうすっかり夏ですね」

「ええ……」

征四郎の言葉に頷きながら、律は昭の背中が遠ざかるのを見守った。

第三章
老友

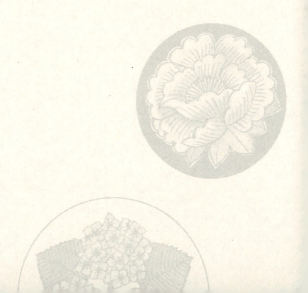

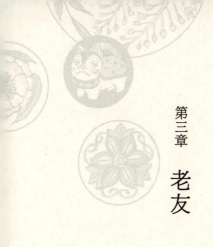

一

涼太より先に保次郎の声がして、律は蒸しを終えた巾着絵の張り枠を立てかけた。

水無月も二日目になって、八ツの鐘を聞いたところである。

前掛けで手を拭きつつ家を出ると、木戸の方から涼太がやって来るのが見えた。

「ちょうど広瀬さんがいらしたところよ」

「うん。店を覗いていったと六太が教えてくれたんだ」

二人揃って今井宅を覗くと、既に上がり込んでいた保次郎が目を細めた。

「涼太、お手柄だ」

非番だからか傍らにあるのは脇差しのみで、着流しも錆青磁色《さびせいじいろ》と涼やかだ。

「はあ、当たりでしたか？」

「うむ。大当たりだ」

つい三日前に律が描いた似面絵の男が捕まったという。

伏野屋から二町と離れていない紀伊国橋《きのくにばし》で、袖が触れた、触れないの言い合いから通りすがりの男に喧嘩を売って、橋から投げ落とした男だった。

投げ落とされた男は運悪く、川ではなく下に差しかかった舟の縁に落ち、腕とあばらを折って重傷だ。ここまでの怪我人はいなかったが、このところ似たような喧嘩がいくつか起きていたため、喧嘩を売った男の顔を見たという船頭を保次郎が連れて来たのである。

「三河《みかわ》から遠縁の店を頼りに二月前に出て来たばかりの男で、だが江戸に着いてすぐその店は潰れてしまったそうだ。口入れ屋から仕事を得るも田舎者だとからかわれて、喧嘩になっては辞めてを繰り返していたらしく、些細なことで喧嘩を売っては相手を橋から落として憂《う》さ晴らしをしていたらしい」

月番が替わるため似面絵はおととい北町奉行所の者に託していたが、昨日の夕刻、出先から伏野屋に寄った涼太が、紀伊国橋の袂《たもと》で似面絵に似た男を見かけたそうである。

「それが、似てると言い切れるほど似てなくてよ……ああでも、お前の筆じゃなく、船頭の覚えが悪かったのさ。本物は眉は太め、鼻は小さめで、顔だけだったら難しかった」

眉と鼻が違えば顔の印象は大分変わる。

似面絵を描いた時に一緒にいた涼太は、似面絵の顔かたちよりも、船頭から聞いた大体の背格好、着物の柄、橋の下を窺った男の様子でぴんときたという。

「帰るだけだったから、ちょいと男の後をつけたのさ。そしたら大通りから京橋と日本橋を渡って、十軒店《じっけんだな》の近くの口入れ屋に入ってよ」

店を出て来た際に「じゃあまた明日。五ツまでに必ず来ますから」と男が言ったのを聞いてから、涼太は八丁堀《はっちょうぼり》まで引き返して保次郎の屋敷を訪ねた。

「同じ着物を着ていたのは幸いだったな」と、今井。「しかし、まさか紀伊国橋を再び訪れるとは……あすこは八丁堀から目と鼻の先じゃないか」

「そいつは着物を買う金どころか、宿代にも困っていたようです。紀伊国橋へ行ったのは、己が投げ落とした男の具合が判らぬかと――死なせていたら大ごとだと思ったそうで……根は小心者なのかもしれません。死なせてなくとも既に大ごとだったのですがね」

今井が言うように紀伊国橋は八丁堀から――南町奉行所からも――そう遠くない。ゆえにあの辺りは他に比べて治安が良いのに、つまらぬ喧嘩の末に重傷者が出たとあって、町方は腹立たしく思っていたようだ。

「それにしても、涼太の勘には北町のやつらも舌を巻いていましたよ。似面絵が今一つだったので余計に驚かされて――ああ、今一つというのは、その、涼太が言ったように」

「ええ、承知してます」

己は言われたままを描いたし、船頭も「見たまんまだ」と感心していた。

にもかかわらず、「似てない」「今一つ」と言われれば、絵師としては面白くない。

「見間違いや思い込みはよくあることさ」と、微笑を浮かべて今井が言った。「涼太のように一度会った顔は忘れず、日をおいても見分けられる者など極々稀《ごくごくまれ》だ。私など、一見しただけじゃよほど特異な顔でもない限り思い出せないよ。近頃は、新しい筆子《ふでこ》を覚えるのさえ一苦労だ」

「耄碌《もうろく》するには早過ぎますぜ」と、涼太がからかうのへ、

「寄る年波には勝てんよ、涼太」と、今井。

「よしてください、二人とも」

今井を慕う律は半ば本気でむくれてしまう。

「まあ、見間違いだの思い込みだのと、決めつけるのもよくないな」

肩をすくめて苦笑しながら今井は言った。

「船頭は橋の下からその男の顔を見たのだろう。だとしたら、眉が細く、鼻が大きく見えてもおかしくない」

「なるほど」と、頷いたのは保次郎だ。「いくらお律さんの腕がよくても、それじゃ致し方ありません。それに、此度のことはさておき、見間違いや思い込みは私どもにもよくあることでして……お律さんの似面絵だからと、あの通りの男を探していたのもその一つです」

ひとしきり捕り物の話になったが、湯が沸いて茶を一杯飲み干すと、保次郎は早々に帰って行った。

四日後に祝言を控えて、支度に忙しいようである。

「俺も、帰ってちと支度をしねぇと……」

言いにくそうに涼太が切り出した。

「その……今宵は六太と一緒に、尾上を訪ねる約束があって」

「六太さんと？」

綾乃のことはもはや案じておらぬし、尾上は青陽堂の得意先だ。だが、料亭が忙しくなる夕刻に、六太と二人してゆくならただの届け物ではなさそうだ。

「ああ。仲居に茶の淹れ方を指南して欲しいってんでさ。近頃は、尾上への届け物は六太に任せてあったんだが、指南となると六太も尾上も一人じゃ心許《こころもと》ねぇからと、俺がついてくことになった」

料理に合った茶を仕入れたいから、一度うちの膳を食べてみてくれと、夕餉《ゆうげ》も馳走してくれるという。

「それなら涼太さんが一緒で、六太さんはますます安心ね」

六太も律と一緒で裏長屋で生まれ育った。料亭の膳を食する機会なぞまずなかったろうから、一人では心許ないと言った六太の気持ちがよく判る。

「まあな……着物もお仕着せじゃなんだし、俺や他の者のだと大き過ぎるしで、貸し物屋から借りるんだが、他にも支度がいろいろあってよ」

「あら、でもそれはそれで楽しそう」

十四歳だからまだ少年らしさが多分にあるが、爽然とした面立ちの六太である。似合いの着物や雪駄を見立てることに、女子らしい興味が湧いた。

律が微笑むと、涼太も何やら嬉しげな顔をした。

「そういや、川開きは逃しちまったが……」

「そうね。涼太さんはお店があったから」

律は長屋の皆と一緒に今年初めての花火を見に行ったが、青陽堂は若い奉公人だけを送り出して、涼太は古参《こさん》の者たちと店仕舞いやら翌日の支度やらを済ませたのだった。

「ああ。それでその、近いうちに……」

言いかけて言葉を濁した涼太へ、今井がにやにやしながら言った。

「なんだ、涼太？　私に遠慮することはないぞ？」

「いや先生、先生をないがしろにしようってんじゃ——ただ、ほら、ええと」

「うむ。お律は家にこもりきりだから、なかなか声をかけにくかろう？」

「そう、そうなんでさ」

「いいから、早く誘ってしまえ」

「はあ、すいやせん」

やや口を曲げて応えたのは照れ隠しのようである。

「その……仕事の折を見て、近々大川に行かねぇか？」

夕餉を兼ねて、大川に涼みに行こうというのである。

川開きの時ほど派手ではないが、葉月の終わりまでは毎日のように納涼花火が打ち上げられる。夏の間は出店や縁日、屋形船《やかたぶね》も増えるし、近頃は上方《かみがた》を真似して作られる川床《かわどこ》で涼むのも粋とされている。

「ええ、もちろん……その、仕事の折を見て」

「なぁに、折なぞ、作ろうと思えばいくらでも作れるものだ」

今井に言われて、律は涼太と顔を見合わせてはにかんだ。

「じゃあ……この話はまた、明日にでも」

「ええ、また明日」

涼太が戸口の向こうへ消えると、律はすぐさま片付けを申し出て井戸端へ向かった。

釣瓶《つるべ》を落として水を汲み上げると、茶碗をゆすぐより先に湿らせた手を頰に当てる。

冷えた井戸水が火照《ほて》った頰には気持ちよかった。

二

翌日、四ツ前に律は巾着絵を納めに池見屋を訪れた。

鞠巾着は好調で、此度の五枚も既に買い手がついている。

五枚どころか、二十、三十と買い手はいるそうだが、類の意向でいまだ五日に五枚の注文のみだ。当てにしている着物の注文はまだないから、その分巾着絵を仕上げることに集中できて、此度も上々の出来である。

並べた五枚を眺めて「うん」と、類は頷いた。

「さっさと仕立屋に回しちまおう」

賞賛の言葉ではないが、口角を上げた顔が見られただけで律は満足だ。

「ところで一つ注文があるんだがね」

すわ着物かと耳をそばだてた律へ、類は小さく苦笑した。

「新しい巾着を描いて欲しいと、昨日、文左衛門《ぶんざえもん》さんが頼みに来たんだ」

「巾着ですか……」

肩を落とすほどではないが、声にはやや落胆が滲む。

「おや、不満かい？」

にやにやする類へ、律は慌てて背筋を伸ばした。

「とんでもない。謹んでお受けいたします」

「ああ、頼んだよ」

「文左衛門さんというと、また文吉《ぶんきち》の巾着でしょうか？」

文左衛門は寛永寺《かんえいじ》の北東にある下谷坂本町《したやさかもとちょう》の湯屋《ゆや》の隠居で、律は以前、やはり注文で文左衛門が飼っている文鳥――その名も文吉――の巾着絵を描いていた。

「どうだろう？　昨日、私の留守に訪ねて来たのさ。巾着絵をお前に注文したいから、いつでもいいから、手隙の時に寄るよう言ってくれ――そう藤四郎が言付かったんだ。布地は鞠巾着と同じでいいなら仕立代と合わせて一朱、絹がいいなら別途相談、上絵代はお前が自分で折衝してきな」

「はい」

いつでもいいとのことなので、律は池見屋を出たその足で下谷坂本町へ向かった。

玄関先に出て来たおかみに頼んで、文左衛門を呼んでもらう。

ほどなくして現れた文左衛門は、律の描いた文吉の巾着を手に提げていて、律を表へといざなった。

「ちと出かけて来るでな」

「どうぞご勝手に」

文左衛門が丸々一部屋を文吉のために使っているのを、おかみ――文左衛門の息子の妻はよろしく思っていないらしい。声や素振りに棘《とげ》が感ぜられるが、文左衛門はどこ吹く風だ。

「昨日の今日で、よう来てくれた。さ、ゆこう」

「はあ、しかし、どちらへゆくのです？」

「西太郎《とりたろう》のところさね」

「西太郎さんというのは、どなたですか？」

「私の碁敵《ごがたき》だ」

「というと……あの、猫の巾着を仕立てたという？」

文左衛門が文吉の巾着を注文したのは、碁敵が仕立てた飼い猫の巾着に張り合ってのことであった。

「うむ、すまんなぁ。年を取るとどうもせっかちになっていかん。此度は西太郎の巾着を描いて欲しいのだよ。西太郎は少し前に浅草で置き引きに遭っちまってねぇ」

「置き引き？」

「そうなんだ。茶屋で一休みしている時にやられたようでねぇ……」

「それは災難でした」

頷いたものの、肝心の代金については話さぬままに、同じ下谷坂本町でも通りを挟んだ二丁目にある西太郎の家――豆腐屋――に着いた。

三

西太郎もやはり隠居でやもめ、豆腐屋は既に息子夫婦に任せているという。

「やあ、文さん、どうしたね？」

「どうしたもこうしたも、こちらは上絵師のお律さんだ」

「上絵師……？」

「ほら、前の巾着は盗られちまったと言ってたろう？　浅草で置き引きにやられたと」

「ああ、そうだった。あの巾着か……いやはや、困ったものだ」

「それで新しいのを仕立てようかと、先日言ってたじゃないか。だから文吉の巾着を描いたお律さんに頼んじゃどうかと、私が――」

「そうだった、そうだった。それで連れて来てくれたのか。わざわざすまないね」

盆の窪に手をやりながら、西太郎は律たちを店の奥へとうながした。

店を切り盛りする息子夫婦に会釈をして暖簾をくぐると、律の家よりはやや広い、土間と台所、座敷、二階への階段がある。西太郎は一階で、息子夫婦と孫は二階で寝起きしているそうだ。

「ちと待っておくれ。ぶちを探してくるから……おそらく裏にいる筈だ」

座敷の碁盤には白黒の石が少し置かれている。傍らの書物からして、西太郎は一人で詰碁《つめご》を解いていたようだ。

ひとときと待たずに戻って来た西太郎の腕には、白黒ぶちの猫が抱かれている。

「やっぱり裏にいたよ。裏にはこいつのお気に入りの日向《ひなた》があるんだ」

人の好さそうな丸顔をにこにこと更に丸くして、西太郎はぶちを抱えたまま草履を脱いで律たちの前に座った。

「西さん、碁ならうちに来て打てばいいのに」

「昼を過ぎたら行こうと思ってたんだ」

「そうかい？　それならいいんだ。近頃顔を見ない日が多いからねぇ。辰《たつ》さんや染《そめ》さんが寂しがっていたよ」

湯屋の二階は町の憩いの場で、主に男たちが碁や将棋を指したり、談義に興じたりしている。金を出せば茶や茶菓子を飲み食いできるから、一刻も二刻も長居する者も少なくない。

「そりゃ……ただでさえ暑いのに、二階だと余計にのぼせちまう気がしてさ。このところなんだか疲れも取れないし、出かけるのが億劫《おっくう》で水浴びで済ましちまってたんだよ。ほら、暑いから……」

「暑気あたりかい？」

「そうそう、暑気あたりかもしれない」

「そんなら無理には誘わないが、羽書《はがき》もあるんだし、散歩がてらに寄っとくれよ。暑いからって家にこもってばかりじゃ足腰が弱るばかりだ」

二階に上がるのに別に金を取る湯屋もあるが、文左衛門のところは羽書――月極《つきぎめ》で何度でも入れる湯札――があれば出入りは自由らしい。

「そうだな。後で顔を出してみよう。辰《たつ》さんや――みんながいるといいんだが」

文左衛門と西太郎が談話する傍ら、律はせっせとぶちの絵を描いた。

「はあ、上手いもんだな。文さんが贔屓するだけはある」

西太郎が律の手許を覗き込むのへ、文左衛門が胸を張る。

「そうだろう。池見屋お抱えの上絵師だからねぇ」

「池見屋というと……」

「西さんがつい先日、鞠巾着を買った呉服屋じゃないか」

「ああ、そうだ。孫にやろうと思って買いに行ったんだ。うまく当たってよかったよ。孫にも嫁にも喜んでもらえたからな」

「――当たったというのは、どういうことですか？」

律は知らなかったが、欲しがる客が多いため、池見屋では客に籤《くじ》を引かせているとのことである。籤引きがあるのは五日に一度で、西太郎曰く、壺に入ったおよそ百本の藁《わら》から一本を選び、下が朱色なら当たりだそうだ。一人につき一日一度しか引かせてもらえず、五本当たりが出たら次の五日まで「売り切れ御免」になるという。

「百本……」

そんなに客がいるのかと律は驚いたが、律が鞠巾着を描いている上絵師だと知って、文左衛門と西太郎は更に驚いた様子である。

「なんと、お律さんがねぇ……鞠巾着の話を聞いて、お律さんもそういうのを描いちゃどうかと勧めてみようと思っていたが、とんだ余計な世話だったなぁ」

「それはそれは、のちほど家の者にも教えてやろう。きっとびっくりするだろう。……このぶちの絵も後で譲ってくれんかね？」

「下描きをですか？」

「ん？　いかんかね？　よく描けているから、できれば手許に置きたいと……」

「嬉しいお言葉ありがとうございます。巾着絵を仕上げたら私には不要ですから、一緒に池見屋に届けますね」

「うん、頼んだよ。ぶちももう年だから……その、忘れないようにだね」

「なぁに、猫又《ねこまた》になるまでまだしばらくあるさ」と、文左衛門は微笑んだ。

俗に猫は年を取ると「猫又」という化け物になるといわれている。

ぶちは八歳だから年といえば年だが、まだ毛艶《けづや》のよいぶちよりも、どこか力ない西太郎の方が律は気になった。見たところ、西太郎も文左衛門と同じく五十路《いそじ》までまだ少し間がありそうだ。だが、以前今井もこぼしていたように、年を取ると暑さがこたえるらしい。

文左衛門も案じたようで、一通り下描きが終わると早々に立ち上がる。

「じゃあ、無理はせんようにな。なんなら明日も私の方が遊びに来るさ」

「そんなに大ごとではないんだ。ただちょっと暑くてね……」

見送りは断わって文左衛門と表に出ると、陽射しの眩しさに二人して目を細めた。

「こりゃ、昼からはもっと暑くなりそうだ」

寂しげな顔をして、文左衛門は今出て来たばかりの暖簾を振り返った。

四

次の五枚の下描きを済ませてから、律は再びぶちの下描きを描き始めた。

西太郎のところを訪ねてから六日が経っている。

あの後、律は長屋へ戻り、三日のうちに請け負った五枚の鞠巾着を仕上げてしまった。

一日早く池見屋に納めに行くと、留守の類に代わって手代の藤四郎が絵を検め、次の五枚に加えて、ぶちの分の布地を渡してくれた。

が、すぐにぶちの上絵に取りかかるのを律は躊躇った。というのも――文左衛門たちは褒めてくれたが――猫はあまり描いたことがなかったからだ。

文鳥や鶯《うぐいす》なら得意なんだけど……

幸い、この巾着は急ぎではない。

西太郎からは「全て任せる」と言われている。ぶちの絵であれば、下地の色から意匠、筆使いまで律の自由にしていいそうだ。代金は「文吉の巾着と同じ値で」と文左衛門が申し出て、前金で一朱、後金にもう二朱の計三朱をもらえることになった。

このところ鞠巾着の下染めは池見屋が手配しているから、以前のように意匠に合わせて下地の色に迷うことはない。鞠巾着に手間がかからない分、ぶちの巾着は西太郎に似合う色や意匠をじっくり考えたかった。

利休白茶《りきゅうしらちゃ》もいいけど、沈香茶色《とのちゃいろ》も捨てがたい。

いっそ文左衛門さんの巾着みたいに、表と裏で色を変えようかしら——

下染めする色を思い浮かべながら、ぶちの下描きを描き直していると、ひょいと戸口に影が差した。

「まあ、ふてぶてしい」

顔を上げると、戸口に立った史織が微笑んでいる。

「史織さま」

下描きに夢中になっていて、足音に気付かなかった。

だが、「ふてぶてしい」と史織が言ったのはぶちのことである。

ぶちは太めで、律が描き留めた下描きのほとんどは半目であった。西太郎に撫でられるまま、腹を上にしたり、身体をよじったりと、どこかずっとだらりとしていた。

「西太郎さんというご隠居の猫なんです。無愛想なのは日向ぼっこを邪魔されたせいかと思ったんですが、子猫の時分から可愛げのない顔をしていたそうで……」

「ふふ、西太郎さんなのに、猫を飼ってらっしゃるなんて」

筆を置いて今井宅へ行くと、保次郎は既に上がり込んでいて、史織が草履を脱ぐ間に涼太もやって来た。

「この度は――」

涼太が言いかけたのを手で止めて、保次郎は座るようにうながした。

「この度、史織と無事に夫婦の杯を交わすことができました。皆さまの並々ならぬ助力があればゆえの縁組であり、妻共々厚く御礼《おんれい》申し上げまする」

今井の前に手をついて、保次郎と史織は頭を下げた。

「おめでとうございます。広瀬さま、史織さま」

簡素だが心のこもったお辞儀を返す今井の傍で、律と涼太も頭を下げる。

皆で揃って顔を上げると、保次郎がにっこりとした。

「それでは涼太、茶を頼むよ」

「はい、ただいま」

涼太が茶の支度に取りかかると、保次郎が三日前――祝言の日の出来事を話し始めた。

徳川の世になって少しずつ華美な婚礼は減ってきた。保次郎は定廻り同心、史織の父親は書物同心とあって、互いにそう家禄も多くない。よって、広瀬家は父母に叔父夫婦、保次郎の上司である与力の前島勝良《まえじまかつよし》、片山家は史織の父母と二人の兄のみの内輪だけの祝言としたそうである。

「しかし、叔父叔母に加えて、前島さまにおいでいただいたまではよかったが、門火を焚いて待てど暮らせど、花嫁が一向に現れず……」

「旦那さま、待てど暮らせどなんて大げさです」

それこそ大げさにむくれて見せてから、史織は苦笑した。

「いいや、半刻——否、一刻近く待たされたのだからけして大げさではないぞ。すわ花嫁に逃げられたのではないかと、実に刻々と母上の顔が青ざめていき、こちらは気が気でなかったのだ」

青ざめていったのは保次郎も同じだったに違いない。

それにしても、しっかり者の史織さまがご自身の婚礼に遅れるとは……

律が不思議に思ったのを読んだように、今井が口を開いた。

「道中、何かありましたかな?」

「いえそれが……」

保次郎が濁した言葉を、うつむき加減に史織が引き継いだ。

「——化粧をしていて遅くなったのです」

「ほう?」

「その、私はこれまでろくに化粧をしたことがなく……乳母や母の指南も今一つで、何度もやり直してようやく様《さま》になったと思ったら、約束の六ツの鐘が鳴ってしまい……」

片山家は湯島天神からほど近い、神田川の北に位置している。

箪笥に長持《ながもち》、文房具と嫁入り道具はそう多くなかったようだが、道具は釣台《つりだい》に、史織は乗物に乗っていたため、一行が広瀬家へたどり着いた時にはとうに六ツ半を過ぎていた。

「無事に着いたのはよかったのですが、旦那さまには化粧ごときでと言われて――つい涙ぐんでしまいましたわ」

「まあ……」と、思わず声が出た。

今はあっけらかんとしているが、涙ぐんだという史織の気持ちが手に取るように律には判る。逆に保次郎の台詞には鼻白《はなじろ》んでしまい、それを察した保次郎が慌てて手を振った。

「これ、史織」

「だって……ねぇ、お律さん。私は格別器量好しじゃありませんが、晴れの日くらい、見目好くありたいと思ったのです。それなのに……」

「あんまりです」と、律は力強く頷いた。

晴れの日――それも好いた人と結ばれる日なれば、尚更《なおさら》――

そう胸の内でつぶやくと、ふいに眼前の二人が「結ばれた」ことに気付いて、律は思わず目を伏せた。

「あ、いや、お律さん、こちらもつい……大分案じていたものだから」

目を伏せたのは立腹ゆえと勘違いしたようで、保次郎は急いで付け足した。

「その、その場で前島さまにとっちめられましたので、どうかご寛恕《かんじょ》ください」

「前島さまとな？　母上さまではなく？」

からかい口調で今井が問うて、保次郎は盆の窪へ手をやった。

「ええ、『初《しょ》っぱなから妻を泣かせるとは先が思いやられる。早急に女心を学ぶべし』と。

無論、のちほど母上からは、前島さまの倍は搾られました」

涙で乱れた化粧は母親二人が手早く直し、五ツを過ぎてようやく婚礼の儀が始まったとのことである。

「それはまた、想い出深い祝言になりましたな……」

「ええ、それはもう」

保次郎と史織が声を重ねて頷いたものだから、律たちはこらえきれずに噴き出した。

散歩がてらに神田川から大川沿いを歩いて帰るという二人は、涼太が淹れた茶を一杯飲んですぐに辞去していった。

涼太は律たちのために二杯目を淹れたが、自身は一杯のみにとどめて店に戻るという。

「お律、片付けを頼む。それから、明日は七ツに」

「はい」

大川沿い、と保次郎たちが言ったのへ、胸を弾ませた律だった。

ちょうど明日、かねてより涼太と話していた夕涼みへ出かけるからだ。

「あの先生、何かお土産を買ってきますね」

「いやいや、そんな気遣いはいらぬから、楽しんでおいで」

成り行きを知る今井は、苦笑しながら二杯目の茶碗を手に取った。

茶器を片付けて家に戻ると、律は散らばったぶちの下描きを見回した。

まだ表は明るいが、史織の顔と言葉が思い出される。

――晴れの日くらい、見目好くありたいと思ったのです――

明日着ていくのは牡丹鼠《ぼたんねず》の絽《ろ》に藤煤竹色の帯、簪は涼太がくれた千日紅の平打ちと決めていたが、今になって迷いが出てきた。

よそ行きの帯の中では七宝紋入りの蒸栗色の帯が一番上等であるが、それだけに顔合わせを含め何度も使い回している。牡丹鼠と藤煤竹色では涼やかというよりも辛気臭い気がしたが、選ぶ余地がそうないのだから仕方ない。

貸し物屋に行ってみようか――

着物か帯か、どちらかを借りれば少しは目新しい恰好になりそうだ。

が、すぐに思い直して律は腰を下ろした。

鞠巾着のおかげで実入りは安定しているが、一度の夕涼みに借り物をするのは贅沢だ。

再び心を決めると、片付けかけた硯と筆を元に戻した。

明日、出かけるのは七ツ過ぎである。それまでにぶちの巾着の色や意匠を決め、できれば下染めも済ませてしまいたい。

よって日暮れまでは下描きに専念しようと、律は筆を墨に浸した。

五

ほんのり化粧をした律を見て、涼太の胸は浮き立った。

今井は出かけているが、開け放たれた長屋の何軒かには内職に励むおかみたちがいて、己と律が通るのを窺っているように感じた。

井戸端に出ている者はおらず、誰とも顔を合わせることなく涼太たちは木戸の外に出た。

何もこそこそする理由はないのだが、どことなく涼太がほっとしたのも束の間、半町もゆかぬうちに大家の又兵衛に出くわした。

「おや、若旦那。りっちゃんとお出かけで？」

「はい。ちょっと大川まで、涼みに行こうかと」

「ほう、そりゃいいですな」

又兵衛はそう言って去って行ったものの、町のそこここから視線が感ぜられる。

気のせいだ――

そう己に言い聞かせるも何やら居心地が悪く、涼太は黙って和泉橋へ足を向けた。

和泉橋を渡ってしまうとようやく人がまばらになって、結んでいた口を涼太は開いた。

「まだ大分暑いな」

「ええ」

律が微笑んで、涼太もやっと人心地着く。

己が贈った千日紅の簪を挿してはいるが、牡丹鼠の絽をまとった律は飾り気がない。だが爽やかな青や緑、華やかな朱や紅色でなくとも、絽は涼やか——かつ透けた襦袢《じゅばん》がそこはかとなく艶っぽい。色合いも人目を引く派手なものよりもこれくらい地味な方が落ち着くし、その分、薄化粧が映えて見える。

日頃の素顔を知っているだけに、昨日の史織の台詞を思い出しつつ、装いを変えてきた律が愛おしかった。

「今日もまた、ぶち猫を描いていたのか？」

「やっと色と意匠を決めたから、下染めまでは済ませてきたわ。あとは鞠巾着を二枚……でもこっちは納めるまでまだ三日あるから」

「鞠巾着は調子がいいな。百も籤を引かせてるくらいだし」

やっかみが滲まぬよう気を配りつつ涼太は言った。

「それが……勘違いだったのよ」

「勘違い？」

「三日前、お類さんはお留守だったけど藤四郎さんに訊ねてみたの。籤を百本用意しているのはほんとなんだけど、今は二十本ほど当たりにしているんですって。だから、百本のうち三十本ほど引かれると売り切れ御免になるそうよ」

しかし「百本の籤」「売り切れ御免」と聞けば、客の方はそれだけ人気なのだと思うだろう。そういった噂が更なる人気を呼ぶのを女将の類は見込んでいる筈だ。

「お類さんはやっぱりやり手だな。それに一度噂になれば、籤引きに百人並ぶ日もそう遠くねぇさ。頼まれたり、運試しに並ぶやつだって出てくるだろう」

「うん、それがお類さんの狙いだって、藤四郎さんも言ってたわ。あの、でもこれは内緒の話だから、他の人には言わないでちょうだいね」

内緒の話を明かされたのも、律の仕事が順調なのも喜ばしい。

だが、涼太の——青陽堂の方はそうでもなかった。

足繁く売り込みに励んでいて、新しい客はちらほらいるが、大口客は今のところ芝神明の茶屋だけだ。一度離れた客の中には事情を知って考え直してくれる者もあるのだが、既に違う仕入れ先を得ているから、すぐさま青陽堂に鞍替えしてもらうというのは難しい。

売り込みはいい修業になっていて、客の手応えも悪くない。

以前、律や今井に言ったことは嘘ではないのだが、なおざりな受け答えや門前払いもけして少なくなかった。

張り合うつもりはなくとも、着物やら鞠巾着やらの話を聞くと、これから夫となる身としてはやはり焦りを覚えてしまう。

神田川と柳原を左手に、ゆっくり東へ歩いて浅草御門を通り過ぎると両国広小路《ひろこうじ》だ。

やはり夕涼みに出て来たと思われる者たちが多くいて、通りは賑やかさが増している。

出店を覗いて回るも、律には遠慮が見受けられる。

「何か美味しそうなものがあれば、先生か長屋のみんなにお土産にしたいわ」

楽しげにそう言いながら、小間物屋や半襟屋《はんえりや》などは素通りなのだ。

店は思わしくないが蓄えはある。混ぜ物騒ぎ以来、遊びに行くのも控えていたから今日は潤沢《じゅんたく》な小遣いを佐和から——清次郎のへそくりからも——もらっていた。ゆえに涼太としては何か律の気に入るものがあればと思うのだが、同時に店の者への後ろめたさもあって切り出せない。

そうこうするうちに日が暮れてきて、涼太は律を両国橋へとうながした。

しばらくすれば花火の一つ二つ見られぬかと、両国橋の欄干《らんかん》には人が鈴なりだ。

「お律」

人混みに離されぬよう律の手をそっと取って握ると、躊躇いがちに律も握り返してくる。

思わず見やった律はうつむいているが、触れている腕と肩が一層寄り添ってきて涼太の胸は満たされた。

祝言まで一月あまり。

これからは、夫婦としてずっと二人で歩いてくんだ……

しっかり手をつないだまま律を連れて行ったのは、回向院《えこういん》の門前町にある蕎麦屋であった。

「青陽堂の涼太と申しますが……」

「ああ、勇《ゆう》さんから承っておりますよ。どうぞ二階へ」

勇さん、とは日本橋の扇屋・美坂屋《みさかや》の勇一郎《ゆういちろう》で跡取り仲間の一人である。

同じ跡取り仲間の酒問屋の永之進《えいのしん》は、年明けの藪入り前に嫁を娶っている。勇一郎も春には嫁取りが決まっていたのだが、それが流れたことを涼太はつい三日前まで知らなかった。

というのも、永之進の仲間内の祝いの席は、祝言そのものより少し前――混ぜ物騒ぎの前で顔を出していたのだが、騒ぎ以来どうも気まずく、勇一郎の時には遣いに祝い酒を届けさせたのみで、勇一郎からも礼の言葉を受け取っていたからだ。

三日前、売り込み先に向かうのに日本橋ではなく江戸橋を南へ渡ったところ、北へ渡って来た勇一郎とばったり会った。

――聞いたぜ、涼太。とうとうお律さんと祝言らしいな。めでたいこった。まさかお前に先を越されるとはなぁ――

問い質《ただ》してみると、嫁取りは流れたというのである。勇一郎は委細《いさい》は語らず、涼太も訊かなかった。その代わりというのではないが、飯屋に詳しい勇一郎を見込んで、両国界隈で気取らぬ店を知らぬか問うてみた。

「勇一郎がこの店を教えてくれたんだ。その、川や花火は見えないが、二階にはいい風が入ってくるからと」

「ああ、あの日本橋の扇屋の……」

三日後に律と夕涼みに出かけることを明かすと、勇一郎は「そんなら俺が話を通しておいてやる」と胸を張り、のちにふらりと店に寄って六ツにこの店を訪ねるよう告げてきた。

酒と蕎麦がきを一つずつ、それからそれぞれ蕎麦を頼んだ。

すぐに運ばれてきた酒を律が酌してくれたところへ、花火の音が聞こえてきた。

川から離れているため花火は見えぬが、一瞬空が明るくなったのが見えた。

窓から流れ込む風は穏やかで気持ちよく、二人してしばし窓の外を眺めてから、顔を見合わせ微笑み合った。

「お蕎麦屋さんでよかった。気取ったところは慣れてないから、涼太さんに恥をかかせやしないかと案じていたの」

涼太が案じた理由は別にある。

奮発して料亭や川床、屋形船も考えたのだが、律はくつろげぬと思われた。それにやはり奉公人たちが一丸となっている今、己だけ贅沢するのは気が引ける。

「うん。俺もこっちの方が気楽でいいや」

つい先だって、尾上で六太と馳走になったことを思い出しつつ涼太は応えた。

膳は申し分なかったし、煎茶の指南もいい経験になった。しかし改まった席に慣れていない六太は気の毒なほど気負《きお》っていて、帰り道ではぐったりしていた。律や六太を始め、奉公人たちにも旨いものを食べさせたいという思いはあるのだが、そのために気苦労させては本末転倒もいいところである。

それに贅沢より、まずは店を盛り返すのが先決だ……

邪《よこしま》な想いを自制するためにも酒は一本だけにとどめたが、酒をほとんど飲まぬ律のために茶と茶菓子を注文してみると、茶はともかく蕎麦粉を使った羊羹《ようかん》が思いの外《ほか》よい。

「これ、お土産に包んでもらえないかしら？」

舌鼓《したつづみ》を打ちながら律が言うのを聞いて、土産用に羊羹を二包み仲居に頼む。

「俺もこいつを、店のみんなに土産にすらぁ」

「みんなきっと喜ぶわ。お茶もお店のお茶ならもっと合うでしょうし」

「ああ、茶はやっぱりうちの茶が一番さ」

一刻ほどして腰を上げ、店先で持参してきた提灯《ちょうちん》に火を入れてもらった。

片手に提灯、もう片手に律の手を握って両国橋へ向かうと橋の袂にさしかかった辺りでまた一つ花火が上がった。

残光が消えるまで律と一緒に空を見上げた。

想いを共にしている喜びを嚙みしめつつ、涼太は握った手に力を込めた。

六

蕎麦屋の二階では何もなかったが、帰りしな、和泉橋に差しかかる前の柳原沿いで、律は涼太と三度目の接吻を交わした。

土産の羊羹を落とさぬように涼太の背中に手を回すと、涼太もしかと抱き締めてくれ、律を夢見心地にさせた。

もうあと一月という思いが筆を弾ませ、翌日は一日で残り二枚の鞠巾着を仕上げた。たっぷり眠って、翌朝最後の蒸しを済ませて、八ツ過ぎに池見屋へと向かう。

五枚の巾着絵を類の前に並べて見せると、類は口角を上げて頷いた。

「いいね。またしても期日より一日早く仕上げてこの出来なんだから」

「ありがとうございます」

思わず顔をほころばせて礼を言うと、類はじっと律の顔を見つめて言った。

「祝言に浮かれてるのが、利をもたらしてるようだねぇ。どの絵も陽気で何よりだ」

「浮かれてるなんて、そんな」

「今はいいよ。だがそれが裏目に出る日がこないよう、気を付けるんだね」

「……はい」

戒《いまし》められて、浮き立った胸は静まったが、そんな律に類は六枚分の布地を渡した。

「増やしてもらえるんですか？」

懲《こ》りずに勢い込んで言った律へ、「いいや」と即座に応えて類はにやりとした。

「この鶯茶色の下染めは注文だ。鞠は五つとも蓮《はす》の花。筆使いもいつものままでいいし、絵柄もお前に任せるってさ。だから客先に出向く手間もいらないよ」

注文客は水無月が終わるまでに蓮の花見に行くという。

「花見にどうしても鞠巾着を持って行きたいけれど、籤が当たるとは限らない。だったら倍の一分を払って、ついでに蓮の花を描いてもらおう。とにかく今すぐ取りかかってもらいたい——ってのさ。嬉しい話じゃないか、お前にとっても、店にとっても」

「はあ」

五つ描く鞠がどれも蓮なら、いつもの鞠巾着より手間いらずだ。

それなのにいつもの巾着の倍の実入りになると聞くと、嬉しく、かつ複雑である。

「一分なんて、持てる者にははした金さ。一度きりの花見のために着物を仕立てる者だっているんだよ」

「一度きり……」

買われてしまえば、後はどうしようと客の自由だ。

だが、一枚一枚手を抜かずに描いている律からすれば、一度きりしか日の目を見ないといを描くこった」

「この客がそうだとは言わないが、二度も三度も使ってもらいたいなら、それだけいいものうのはどうも切ない。

「はい」

池見屋を出ると、長屋へ戻るべきか律はしばし迷った。

巾着絵は一枚増えたが、一日早く納めた分、次の期日まで六日ある。

よって昨夜から考えていた通り、香を訪ねてみることにした。

雪駄問屋の太田屋へ注文を伺いに行って以来、香とは顔を合わせていない。あれから一月あまり経ったが、香が長屋や青陽堂を訪ねて来た様子もなかった。

何を話しても赤子や子供につながるようで、再訪を躊躇っていた律だったが、いつまでも遠慮してはいられない。

御成街道を南に下り、和泉橋を渡ると鍋町《なべちょう》——大通り——には向かわずに、道を左右に折れつつ大伝馬町《おおでんまちょう》を抜けた。日本橋ではなく江戸橋を渡ると、楓川《かえでがわ》沿いを少し歩いて見知っている左内町《さないちょう》を西へ折れる。

日本橋の菓子屋として知られている桐山《きりやま》で干菓子を一包み買い求めると、半町もゆかぬうちに小間物屋の藍井が目に入った。

店主の由郎《よしろう》には雪華《せっか》の画本を借りた縁がある。挨拶がてら、流行の小間物を見たくはあったが、持ち合わせのない律は店にはただの冷やかし客だ。また簪は涼太が藍井から買った千日紅の平打ちで、帯もよそ行きを締めてきたが、着物は普段着の単衣であった。

藍井の暖簾を眺めて律が迷っていると、出て来た男がこちらを見てばつの悪い顔をした。

矢鱈縞の単衣を着た職人と思しき男だが、律は見知らぬ者である。

思わず背後を振り返るも、己の後ろには誰もおらず、再び見やった男は慌ててそっぽを向いて歩き出した。

怪訝《けげん》に思って、由郎に男の正体を訊ねるべく律は藍井へ一歩踏み出した。しかし、新たに装い華やかな女が三人、暖簾をくぐって行ったため、気後れして結句踏みとどまった。

男は単に、己の粗末な恰好に眉をひそめたのやもしれない。

藍井はまた今度、香ちゃんと一緒に——もう少しましな着物を着ている時にでも……

気を取り直して伏野屋へ行くと、勝手口に回る前に気付いた尚介が手招いた。

「香が喜ぶよ。さ、中へ」

店の奥に入ると通りかかった女中に律を託し、尚介自らが香を呼びに行った。

空っぽの座敷に案内されて待つことしばし、現れた香は何やら力ない。

「香ちゃん、もしかして休んでいたの?」

「暑気あたりだったのだけど、もう平気」

にじり寄ると声を潜めて香は続けた。

「寝間《ねま》にいたのは、ゆっくり本を読むためよ」

繕い物やら着物の仕立てやら、しばらく縫い物を押し付けられていたそうだ。

「でも流石にねたが尽きたらしくて、この十日ほどは、あれを買って来い、これをして来いとつまらない遣いを言い付けるのよ。それでおとといも昨日も出ずっぱりだったから、帰ってからぐったりしちゃったの。珍しく尚介さんが声を荒らげて峰さまに言ってくれたから、今日は朝からゆっくりできたわ」

「それなら安心だけど――」

「……夏風邪かと心配したかしら？」

窺うように香は言った。

「香ちゃん」

「太田屋のこと、黙っていてごめんなさい。りっちゃんが喜んでたのもそうだけど、お昭さんのことが言い出せなくて……りっちゃん、お昭さんに似面絵を頼まれたけど、断ったんですってね？　近所の人が教えてくれたわ」

昭はあれから塞いでいるようだが、前ほど百合のことは口にしなくなったらしい。

「一番お気の毒なのはお茉莉さんだけど、お昭さんも……ひどい母親だと思ってるのに、もしも我が子が十で亡くなってしまったら、私もお昭さんみたいにいつまでも忘れられないんじゃないか――悲しくて悲しくて、気が触れちゃうんじゃないかと思うのよ。変でしょう？

我が子がまずまだいないのに」

「ううん、ちっとも」

律には我が子はまだぴんとこないが、家族を失う痛みはよく知っている。

父母を亡くした今、律の身内はまだ十一歳の慶太郎のみだ。事故であれ病であれ、慶太郎を突然亡くしたら——と、想像するだけで背筋が凍る。

涼太さんだって……

父母の仇に囚われた律を、自身の危険を顧みず助けに来てくれた涼太である。

殺されかけたのは律も同じなのだが、己の命よりも涼太の命が失われることの方が、律にはより恐ろしい。

「もしも慶太郎や涼太さん……香ちゃんだったらって——嫌だわ。縁起でもないことを言うのはよしましょうよ。つるかめつるかめ」

わざと少しおどけて言うと、一瞬ののち香も笑った。

「私のことまで、取って付けたように言わなくていいのよ。でも、ううん、私もおんなじ気持ち。りっちゃん、ずっと達者でいてね」

「香ちゃんこそ」

微笑み合ったところへ、女中の粂が茶を運んで来た。

香が桐山の包みを早速開いて、干菓子をつまみながら、律は保次郎と史織が共に挨拶に現れたことを話した。

「お二人ともそりゃあ仕合わせそうで……」

「でしょうねぇ。今度広瀬さんをお見かけしたら、少しからかってみようかしら？」

「駄目よ、香ちゃん。お勤め中にからかっちゃ」

「じゃあ次に先生のおうちで会った時にでも。ふふふ、ねぇ、次はりっちゃんの番よ」

にんまりしてから香は付け足した。

「そういえば、祝言の支度がどうなってるのか、そろそろ母さまに訊いてみようと思ってたのよ。母さまのことだから抜かりはないと思うけど、支度も楽しみのうちだもの」

気恥ずかしいが、祝言の支度だろうがなんだろうが、香が楽しげなのは何よりだ。

近々藍井を共に訪《たず》ねてみないかと誘ってみると、香はますます明るい顔になる。

尚介の計らいで少し早めの夕餉を香と二人で食し、行きよりもずっと弾んだ足取りで律は相生町の長屋へ戻った。

七

香の顔を見たことが更なる励みとなって、律は巾着絵に身を入れた。

此度はもともとの期日通りとなったが、六日後の昼四ツに池見屋を再び訪れた。

いつもの五枚に注文の蓮を描いた鞠巾着を合わせて、六枚を類の前に並べて見せる。

「おや、また面倒なことしたもんだね」

蓮の鞠巾着を見て類が苦笑した。

鞠巾着の鞠は五つ――表に三つ、裏に二つだ。

蓮の鞠巾着の表は一つ目に白い蓮と蕾《つぼみ》と葉、二つ目に薄紅の蓮を二輪、三つ目に薄紅の蓮と葉、そしてそれらが水面に映る様を描いた。裏の一つ目には水面に直に浮かぶ薄紅の蓮、二つ目には白い蓮と蜂の巣に似た横向きの花托《かたく》とそれぞれ手間をかけてある。

薄紅の蓮は花びらの外から内へとぼかし、白い蓮も白抜きにはせず、灰白色《かいはいしょく》や練色《ねりいろ》を使って影と膨らみを出した。苦心したのは水面と花托である。特に花托は花の陰にあっても、揃った穴をほどよく丁寧に描き込んだ。

「花と葉だけにしときゃあ、大分手間が省けたろうに」

「でも、できれば花見の後も――二度も三度も使っていただきたいですから」

「ふぅん……」

にやにやする類に構わず、律はもう一枚――ぶちの巾着絵を取り出して広げた。

「これは――」

目を見張った類に、やや得意気になって律は言った。

「文左衛門さんから頼まれた分です。此度は文吉じゃなくて、ご友人のためにご友人の猫の巾着絵を描いて欲しいという注文だったんです」

ぶちの巾着絵はやはり利休白茶と沈香茶色を使って、表と裏を違う色にした。

沈香茶色の面にはでっぷりと横座りしたぶちを、利休白茶の面には四つ足を折って背中を丸めたぶちを描いた。下染めの色は違えど二色なのは文左衛門の巾着と同じだ。また、背中を丸めて置物のように座ったぶちは、文左衛門の手のひらで丸くなった文吉に似ている。

「そうか……あのお人は、文左衛門さんのご友人だったのか」

「あのお人とは……？」

類が目を見張ったのは、巾着絵の出来映えにではないようだ。

律の問いには応えず、類は手代の征四郎を呼んだ。

「あの猫の巾着を持っておいで」

「はい」

すぐに合点した征四郎は、もののひとときで戻って来た。

「客の忘れ物なんだがね」

征四郎から類へ、類から律へと差し出された巾着を見て、今度は律が目を見張る。

筆使いは違うがぶち猫の上絵入りの巾着で、毛皮の模様からして酉太郎の「ぶち」と思われる。

でも、前の巾着は……

「西太郎さん——文左衛門さんのご友人ですが——前の巾着は浅草で置き引きに遭ったって言ってました。茶屋で一休みしている時に……盗んだ人か、質屋かどこかで買った人がこちらに来たのでしょうか？」

「鞠巾着の客の一人だよ。人の好さそうな丸顔で、少し鼻が大きく、小太りだった」

類の言う容姿は西太郎と合っているし、西太郎は鞠巾着を買っている。

「籤が当たって恵比寿《えびす》さんみたいな顔で大喜びしてさ。孫への贈り物だってんで、ほら、太田屋が買ってったような小間物と花の鞠巾着を所望したんだ。手付金の一朱をもらって、十日後に仕上がったのを取りに来た。出来映えにこれまた大喜びで、よほど舞い上がってたのか、包んだ鞠巾着だけ持って、自分の巾着を忘れて帰っちまったのさ」

「そうでしたか」

「鞠巾着目当ての一見《いちげん》客だったから、合札《あいふだ》だけ渡してあって名は訊いていなかったんだ」

つけや着物のような大きな注文はともかく、小間物や取り置きの品は手付金をもらうと同時に割符《わりふ》の合札を渡しているという。

「うちの客には、名を知られたくないお人もいるんでね。時折人の名を騙《かた》るやつもいるし、小娘は現金客ばかりだし……受け取った、受け取らないと、後で問答するのはごめんなんだよ。私は物覚えがいい方だけど、青陽堂の若旦那ほどじゃない。若旦那は一度見た顔は忘れないそうじゃないか。それだけでも大した才さ」

「ええ」

女将として堂々と店を切り盛りしている類に涼太を褒められて、つい頬が緩んでしまう。

「とにかくこの巾着の持ち主が判ってよかった」

「でも、置き引きに遭ったなんて、どうしてそんな嘘を……」

「そりゃ見栄を張ったんだろうよ。どこかに置き忘れたなんて、いかにも年寄りみたいで恥ずかしいじゃあないか。もしくは、置き忘れよりも置き引きと言った方が、皆の気を引くことができるからか」

「そう言えば、以前文左衛門さんから、酉太郎さんは息子さん夫婦からも孫からもあまり相手にされていないと聞きました。家でぶちと戯《たわむ》れるか、文左衛門さんの湯屋の二階で碁を打つかの日々だと」

孫にねだられて鞠巾着を買ったそうだが、それもまた、少しでも家族の気を引くためだろうかと、律は何やら切なくなった。

「でも酉太郎さんは独りぼっちじゃありません。文左衛門さんの他にも何人か、ご友人がいらっしゃるようですし」

「寂しんぼうってんじゃないんだね。それなら、ほんとに盗まれたと思い込んでるのかもしれない」

「えっ？」

「ねぇ、お千恵？　お前はどう思う？」

開け放してある襖戸の向こうへ類は声をかけた。

と、襖戸の向こうからそろりと千恵の顔が覗く。

「忍び足で来たのにどうして判ったの、お姉さん？」

「そりゃ、さっきから床に影が差しては引いて、差しては引いて――お律が帰るところを捕まえようと、今か今かと待ち構えていたんだろう？」

「だって……ねぇ、お律さん、お帰りになる前にお茶を一杯どうかしら？　少しお腹が空いてきたから、なんならお茶漬けでもいいわ」

「なんだい、まったく」

類が呆れるのへ、律は微笑んで頷いた。

「喜んでご相伴いたします」

八

湯を沸かしたのは元乳母で女中代わりの杵だが、茶は律が淹れた。

冷や飯が足りぬため茶漬けは出せぬが、代わりに蕎麦を打ってくれるという。

「その酉太郎さんってご隠居さんのことだけど……」

蕎麦の支度を待つ間に、おずおずと千恵が切り出した。

「忘れちゃったんじゃないかと思うのよ」

もちろん、「忘れた」から巾着がここにあるのだけれど――

が、すぐに千恵の言わんとすることが「置き忘れ」とは違うことに律は気付いた。

「呆《ぼ》けてきたのでは、と？」

「ええ。置き引きに遭ったと仰った時、どんなご様子だったの？　強気だったら思い込みかもしれないけれど、そうでなかったらそれらしいことを言っただけかもしれないわ」

「ええと、文左衛門さんが前にそう聞いていたようで……」

西太郎の様子を思い出しながら伝えると、千恵は同情を隠せぬ顔になって言った。

「私もそうだったわ。今は判らないことは正直に言うようにしているけれど、椿屋敷にいた頃は、判らない、覚えてない、というのが恥ずかしくて、よくそれらしいことを言って誤魔化してたわ。まあ、お杵さんやお姉さん、雪永さんにはばれていたのだけれど……」

池見屋に戻ってきて大分よくなったようだが、まだ記憶があやふやな千恵である。

「ある、と思っていたものがなくなってると、どきりとするわ。誰かが持っていったのか、私がどこかへやったのか。訊ねてみればいいのだけれど、もしも自分が忘れているだけだったらと思うと恥ずかしくて、ああかしら、こうかしら、と考えるうちにどんどん判らなくなっていくの」

初めに「置き引きに遭った」と言ったとしたら、それは見栄だったのだろう。だが、今はそんな見栄を張ったことも忘れてしまったのではなかろうか、と千恵は言う。

「忘れてしまっていたけれど、文左衛門さんが――仲のいい友人が言うのだから、そうなのだろうと話を合わせたのじゃないかしら？」

「そうかもしれません。思い出したように言ってましたけど、今思えば、なんだか巾着そのものを忘れていたような……大切なぶちの巾着なのに」

知らずにどこか咎めるような口調になってしまったようだ。

千恵が悲しげに眉根を寄せたのに、はっとして律はすぐさま頭を下げた。

「ごめんなさい。西太郎さんを責めたつもりは……」

「ううん、私に謝ることなんかないのよ。せっかく描いた巾着をうっかりなくされてしまったら、上絵師としては悲しいものね。ただ私……今でも時折怖いのよ。家に戻ってきて物忘れは減ったけれど、私がそう思っているだけで、本当はもっとたくさん忘れているのかもしれないわ。ただ、忘れているということさえ思い出せないだけで……」

律とて稀にうっかりするが、己に疑《ぎ》心《しん》暗《あん》鬼《き》になるほど記憶を疑ったことはない。

「皆が皆、ころりと逝くんじゃないからねぇ」

顎に手をやって類が言う。

「この私だってもう十年もすりゃあ判らないさ。寝たきりになるやもしれないし、呆けちまうやもしれないし——どうしようねぇ、お千恵？　いつかお前の顔も忘れちまったら？」

「駄目よ、駄目。嫌だわ、お姉さん。つるかめつるかめ……」

「それにお前みたいに若いのだって物忘れがあるんだから、お年寄りなら尚更さ……まあ、お前ももう三十路より四十路《よそじ》が近い大年増だが」

姉妹だけに遠慮がない。

にやりとした類に、千恵は今度は口を尖らせた。

「ひどいわ、お姉さん、そりゃ私はもう三十五だけど……」

「おお、年を覚えてるだけでも大したもんだ」

「もう！」

笑い出した千恵につられて律も微笑んだが、西太郎のことは気になった。

ぶちの下描きを譲って欲しいと西太郎が言ったのは、己の物忘れに気付いているからではなかろうか。

——ぶちももう年だから……その、忘れないようにだね——

形見代わりかと思ったけれど、覚え書きにしようとしてるんじゃないかしら——

ぶちの下描きを出しながらそんなことを律が言うと、おもむろに類が口を開いた。

「……お律、この巾着だけど、お前が届けに行ってくれないか？　無論、お足は出すよ」

「私が？」

「新しいのが仕立て上がったら文左衛門さんに一緒に渡しちまおうかと思ったけれど、そしたら西太郎さんが文左衛門さんに嘘を言ったのがばれちまうだろ。駒三に届けさせても、家の者にはうちからだって判っちまう。その点お前なら一度お邪魔してるし、ぶちの下描きと一緒にそれとなく返してくれりゃいい。ほら、お前は定廻りの旦那と親しくしてるじゃないか。西太郎さんが嘘をついたことを覚えていたら――いなくとも――この巾着はうちじゃなくて、どこか他のところで見つかったことにすりゃあいい」

友人の文左衛門に嘘をついたなら、家の者にもそうしただろう。

池見屋ではなく保次郎を通じて見つかったことにすれば、西太郎の体面は保たれる。

類の意を汲んで西太郎の忘れ物は五日後、新しい巾着と共に律が届けることになった。

覚えていても、いなくても……

杵が出してくれた打ち立ての蕎麦は旨かったが、何やら晴れぬ胸を抱えて律は池見屋を後にした。

九

五日後。

昼下がりに新たな鞠巾着を五枚納めて、仕立て上がったぶちの巾着を受け取った。

大暑は過ぎたがまだまだ暑い。

下谷坂本町の西太郎の豆腐屋まで来ると、律は一度手ぬぐいで首元を拭った。

「ああ、あなたは上絵師の――ほら、あの鞠巾着の？」

律が声をかける前に、おかみ――西太郎の息子の嫁――が気付いて微笑んだ。

「律と申します。西太郎さんはおいでですか？」

「ええ、奥に。お義父《とう》さん、お客さんですよ。鞠巾着の上絵師のお律さん！」

快活なおかみには、西太郎へのよそよそしさは見られない。

おかみにうながされて店の奥の暖簾をくぐると、座敷の上から西太郎がこちらを見た。

今日も詰碁をしていたようだ。

「ああ、お律さん」

にっこりとした西太郎に律はひとまずほっとした。

律を上がりかまちに座らせて、西太郎が問うた。

「ええと……今日は何用で？」

「ご注文の品とぶちの絵をお持ちしました」

「注文の品とぶちの……」

窺うような目をして繰り返した西太郎を見て、やはり、と律は内心気を沈ませる。

「先日、文左衛門さんとお伺いした時に承った巾着です。新しいぶちの上絵を入れた巾着をご所望だと」

「ああ、あれか。すまないね。こう暑いと、どうも頭が回らず困るよ」

律は手にしていた風呂敷包みから、まずは己が描いた巾着を取り出した。

「おお、こりゃこりゃ」

想像を崩して西太郎は巾着を手に取った。

「文さんが贔屓するだけあるよ。おお、裏は色が違うのか。裏のぶちの顔もいいねぇ」

表と裏を交互に見ながら、西太郎はますます目を細める。

「あとで文さんのところへ行って、皆に見せびらかそう。染さんや辰さんも驚くだろうな。ああ、その前にぶちと家の者にお披露目だ」

文左衛門だけでなく、「染さん」「辰さん」といった他の友人の名が出てきたことに律が安堵したのも束の間だ。

「あの……前の巾着は盗まれたと聞きましたが……」

おずおずと切り出すと、西太郎は再び探るように律を見た。

「その、浅草で置き引きに遭ったと、文左衛門さんが言っていました」

「ああ――文さんから聞いたのかい」と、西太郎は頷いた。「そうそう、浅草でやられちまったんだ。あすこは人が多いからね。油断も隙もありゃしない。お律さんも気を付けて」

「ええ」

努めて平静に相槌を打ったものの、じわりと物悲しさが胸に滲んだ。

置き引きの話は注文を取りに来た時に、ここで三人一緒に聞いている。これだけならうっかりということもありうるが、西太郎は「注文」も「ぶちの絵」も忘れていたようだった。

「それで、その盗まれた巾着ですけど……こちらではありませんか？」

池見屋から預かってきた忘れ物を取り出すと、西太郎が目を見張る。

「こ、これは……どうして？」

「定廻りの広瀬さまから言付かりまして……」

類に言われた通り保次郎の名を出すと、西太郎の顔が険しくなる。

「定廻りの？　一体どういう――」

狼狽を隠せぬ西太郎へ、律は急いで付け足した。

「その、私は上絵師でありますが、似面絵も得意としておりまして、時折広瀬さまに悪人の似面絵を頼まれるのです。それで広瀬さまから、よく捕り物のお話を伺うのですよ。広瀬さまはまた火盗に親しくされているご友人がいらっしゃいまして、その、この巾着は――つまり盗人が西太郎さんから盗んだのちに……」

回り回って火盗の小倉から保次郎へ、保次郎から律へと話が伝わったのだという嘘を、律は懸命に西太郎に説いた。

「それで、あの、広瀬さまからこの巾着の話を伺った時にぴんときまして、ほら、ぶち猫の上絵が入った巾着なんて、滅多に見かけませんでしょう？　ですから、もしやと思って広瀬さまから預かって――」

「……もういいよ、お律さん」

小さく手を振りながら、西太郎は律を遮った。

「あんたは嘘が下手だなぁ。嘘を言うときゃもっとゆっくり、言葉は少なく……でないとすぐにぼろが出ちまうよ」

苦笑した口元よりも、泣き出しそうな目の方が気になった。

「どうも、その」

「その巾着はもしや、儂《わし》が鞠巾着の店で忘れたのかね？　ほれ、あんたをお抱えにしてるという店だ」

「池見屋です。覚えていらしたんですね」

律が言うと、西太郎は悲しげに首を振った。

「覚えていたならとっくに取りに戻っとるよ。たった今、あんたの話を聞いて、ぼんやり思い出したところさね。文さんが二階で鞠巾着の話をしたんで、それなら孫に買ってやりたいと……そしたら文さんが不忍池《しのばずのいけ》のほとりの店を教えてくれたんだった。それから……」

眉根を寄せた西太郎に、律は助け船を出した。

「籤が当たったと聞きました」

「ああ、そうだ。籤が当たって合札をもらって……これは忘れちゃいかんと、取りに行くまで気張ってたんだ。それでかえって帰りはうっかりしちまったんだろう。だが、置き引きとはまあ、我ながらつまらん嘘をついてしまったな。すまんがお律さん、あんたの知ってることを教えてくれまいか？　まあ、どうせまたすぐ忘れちまうだろうが……」

「そんな……」

言葉を濁した律へ、西太郎は力なく微笑み——それから声を低めて言った。

「あんたが気に病むことじゃない。だが頼むから、家の者や文さんには内緒にしといてくれんかね？　余計な気苦労をかけたくないでな。ああ今、筆を」

文箱から筆と硯、それから帳面を取り出して、西太郎は墨を磨《す》り始めた。

「物忘れが増えとるのは判っとるんだ」

細かい字がびっしりと描き込まれている帳面は、西太郎の覚え書きらしい。

年相応だった物忘れがひどくなったのは、年明けてすぐだったという。

「年始回りに二度行ってしまってね。お屠蘇《とそ》で酔っていたせいにしたんだが、ほんとにすっかり忘れてたんだ。それからぽろり、ぽろりと、忘れることが増えてった」

年が年だからと初めは笑い話にしていたものの、度重なるにつれ、物忘れを誤魔化すようになったと西太郎は言った。

「昔のことはそれなりに覚えとるんだ。祖父《じい》さんが同じように五十路あたりから呆け始めたことやら、そんな祖父さんにおふくろが手を焼いてたことやらだって覚えとる」

手を止めてじっと律の目を覗き込んだのは、律が困惑していないかどうか――己が二度も三度も同じ話を繰り返していないかを見極めるためと思われた。

滞りなく過ごせる日もあるのだと、西太郎は言う。物忘れを指摘されることなく、怪訝な顔をされることもなく――一日中冴えている日もあるそうだ。

「もしくは先ほどのように、話の合間にあれこれ思い出すことも……でもそれだっていつまで持つか。この帳面だっていつまで続けられるか……いくらこいつに書いておいたところで、こいつの場所や――これが己のことだと判らなくなったらそれで終わりさね。ええと、お律さん……ああ、後金《あときん》を払わねばならんのだな。ここに書いてある」

つぶやくように言って、西太郎は今一度文箱《ふばこ》を開くと、別の帳面を取り出した。こちらは出納帳《すいとうちょう》としているようだ。

「巾着代の後金が二朱と心付けに……」

何やら書き込んだのちに、西太郎は金を懐紙に包んで差し出した。

問われて律は己の知っていることを話したが、帳面を確かめたところ、置き引きに遭ったと嘘をついたことや、巾着を新たに注文したことなどは既に書き込まれていた。

急な訪問だったため律には間に合わなかったが、来客がある時や出かける前には帳面をさらっておくそうである。

「出かけるのが億劫になろうというものさ。ちょっと世間話をして碁を打って……それくらいしかもう儂にはできん。いや、それも碁の打ち方を覚えてるうちだけだ」

「あの……」と、躊躇いつつ律は口を開いた。「差し出がましいのは重々承知しておりますが……息子さんに言いにくいようであれば、せめて文左衛門さんにご相談してはいかがでしょうか？　文左衛門さんは西太郎さんと随分親しい——その、一番のご友人かとお見受けしましたが」

「……相談したところで、どうにもならんよ。文さんは医者じゃない。いや、医者だってもうどうにもできんだろう」

「でも、文左衛門さんは力になりたいと思っている筈です。どんな形でも、どんなに小さなことでも、何かできることがないかと……」

一人で悩む西太郎に香の姿が重なって、律はいつになく食い下がった。

だが、西太郎は沈痛な面持ちのまま再び首を振った。

「そもそも、一番の友だからこそ言えんのだよ。やつはああ見えて世話焼きだから、きっといろいろ気遣わせてしまうだろう。心優しいやつだから、きっと儂を哀れむだろう。そして友に哀れみを抱いたことを心苦しく思うだろう。文さんのことだから……きっと」

私に明かしてくれたのは、私が赤の他人だから……

かつての仇討ちを律は慶太郎にも香に明かしていない。西太郎が言うように、近しい者だからこそ話し難いこともあるものだ。

家の者へ言わぬのも同様の理由からだろう。

店に続く暖簾を見つめながら、一層小声になって西太郎は言った。

「判ってはいるんだよ。どんなに隠したところで、いずれはみんなに知られちまう。そのうち儂にも祖父さんのように、誰が誰やらさっぱり判らなくなる日がくるだろうからね。文さんが儂を一番の友だと思っていても、儂は文さんの顔や名前さえ——友が何かも忘れちまう日がくるんだよ。その日を思うと儂は怖くて……ますます言い出せなくなるのだよ」

怖い、と千恵も言っていた。

——本当はもっとたくさん忘れているのかもしれないわ。ただ、忘れているということさえ思い出せないだけで……——

かつては辛い過去を「忘れる」ことで、心の均衡を保っていた千恵だった。しかし今は皮肉なことに、千恵の「正気」が「忘れる」ことを恐れさせているのである。

忘れたくないのに、忘れてしまう——

二人の恐怖は律には推し量ることしかできない。

律が黙ってしまったからか、西太郎はわざとおどけた声を出して微笑んだ。

「儂もまあ、自分がこんなに見栄っ張り、意地っ張りとは思わなんだよ。帳面もまた祖父さんの真似事なんだが、どうしようもなくなるその日まで、こいつを使ってあがいてみるさ」

帳面を撫でた酉太郎を見て、律は一つ閃《ひらめ》いた。

十

「似面絵……？」

「はい。文左衛門さんと……息子さんご夫婦やお孫さんも」

頷いて律は、酉太郎の返事を待たずに己の矢立を取り出した。

書き付け用に矢立に巻き付けてあった紙を広げて、酉太郎の墨を借り、まず手始めに文左衛門の似面絵を描いた。

「こりゃこりゃ」

「どうです？　なかなかのものでしょう？」

胸を張って律がにっこりすると、酉太郎もようやく笑顔を見せた。

――似面絵はお上の御用でしか描かないのです――

太田屋の昭に――次女をないがしろにし、今は亡き長女のみを偲ぶ母親に――そう告げたのは、ほんの一月ほど前のことだ。

でも今日は……

日々のささやかな出来事さえ忘れたくなく苦悩し、努力している酉太郎には、似面絵をもって力になりたいと律は思った。

「よかったら……こっちに描いてくれんかね？」

西太郎が差し出したのは覚え書き用の帳面だ。

「では、お借りします」

帳面を広げると、文左衛門の似面絵をもう一度描いた。

出来映えに再び感心しながら、「友　湯屋の文左衛門」と西太郎が書き入れる。

「息子さんたちのお顔も描きましょう」

「頼むよ」

先日と今日と、息子夫婦の顔は二度見ているがほんのちらりとである。下描きで西太郎の記憶と照らし合わせながら、二人の似面絵を描き上げた。

顔を合わせたことのない孫には少し下描きを重ねたが、顔かたちを伝えることが――まだそうすることができる自分が――西太郎には嬉しいようだ。

孫は二人。鞠巾着を買い与えた九歳の女児と四歳の男児だそうだ。

「下の子も、上の子について外に遊びに出るようになったでな。子守はお役御免になってしまったよ。まあ、今の儂にはその方が気楽ではあるが……」

苦笑に寂しさを感じ取って、律は更に言った。

「他にもどなたか描きましょうか？」

続けて、碁敵である「辰さん」こと辰良《たつよし》、「染さん」こと染五郎《そめごろう》の似面絵を描いていると、店先から「酉さん」という呼び声が聞こえてきた。

「お客さまでしょうか？」

「ああ、客は客だが儂のじゃない。店の客さ」

くすりとして酉太郎が応えた。

「お店の名が『酉』なのですか？」

「看板をけちったでな。豆腐屋は豆腐屋だ。町に一軒しかないのだから、看板なんぞいらんと思っていたが『豆腐屋』と呼ぶのはやはり不便だったようだ」

「では、このお店は酉太郎さんが？」

「親父《おやじ》が生きてた頃は煮売り屋だった。裏店の小さな店だ。親父が死んで、祖父さんが耄碌してきて……年寄りは朝が早いでな。祖父さんが豆腐好きだったんで、だったら一丁、豆腐屋をやってみようと思い立ったんだ」

「それはそれは」

「豆腐屋を始めてしばらくは苦労したが……まあ、かかぁがよう働いてくれた。祖父さんが死んで、息子が二人続けて生まれて、おふくろが死んで……毎日へとへとなのに、かかぁはよう笑っとった。笑っていれば商売もよくなると――それでほれ、儂もこんな恵比寿顔に」

そう言って酉太郎はにっこりと恵比寿に似せて笑って見せた。

「ほんにあいつの言う通りだった」

「……おかみさんの似面絵も描きましょうか？」

思い出せないようなら断れるよう、さりげなく律は訊いてみた。

「かかぁの顔か……うん、一枚頼もうか」

下描きが入念になったのは、それだけ西太郎が思い出したからである。

丸顔で眉が細く、だがまなじりは少し下がり気味、鼻は平たくぽってりしていて、目元口元には笑い皺――

「ご夫婦揃って福々しいお顔だちで」

やはり丸顔の西太郎を見ながら言うと、西太郎は目を細めて盆の窪に手をやった。

「祝言を挙げた頃はそうでもなかった筈なんだが……夫婦というのはやはり似てくるのかもしれんな。こうして見ると、息子たちも何やら似てきたような――」

見開きに並んだ息子夫婦の似面絵を繰りながら西太郎は嬉しげだ。

「息子は弟と毎日泥だらけになって遊んで、かかぁに叱られていたが、今じゃ嫁と一緒にしっかり店を切り盛りしとるよ。店を任せた頃はどうなるかと案じておったがな……ははははは、まあ今日はよう思い出せるわ。似面絵の――お律さんのおかげだな」

西太郎の今昔《こんじゃく》交えた話を聞きながら、律は最後にぶちと西太郎自身の似面絵を描いた。

「……やれまあ、年を取ったもんだ」

「でも、とてもよいお顔をしていらっしゃいます」

苦笑する西太郎へ律も微笑む。

暇《いとま》を申し出て、筆を仕舞いつつ律は言った。

「すみませんが、似面絵のことは内緒にしといてもらえませんか？　こちらは商売にしておりませんので……」

「うん。お互い内緒の話だ」

合点して頷いてから、西太郎は付け足した。

「案じることたない。どうせしばらくしたら忘れちまうだろうから……」

おどけたつもりだったろうが、瞳に一抹《いちまつ》の不安がよぎったのを律は見逃さなかった。

「そうだとしても、まだずっと先の話です。十年も二十年も先のことです」

胸を締め付けられながらも律が笑うと、西太郎は再び恵比寿顔になって言った。

「うんうん。ありがとうよ、お律さん――」

十一

見送りを断って一人で表へ出ると、半町もゆかぬうちに会釈を交わしたばかりのおかみが追って来た。

「お律さん、ちょっとお待ちを――」

足を止めて振り向くと、困った顔のおかみが言った。

「あの……お義父さん、もしやまた巾着を注文したのですか？」

後金を受け取りに来ただけかと思いきや、一刻ほども話し込んでいたので心配になったのだと思われる。

「いいえ、ちょっと昔話やら、お店のことやらを聞かせてもらっていただけです」

「店のことも、ですか？」

「西太郎さんが隠居した頃に比べて、お二人ともしっかりお店を切り盛りしていて安心している、と」

「そうですか。お義父さん、そんなことを……」

胸を撫で下ろした様子から、律は、おかみが――おそらく息子である店主も――西太郎の物忘れに気付いているのだと悟った。思えば律が訪ねた時にわざわざ「鞠巾着の上絵師」と言ったのも、おかみの気遣いだったのだろう。

「お義母《かあ》さんが亡くなって、店を継いでしばらくは、ばたばたしましてね……」

やや目を伏せたのは後悔からか。

「お義父さんに子供らを任せきりだったにもかかわらず、随分不義理をしてしまいました」

「そうでしたか」

「味が落ちたと、一時は危なかったんですが、お義父さんが手助けしてくだすって、お客さんが戻ってきてくれました。やっぱり『酉さん』の豆腐がいい――と」

「看板がないから、酉さんって呼ばれているそうですね」

「そうなんです。店を継いだ折には、うちの人と新しい店の名を考えたこともあったけど、今はそのままでいいと思っています。それくらいしかもう私たちには……」

言葉を濁したおかみにつられてしんみりせぬよう、律は努めてにっこりとした。

「後で文左衛門さんのところへ行くと仰ってました。巾着を見せびらかしに……まだまだお元気でいらっしゃいますよ」

再び会釈をしておかみと別れると、大通りを渡って少し先にある文左衛門の家を訪ねた。

「池見屋に頼まれて、酉太郎さんの巾着はぶちの下描きと一緒に私が届けに伺いました。とても喜んでくだすって……文左衛門さんを通じてのご注文でしたから、文左衛門さんにも一言お知らせしておこうと思って寄りました」

「ほう、そりゃよかった。随分早く仕上がったんだな」

ぶちの巾着は月末までが期日であったから、まだ七日も猶予《ゆうよ》があった。

律が頷くと、文左衛門は窺うように問うてきた。

「その……後金はちゃんと受け取ったかね？」

「ご心配なく。心付けと一緒にちゃんといただきました」

「そうか。それならよかった」

先ほどのおかみ同様、文左衛門も西太郎の物忘れを既に知っているようだ。知っていながら――西太郎の心情を慮って、知らぬ振りをしているのだろう。

「鞠巾着のこと、文左衛門さんが西太郎さんに話してくだすったそうですね」

「うん。そんなに評判なら孫に買ってやりたいと言うから、池見屋を教えてやったんだ。一緒について行くと言ったのに、一人で勝手に行きおって……ほら、私もお類さんに会いたかったというのに」

とってつけたように言ったが、文左衛門がついて行こうとしたのは、西太郎を一人で行かせるのは不安だったからだろう。西太郎が一人で行ったのは、文左衛門の言葉を忘れていたからか、まだ一人でも平気だと己を試したかったからかもしれない。

「でも、西太郎さん、文左衛門さんから聞いたことをちゃんと覚えてて、一人で池見屋へ行って、籤を当てて……」

受け取りでは、ご自分の巾着を忘れてしまったけれど――

「お孫さんばかりかお嫁さんにも喜んでもらえたと、西太郎さん、嬉しそうだったじゃないですか。文左衛門さんのおかげです」

「ふん。とにかくうまいこと手に入ってよかったよ。しかし、そんな話までしたのかね？」

鞠巾着がどうこうよりも、己が話したことを西太郎が覚えていたというのが、文左衛門には驚きであり、また嬉しいようである。

「今日はお元気そうでした。お話ししてるうちについ長居してしまったのですが、文左衛門さんのこと、世話焼きで心優しい……一番のご友人だと仰っていました」

「西さん、そんなことを言ってたのかい？」

「ええ。文左衛門さん、前は西太郎さんに張り合ってるようなこと仰ってたけど、本当はお二人は仲良しなんでしょう？」

律が言うと、文左衛門は照れた笑みを漏らした。

「まあ、碁敵の中じゃ一番古いし、仲良しといえば仲良しさ。私が先にやもめになったんだが、そん時はつまらん愚痴に随分付き合ってくれたもんだ。お互い、もう年だからの。何があっても明日は我が身と常に話しておるんだよ。だから、これからもお互い助け合っていこうじゃないかと……といっても、私にできることなぞそうないんだが」

「そんなことありません。二階で少し世間話をして碁を打って……それだけでも西太郎さんは楽しんでいらっしゃると思います」

「そうかね？」

「ええ」

律が頷くと、文左衛門は喜びとやるせなさがない交ぜになった目をして言った。

「うん、そうだ。それだけでも私も何やら張りが出るよ」

――「友　湯屋の文左衛門」。

似面絵にそう記した西太郎の手が思い出されて、律も喜びとやるせなさを同時に覚えた。

文左衛門に別れを告げると律は一旦家路へ足を向けたが、思い直して踵を返した。

再び大通りを東側へ渡ったが、西太郎のもとへ戻るためではない。

二丁目の更に東にある真源寺には鬼子母神が祀《まつ》られている。

境内にちらほらする参詣客に交じって律は手を合わせ、香の子宝を祈った。

香とは同い年で物心ついた時からの親友である。

ずっと「仲良し」でいたい――

文左衛門や西太郎のように、言葉にしてもしなくても、互いを思いやれる仲でありたいと、律は願った。

涼太さんとも……

今は待ち焦がれている祝言も、過ぎれば一つの想い出となる。

夫婦となったからとて、よいことばかりではないのは百も承知だ。これまでそうであったようにこれからも浮き沈みがあるに違いない。

これから……

己は涼太とどんな風に――どのように苦楽を共にしていくのか。

五十路近い西太郎は律の倍は生きている。そんな西太郎が、亡妻の顔立ちを想い出と共に語った際の笑顔が思い出された。

己が五十路となるまでに、迎える命もあれば看取《みと》る命もあるだろう。

まだずっとずっと先のことだけど、どちらかがどちらかを偲ぶ時がきたら――

やはり笑顔で語れる想い出が欲しいと、律はもう一度――今度は己を含め、今を生きる皆の無事を願いつつ手を合わせた。

第四章　つなぐ鞠

一

「偽物──ですか？」

驚いた律に頷いて類は続けた。

「あぁ。仕立屋が出先で見覚えのない鞠巾着を見かけたって、駒三を通じて進言してきたのさ。色使いも筆使いもお前のとそっくりだったそうだから、偽物といっていいだろう」

駒三というのは池見屋の丁稚で、遣い走りや届け物を主な仕事としている。

「うちは、巾着は決まった一人の仕立屋にしか頼んでないからね」

その仕立屋が己が仕立てた覚えのない鞠巾着を見かけたので、もしや己の他にも巾着の仕立屋を頼んでいるのかと、駒三を問い詰めたそうである。

「仕立屋には私から話しておいたけど、お前の耳にも入れておこうと思ってさ」

「偽物なんて困ります」

五日に五枚を売りにして、籤引きまでしてもったいぶっている鞠巾着である。偽物がどれだけ出回っているのか知らぬが、意匠を考えたのは己であるし、筆使いまで真似されているとあっては律には不快極まりない。

「うん、困ったもんだ」

そう言いつつも、言葉とは裏腹に類はにやりとして続けた。

「だが真似されるってのは、それだけの価値が——つまり人気があるってこった」

「それはそうでしょうけれど……そっくり同じというのが腹立たしいんです」

「面白くないのはうちも同じさ。出所は探らせるつもりだけど、偽物ってのは騙されて買う客もいれば、初めから偽物でいいって客もいるからね。この流行を廃《すた》らせたくなきゃ、うちは『本物』を売りにする他ない。だからお律、お前は気も手も抜くんじゃないよ」

いくつ出回ってるのかまだ判らぬが、一見して「そっくり」なら、偽物はそこそこの出来なのだろう。とすると類が言うように、騙されて買う者もいれば、値段や籤引きの手間を鑑《かん》みて偽物と知りながら手を出す客もいると思われる。

偽物と競い合うには、上絵も仕立てもしっかりとした——池見屋でしか買えず、二朱払うだけの価値がある——鞠巾着を作り続けねばなるまい。

「——はい」

頷いてから、律は持って来た新しい巾着絵を五枚、類の前に並べた。

当たり籤を引いた五人の客に納めるもので、それぞれのおよその希望に添って鞠の中の絵を変えてある。

「うん。どれも満足してもらえるだろう。――祝言まであと半月足らずか」

「ええ」

文月に入って今日で三日目。十五日――藪入りの前日――の祝言まで十二日である。

急に切り出されて戸惑う律を、からかうように類は見た。

「筆に弾みがあっていい。お前の胸の内が見えるようさ」

「それはその……少しばかり浮かれていないこともないですけれど」

もごもごと律が認めると、類はわざとらしくにっこりとする。

「浮かれてたっていいんだよ。祝言なんてそうあることじゃないからね……だがお律、もしも――もしも今、注文で死人花《しびとばな》の着物が欲しいと言われたら描けるかい？」

「死人花……」

またの名を彼岸花《ひがんばな》、地獄花として忌《い》み嫌われている曼珠沙華《まんじゅしゃげ》のことである。

曼珠沙華の着物を求める者などそうおらぬだろうが、曼珠沙華は喩えの一つに過ぎない。

鬼百合や鶏頭《けいとう》など他の忌み花《ばな》や、柳や枯れ野など侘《わ》びや寂《さ》びを望む客の注文に、今の己が応えることができるかどうか――

考え込んだ律へ、試すような目をして類が問う。

「なんならその逆はどうだい？」

「逆？」

「お前の身の上に、何かとんでもない——胸が張り裂けんばかりのことが起きた時でも、お前はこれと同じ絵が描けるかい？」

類が指さした鞠巾着の一枚を律は見つめ——それから小さく頭を振った。

「……判りません」

判らない、と言ったのは見栄であり、本音はまったく自信がない。

「冷や水を浴びせようってんじゃあないんだが……ただ鞠巾着が上向きなのは、お前が上向きだからでもあると肝に銘じておいて欲しいのさ。だからといって何も悪いこたないんだが、これからもっと偽物が出回るかもしれない。お前の人気にあやかって、お前より腕のある者が似たものを描き始めたら、あっという間に成り代わられちまうかもしれないよ。それればかりじゃないさ。何ごとも始めるのはそう難しくないんだが、続けてくのはまた別だ。雨が降ろうと槍が降ろうと並より上の——いや、たとえ並のものでも、作り続けてくってのはそれこそ並大抵の苦労じゃない」

律だけでなく、己にも——池見屋という店を「続けてきた」女将にも——言い聞かせているようだった。

「……心して描きます」

「頼んだよ」

短くも、なおざりではない類の言葉が律には嬉しい。心持ち厳しいことを言われたが、鞠巾着のおかげで少しは類に認めてもらえたような気がしたからだ。

　下染めされた新たな布地を受け取って池見屋を出ると、半町もゆかぬうちに知らぬ声に呼び止められた。

「もし——ちょっとお伺いしたいことが」

　振り向くと律とあまり変わらぬ歳の、商売人と思《おぼ》しき男と目が合った。

　人懐こい笑みを浮かべているが、どことなく商売っ気が感ぜられて律を気構えさせる。

「なんでしょう？」

「池見屋へご用だったようで……もしやあなたが鞠巾着の上絵師なのでは？」

「ええ、まあ」

　控えめにだがすぐさま頷いたのは、鞠巾着への自負からだ。

「そうじゃないかと思ったんです」

　如才《じょさい》なく男は更に微笑んで、ぐいっと顔を近付けた。

　律が思わず一歩後退《あとじさ》ると、男は慌てて小さく手を振った。

「すみません。驚かすつもりでは……それなら鞠巾着をお願いできないかと思った次第でありまして、その、池見屋さんには内密に」

「それは——」

「いやはや、籤引きに外れてばかりでしてねぇ。でも妹が近々嫁にいくので、一つ持たせてやりたいのですよ」

嫁入りの祝いと知ってやや心動かされたが、どうしてもというなら「注文」という手がないこともない。

「あの、それなら注文でも描きますが、池見屋さんを通してください」

「いや、それだとほら……」

「すみません。鞠巾着は池見屋さんを通してしかお受けしていないんです」

ぺこりと頭を下げて、男の返事を待たずに律は踵を返して歩き始めた。

二

池見屋からまっすぐ家に戻り、黙々と新たな巾着絵に励んだ。

夕刻になって今井に誘われ、今井がもらってきた煮物の相伴にあずかるべく隣りへ行くと、箸をつける前に保次郎がやって来た。

きりっとした定廻り同心の恰好で、十五、六歳と思しき少年を一人連れている。

「夕餉の邪魔をしてすまぬが、お律、似面絵を頼む」

「かしこまりました」

箸を置いた律が急ぎ筆を取りに戻る間に、今井が文机《ふづくえ》と紙を用意した。

「喧嘩か強盗ですか？」

少年が腕を押さえているのを見てとって、今井が訊いた。

「拐《かどわ》かしです」と、保次郎。

「拐かし、ですか」

今井の声にやや驚きが滲んだのは、十五、六歳の少年とあらば背格好は大人とそう変わらぬからだ。

「それが話を聞くからに、実に巧妙な一味なのです」

拐かし一味は少なくとも四人はいるようで、一味を束ねているのは女だそうだ。

「ほう。またしても女が頭《かしら》の一味とは」

今井が「また」と言ったのは、如月に捕まった盗賊の頭が巾という名の女だったからだ。

「そうなのです」と、保次郎。「拐かされるのは総じて子供が多いとしても、此度の祐太《ゆうた》を始め、大人が拐かされることもけして少なくありません。女の方が気を許し安いですから一味に女がいてもおかしくはないのですが、頭というのは珍しい」

保次郎が言うのへ、祐太という少年が遠慮がちに付け足した。

「頭かどうかは……ただ、その女があれこれ仕切っているようではありました」

面《めん》が割れているのもその女だけで、他の者は頭巾を被っていたから顔かたちは判らないそうである。女の名が「花」で、手下と思しき男たちはそれぞれ「一郎」「二郎」「三郎」というからには、皆、偽名とみていいだろう。

裕太は牛込の畳問屋の跡取りで、拐かされたのは四日前、浅草の従兄を訪ねる途中で花に声をかけられた。

「急な差し込みで難儀しているから、宿まで送って欲しいと言われまして」

女の案内で宿へ連れて行くと、今度は礼がしたいから部屋に上がってくれという。

「それで礼に釣られて、のこのこついて行ったところ――」

部屋に入るや否や、頭巾を被った男――一郎――に取り押さえられた。

どうやら一味は始めから裕太の身分を知っていたようだ。裕太が騒いで、万が一、花や一郎が捕まるようなことになれば、二郎と三郎が裕太の一家を必ず殺すと二人は脅した。

「祖母に父母、弟妹たちのことを実に詳しく語るので、私が騒いだり逃げ出したりすれば本当に家の者を殺す気なのだと怖くなり……翌日、言われるがままに家に戻り、妹を呼び出して金蔵《かねぐら》から金を持って来させました」

妹とのやり取りは一部始終一味に見張られていて、何もできぬまま、裕太は一味のもとへ金を運んだ。

「けれど、いざ渡そうとするとなんだか悔しくなって、ほんの少し出し渋ったところ、胸ぐらをつかまれ、引き倒されて怪我を……」

金を放り出して逃げた裕太は家に戻ったが、腕の怪我を問い詰められた。一時は沈黙を守ったものの、やがて金がなくなっていることや、従兄の家に泊まらなかったことなどが父母に知れて、妹共々全てを白状したという。

「聞けば浅草では似たような拐かしがいくつかあったそうで、祖母が泣き寝入りはいかんとお上に知らせることに……祖母の言い分は判りますが、私は家の者が心配で……」

「金はもうやつらの手に渡っているし、家の者を殺すと言ったのは脅しに過ぎぬと思うのですが、家の者は気が気ではないだろうから、早く一味をとっ捕まえてしまいたいのです」

裕太の記憶を頼りに、花という女の下描きを律は描き始めた。

宿の部屋にまで上がり込んだと聞いて、もしや花はそこそこ若く見目好い——男心をくすぐるような——女ではないかと邪推した律であった。だが裕太が言うには花は三十路をいくつか過ぎたばかりの大年増で、描き出された顔立ちもこれといって目立たぬものだ。

——が。

どことなく見覚えがあるような気がして、律は描き上がった似面絵をじっと見つめた。

「どうした、お律?」

保次郎に問われて、律は慌てて似面絵を差し出した。

「どこかで見かけたように思ったのですが、しかとは……」

紀伊国橋で喧嘩を吹っかけた男の似面絵を思い出しながら、律は言葉を濁した。

証言した船頭は「見たまんま」だと言ってくれたが、捕まった男の顔は似面絵通りではなかった。角度によって顔かたちが違って見えることもあれば、人や天候などによる見間違いや思い込みも多分にありうる。今井の言い分ではないが、よほど特異でない限り、他人の顔なぞそう覚えていないものだ。

「うむ。そう目立ったところのない顔立ちだ。だからこそ、差し込みだの礼だのを信じてしまったのだろう」

「そう——そうなんです」

騙されたことを恥じているのだろう。裕太が勢い込んで頷いた。

三

期日より一日早い七夕《たなばた》に池見屋に行くと、手代の征四郎が慌てて奥へ引っ込んだ。もう一人の手代の藤四郎に待つように言われること、ほんのひととき。

通されたいつもの座敷には見覚えのある先客がいた。

先月、藍井から出て来た男である。

類と男の間に己が描いたことのない鞠巾着が置かれているのが見えて、律は即座に事情を呑み込んだ。

「お律、こっちは竜吉だ。竜吉、これが鞠巾着の——」

「知ってまさ」

ぶっきらぼうに遮ると、竜吉はむすっと黙り込んだ。

そんな竜吉に類は小さく鼻を鳴らして、律へ座るようにうながした。

「竜吉が描いた鞠巾着だよ。うちのお客の親類が、十軒店の瀧屋《たきや》って小間物屋で買ったそうだ。本物かどうか見極めて欲しいってんで、わざわざ持って来てくだすったのさ」

筆使いも色使いも似ているものの、己の筆でないことは一目で判る。

だがそれは律が上絵師だからで、よほどの目利きでなければ筆の違いは判らぬだろうし、巾着に目利きを頼むような客はほぼおるまい。客が不審の念を抱いたとすれば、布地や仕立ての違いからだと思われる。

「本物かどうかなんて……」と、ふて腐れた声で竜吉は言った。「そりゃ、お律さんのを真似て描きましたがね、店や客がそれでいいっていうから描いたんです」

「そうかい」

「誰が描こうが鞠巾着は鞠巾着です。なぁ、お律さん。あんただってそう思うだろう？　あんただって伊三郎さんの真似っこをして、騙し騙しやってきたんだから」

どうやら竜吉は、律が伊三郎の生前、手を痛めた伊三郎の代わりに上絵を仕上げていたのを知っているようだ。

「それは……」

己が伊三郎の筆を真似て、伊三郎の仕事として上絵を納めていたのは事実である。伊三郎への同情からだったとしても、店は仕上がったものを受け取ってくれ、それなりに客に売れたことも。

「大体、花やら鳥やらはどっこいだが、ぶん回しなら俺の方が腕は上だ。こちとら、十一で師匠に弟子入りしてから十二年もみっちり仕込まれたんだ。身内に甘やかされた、苦労知らずの筆とは違わぁ」

筆そのものは幼い頃から持たされていたが、「手伝い」はしても「修業」をした覚えはない律だ。以前、類の計らいで上絵師・一景《いっけい》の下働きに出向いたことがあるが、朝から晩まで師の下で上絵を学ぶ弟子たちにしてみれば、己の「手伝い」は鼻で笑われても仕方ない。

だが、苦労知らずと言われたのは心外だ。

おっかさんだけでなく、おとっつぁんまで辻斬りに殺された私の気持ちが、あなたに判るもんですか――

二人の死や仇を思い出して律は唇を噛んだが、言い返すのは思い留まった。

竜吉の生い立ちを律は知らぬし、知ったところで――また己の生い立ちを知らせたところで――仕事は別の話だからだ。

それに竜吉の言い分は大方その通りで、竜吉の描いた鞠巾着は、上絵だけなら己のものと遜色《そんしょく》ない。自慢するだけあって、ぶん回しで描かれた鞠の縁も綺麗なものである。

口を結んだまま鞠巾着を見つめる律に代わって、類がおもむろに口を開いた。

「……偽物が出回ってると聞いてどんなものかと思ってたけど、こいつは偽物とは言い難いねぇ。真似たにしてもよく描けてるからね」

「お類さん――」

流石に声を上げると、「お前はちょいと黙ってな」と類は律を黙らせた。

竜吉を正面から見つめて類は続けた。

「ただ、これはうちの――池見屋の巾着でもなければ、お律が描いたものでもない。それはお客にはっきり伝えたよ。そしたら、この巾着はもういらないと言われたのさ。代わりに一分出してもいいからお律が描いて、池見屋が仕立てた鞠巾着を頼みたいってね」

類を見つめたまま、竜吉は膝の上の両手をぐっと握りしめた。

「瀧屋は絵師がお前でもそりゃ構わないだろう。だが、客はどうかねぇ？　納得ずくの者もいりゃあ、騙されたと思う者もいるだろうさ。確かにお前とお律の腕はどっこいだ。だからうちじゃあ、二人それぞれに仕事を頼んできた。けれども鞠巾着はお律のものだ。お律が考え出して、うちが――池見屋が後押しすることにした売り物だ。だから、うちでは鞠巾着はお律が描いたものしか売らないよ。お前がまだうちから仕事が欲しいと望むなら、真似っこじゃない――お前にしか描けないもんを持ってきな」

鞠巾着は譲らないが、竜吉を切るつもりはないらしい。

「……はい」

顔はむすっとしたままであったが、険《けん》の取れた声で短く応えると、竜吉は突っ返された鞠巾着をつかんで座敷から出て行った。

思わず見やった類が「ふん」と再び鼻を鳴らしたところへ、足早に近付いて来た千恵が顔を覗かせる。

「藤四郎さんから言伝《ことづて》です」

「なんだい？」

「雪永さんと基二郎さんがいらしてるんです」

「言付けるほどのことかい、まったく。さっさと連れておいで」

「はい、女将さん」

ささやかなことでも何かを頼まれるのが嬉しいらしく、千恵はいそいそと店の方へ戻って、雪永と基二郎を連れて来た。

「一悶着あったようだね」

「悶着というほどでもないさ」

開口一番に言ってくすりとした雪永に、類は飄々《ひょうひょう》と肩をすくめた。

竜吉が鞠巾着を描いていたのを、雪永たちは既に聞き及んでいたようだ。

「瀧屋が竜吉に声をかけたと聞きました」と、基二郎。「竜吉が池見屋に出入りしてるのを知って、池見屋を通さずに鞠巾着を描いてみないか——と。鞠巾着の上絵師がお律さんだとは知らなかったんでしょう。竜吉が手掛けていると勘違いして、竜吉もこれ幸いと一も二もなく引き受けたようです」

「藍井にも売り込みがあったと聞いたよ。だが藍井はその場で断ったそうだ。うちは二番煎じは置かない、とね」

雪永が言うのへ、基二郎は口角を上げた。

「由郎が言いそうなことですや」

藍井の主の由郎は京の出で、京で修業した基二郎とは顔見知りらしい。

藍井の店先で竜吉が律を見てばつの悪い顔をしたのは、鞠巾着を売り込みに行ったからだと思われる。由郎が即座に断ったと聞いて律は何やらほっとした。

雪永と基二郎が頷き合うのを見て、千恵が律に問うてきた。

「お律さんは、藍井をご存知？」

「友人のお香さんのお伴で幾度か覗いたことがあります。そのご縁で、お千恵さんの雪華の着物を描いた折、雪華図説を貸してもらったのですよ」

「店主の由郎さんは、役者顔負けの美男だそうね」

「ええ……まあ」

千恵を想う雪永の手前、律は曖昧に頷いた。

「一目見てみたいと言っているのに、そのうちに、そのうちにって、お杵さんも雪永さんも藍井に連れて行ってくれないのよ。お律さん、今度ご一緒できないかしら？」

「それは、あの」

返答に困った律の横から基二郎が笑い出した。

「そりゃ、お千恵さん、下手にお千恵さんをお連れして、由郎と惚れた腫れたになったらことですからね」

「も、基二郎さん」

あけすけな基二郎に律は慌てたが、千恵はきょとんとしてから微笑んだ。

「私はもう三十五の大年増よ。噂のお顔は見てみたいけど、惚れた腫れただなんて……もとより格別面食いでもないもの。ねぇ、お律さん？　村松さまの似面絵を描いたお律さんならご存知でしょう？」

「はあ、その……」

千恵の許婚だった村松周之助は、確かに並の——美男とはいえぬ——顔立ちであった。

ますます返答に困って口ごもってから、千恵が「周之助さま」ではなく「村松さま」と姓で呼んだことに気付いた。

思わず類を見やると、類もにやりとして言った。

「——だそうだよ、雪永。お千恵は近頃、物忘れが大分減っててねぇ。このままだといつまでもうるさいだろうから、折を見て藍井に連れてっとくれ」

「ああ……まあ、そのうち折を見て」

「もう！　またそのうちって言ったわ、雪永さん。私、ちゃんと覚えてるのよ。藍井はいい店だって雪永さんが何度も言ったから、私、藍井を覚えてるのよ」

戸惑う雪永に、千恵は大げさにむくれてみせる。

物忘れが減っているというのは喜ばしい。それに伴い、周之助への想いも薄れてきたのなら、尚良いことではなかろうかと律は思った。

いつか、雪永さんの想いが伝われば……

ううん。

お千恵さんは、おそらくもう気付いていらっしゃる筈——

過去の傷から人を避けて生きてきた千恵だが、椿屋敷から池見屋へ戻ってからは少しずつ外に出るようになっている。とはいえ一人ではまだ近所がせいぜいで、遠出には同行者が欠かせない。

日本橋は女心をくすぐる場所だし、噂の美男を一目見てみたいという興味もあるに違いない。だがそもそも千恵が興味を覚えたのは、雪永が藍井を贔屓しているからだろう。

「藍井は私には敷居の高いお店ですから、私からもお願いいたします、雪永さん」

律が言うと、千恵はぱっと顔を輝かせて期待に満ちた目を雪永に向けた。

「じゃあその、近いうちに……」

「約束よ」

千恵が念押ししたところへ、杵がやって来た。

「お千恵さん、お湯が沸きましたよ」

「ではお茶を淹れて参ります」

ぱっと立ち上がって千恵が言う。

「今日は私が淹れますから、お律さんはごゆっくりね」

律の返事を待たずに千恵が行ってしまうと、雪永は落ち着きを取り戻して苦笑した。

「お律さんと同じくらい美味しい茶を淹れるのだと、近頃張り切っているのだよ」

「さようで」

どことなく照れた笑みを浮かべてから、雪永が切り出した。

「茶といえば、秋の茶会のために――」

四

雪永から頼まれたのは袱紗《ふくさ》であった。

着物の注文かと思った律は内心がっかりしたが、すぐさま笑顔で承知した。

池見屋の得意客で類や千恵、基二郎とも昵懇《じっこん》の雪永だ。断る気は微塵《みじん》もなかったが、礼を述べつつ注文を請けた律が思い浮かべたのは竜吉の顔だった。

――どんな仕事でもいいから寄越してくれ――

そう言いながら、竜吉は池見屋の他、あちこちの呉服屋に頭を下げて回ったという。

「どんな仕事でも」という思いは同じでも、あまりにも意に染まぬ――此度の鞠巾着のようにそっくり誰かを真似るような――注文は律には受け難い。だが「なんであろうと、いつであろうと引き受ける」と言っていた竜吉の、上絵への情熱は本物だと今日会ってみて感じた。

袱紗一枚でも仕事は仕事――

秋らしくあればなんでもいい、と雪永は言った。期日も葉月の中頃までにとのんびりしたものだ。ゆえに照れ隠しか類への義理かとも思われる注文ではあるが、鞠巾着一辺倒になってきた律にはありがたい話である。

早速翌日、鞠巾着を描く傍ら袱紗の意匠を考えていると、八ツ過ぎにやって来た涼太が藪から棒に切り出した。

「おふくろが茶は早めに切り上げて、お律を連れて来いとさ。相談ごとがあるらしい」

「相談ごと？」

「祝言の支度で何やらいろいろあるそうだ」

嬉しげに涼太は言ったが、そうと聞いては律は茶を楽しむどころではない。

気もそぞろに茶を飲み干すと、律は急ぎ家に戻った。

「今更、気負うこたねぇのに」

「まあそう言うな」

涼太と今井がそれぞれ言うのを聞きながら、井戸に水を汲みに行き、墨や染料がついた手をしっかり洗う。化粧はかえってぎこちなくなる気がして諦めたが、しごき帯はよそ行きの物に取り替えた。簪はしばし迷ったものの、化粧と同じくそう着飾ることはないと思い直す。

裏口からではあったが、涼太と共に青陽堂に上がるのは律にはどうも落ち着かない。

「あのなぁ、お律」

苦笑しながら涼太が言った。

「七日後にはうちが――ここがお前の家になるんだぞ?」

気をほぐそうとしているようだが、祝言までもうほんの七日だと思うと律はますます固くなった。

此度案内されたのは家の方の座敷であったが、佐和はすぐに涼太を店に返した。

昨年の神無月《かんなづき》に、律はやはりこの部屋で佐和と二人きりだったことがある。佐和に頼まれて、青陽堂の先代にて佐和の父親である宇兵衛《うへえ》の似面絵を描いた時だ。

佐和も同じように思い出したらしい。

「あれから――ここで父の似面絵を描いてもらってから――まだ一年と経っていませんね」

「ええ」

――私はどこにも嫁ぎません――

そう、ここで佐和に宣言してからまだ九箇月足らずであった。

本心からの言葉であったが、一年と待たずに翻《ひるがえ》したのはなんとも決まり悪い。

だがあの時と同じように佐和が微苦笑を浮かべたのは、嫌みからではないようだ。

「一年にもならないのに随分昔に思えます。あの時分はそう遠くないうちに――涼太が嫁取りをする前には隠居したいと思っていましたが、今少し先のこととなりそうです。往生際が悪いと思われましょうが、源之助や豊吉に気が回らなかったのは私の責です。涼太に店を任せるのはそれなりにけじめを付けてからにしたいので、どうかご承知くださいますよう」

そう言って小さくだが頭を下げた佐和に律は慌てた。

「こ、こちらこそ、どこにも嫁がぬなどと、とんだ嘘を――いえ、嘘をついたつもりはまったくありませんが、その……」

「あなたを嘘つき呼ばわりする気は毛頭ありませんから、ご心配なく」

落ち着き払った顔や仕草はいつも通りだが、声にはやや柔らかさを感じた。

「それよりさっさと話を詰めてしまいましょう。お互い仕事がある身ですからね」

「はい」

「きたる十五日ですが、八ツには店仕舞いにかかります。奉公人の中には新助のような子供もおりますし、家が遠い者は日暮れ前か翌朝暗いうちに店を発ちますから、祝言は七ツからとします」

「はい」

祝言も祝宴も身内だけで慎ましく――と、律も涼太も思っていたのだが、佐和が日取りを藪入り前としたのは、奉公に出ている慶太郎のためだけでなく、店の者たちのためでもあったらしい。店が苦しい折ゆえそう贅沢はできないが、日頃の労《ねぎら》いを兼ねて店の皆にも参席してもらおうというのである。

「貸し物屋は八ツに、仕出し屋も八ツ半には来るよう手配りしました。香も八ツには来て支度を手伝うと張り切っておりますから、お律さんも八ツを聞いたら来てください」

祝言で使うものは、白無垢を含め全て貸し物屋から借りることになっている。「白無垢だけでも新品を」と香は――なんと佐和も――言い張ったそうだが、一度しか着ぬものに金を費やすくらいなら、店の者たちに少しでも旨いものを飲み食いしてもらいたいと、律と涼太で決めたことだ。

「はい」

「そちらは慶太郎さん、今井先生、又兵衛さんと、三人分で変わりありませんか?」

「ええ。滝野村の母の叔母には、のちほど折をみて文でも送ろうと思っています」

「お律さんがそれでよいのなら」

挨拶やら、奉公人たちへの土産を兼ねた祝い菓子やら、他のいくつかの「相談ごと」を終えても半刻と青陽堂にはいなかったのだが、長屋に戻ると律は一つ大きく息をついた。

――と。

「りっちゃん、ちょっといいかい？」

向かいの佐久の声がして、律は開けっぱなしだった戸口から顔を出した。

「お佐久さん、何か……？」

「いいから、ちょっと」

やはり戸口から顔だけ出した佐久に小声で手招かれ、律は溝を渡って佐久の家の戸口をくぐった。

すると、ほんの数歩遅れて律の二軒隣りの勝もやって来て、そろりと引き戸を閉める。

文月に入って暦の上では秋になったが、動けば汗ばむ日々が続いている。佐久の家は律の家と同じく二間三間で、九尺二間より広くはあるが、風通しのない部屋に三人膝を詰めて座るとじっとしていても何やら暑苦しい。

「あの……」

「しっ！」

唇に人差し指を当てて律を黙らせると、佐久は勝と頷き合い、傍らにあった風呂敷包みを律の前に置いた。

厳かな手で開かれた風呂敷から現れたのはいわゆる文箱よりもずっと小さい箱で、それもその筈、中に収まっていたのは無題の中本——縦九寸、横一尺三寸の美濃紙を四つ折にした大きさの本——である。

「借り物だからあげられないけど、ほら、お美和さんがいないからね……」

「私らが、その、嫁入り前の心構えってのを少々……」

いつになく歯切れの悪い佐久と勝の台詞から、本の中身を律は察した。

春本《しゅんぽん》、艶本《えんぽん》、枕本——

呼び名はいろいろあれど、男女の秘事、秘戯を描いた本に違いない。

頰を熱くし、身じろぎもできぬ律の前で、佐久がそぅっと箱から本を取り出し、これまたそぅっと表紙をめくる。

男と女がまぐわう姿が見開き一杯に描かれている。

やや目が泳ぎ、頰はますます熱くなったが、顔を背けるには至らなかった。

「ええとね……」と、囁くように佐久が言う。「りっちゃんも少しは知ってるだろうけど、これはその、夫婦ってのはこうして閨で、子作りをするという手本でね……」

「ああでも、これはちょっと大げさなんだよ。大抵はこう……」と、本を繰りながら勝が付け足す。「そうそうこんな風に男が上で女が下で……」

綴《と》じられた十二枚の枕絵は、全て墨一色の筆絵であった。

本の体裁をしているものの本屋が出したものではなく、誰か腕に覚えのある絵師が写したのをそれらしく綴じたようである。色摺《いろず》りでない分味気ないようでいて、その実、滑らかな肉筆が艶めかしい。箱も表紙も綺麗なもので、中にも折れや破れは見られぬが、端にうっすらついた手垢《てあか》からしてそこそこ長い間「受け継がれてきた」ものと思われる。

それにしても……

男女の営みについては多少の知識がなくもなく、長屋暮らしゆえにそれらしき声や物音を聞いたことは幾度もある。だが、こうもまざまざと「見た」のは初めてだ。

閨を共にするのが夫婦であるし、肌を許しあうことを——接吻の先にある行為を——欲する気持ちは律にもある。

とはいえ、こんな……

皆していること——と己に言い聞かせるも、それはそれで目の前の佐久や勝の閨まで想像されていたたまれない。聞き及んでいる破瓜《はか》の痛みや、己の不備で首尾良くことが運ばなかったらという不安も膨らむ。

口を結んだまま固くなっている律の背に触れて、勝が言った。

「りっちゃん、そう案ずるこたないんだよ。若旦那に任せておけば平気さね。ねぇ、お佐久さん？」

「そうとも、りっちゃん。若旦那ならちゃあんと心得ている筈さ。りっちゃんはなんにも案ずるこたぁない。でも、そうそう、手ぬぐいは一枚どこかに忍ばせておくといいよ」

「そうだね。何かと役に立つからね。向こうさんでも用意はあると思うけど、邪魔になるものでもないからねぇ」

「わ——判りました。あの、そのように心得ましたので……」

自ら本を閉じて、律はようやくそれだけ二人に伝えた。

五

祝言への喜びと不安がない交ぜになる中、気を紛らわすべく律は黙々と仕事に励んだ。続く二日で鞠巾着を仕上げて池見屋に届け、更なる五枚も祝言の前に描いてしまおうと蒸しまで済ませたのが十三日の夜である。

よって祝言を翌日に控えた十四日の朝、律は何やら手持ち無沙汰になってしまった。

雪永さんの袱紗はあるけど——

朝餉を終えてしばし袱紗の下描きに費やしたが、明日は嫁入りだと思うとつい気がそぞろになってしまう。

四ツを聞いて、気晴らしに寛永寺か浅草寺にでも出かけようかと矢立と巾着を用意したところへ、「りっちゃーん」と弾んだ香の声がした。

「香ちゃん」

「あら、お出かけ？　池見屋に行くの？」

「ううん。もう次の五日分の仕事は済ませてしまったの。祝言の後先は慌ただしいだろうから……でも家にいても落ち着かないから、少し出かけて来ようと思って」

「そうでしょ。落ち着かないでしょ。そうじゃないかと思ったわ」

嬉しげに頷いて香がにっこりとする。

律のことだから前もって仕事は済ませても、明日の大事を思いつつ所在なげにしているのではないかと、まさに気晴らしの誘いに来たという。

「ねぇ、りっちゃん。また護国寺まで足を伸ばしてみない？」

「もちろん構わないけれど……そう言えば、香ちゃんもお嫁入りの前に女将さんと護国寺を訪ねてたわね」

ふと思い出して律が言うと、香は照れた笑みを浮かべて応えた。

「ええ。落ち着かないだろうからって、珍しく母さまから誘いがあったのよ。もしや玉の輿《こし》祈願の御礼参りかと思ったけれど、母さまが父さまをお婿に迎えた時も、やっぱりお祖母さまと一緒に護国寺へ行ったんですって」

第五代将軍である徳川綱吉《とくがわつなよし》が、母親の桂昌院《けいしょういん》のために建立《こんりゅう》した護国寺は幕府の祈願時だ。

律の両親の伊三郎や美和は「国を護る」というその名において「天下泰平」を祈り、感謝を捧げたものだが、護国寺には「縁結び」を願って訪ねて来る者が少なくない。というのも、桂昌院の通称は「お玉の方」で、八百屋《やおや》の娘から将軍の側室まで上り詰めた女性だからだ。通説ではこの「お玉の方」が京から江戸まで輿に乗って嫁いだことから、「玉の輿」という言葉が生まれたというのである。

「玉の輿なんて、私はそんな……」

裏長屋で生まれ育った己が青陽堂に嫁ぐのは「玉の輿」といえぬこともなかろうが、先だって——卯月に香と護国寺を訪ねた折も、その前も、縁結びを願った覚えはない律だ。

「ああだから、御礼参りとは違うのよ」

表へ律をうながしながら香は言った。

「りっちゃんとお兄ちゃんはずっと相思だったんだもの。むしろあんな騒ぎの後でもお嫁にきてくれるなんて、うちにはありがたい限りだわ。私の時だって、そりゃ伏野屋の方が大きな店だけど、玉の輿というほどじゃないでしょう。でもそうね、お祖母さまは桂昌院さまを慕っていたそうよ。女ながらに従一位《じゆいちい》を賜《たまわ》って、七十九まで長生きしたお方として」

位階の正一位《しようういちい》の下に位する従一位は、女性に与えられる最高位とされている。

「お祖母さまは娘しか授からなかったことを、お姑さんに大分責められたそうだから、自分も母さまも、桂昌院さまのように強くしぶとく暮らせるようにと、何かと護国寺を詣でていたと母さまは言ってたわ。残念ながらお祖母さまにはお目にかかれなかったけど、お祖母さまが早くに亡くなったのはお姑さんのせいじゃないかしら」

香の祖母――先代の宇兵衛の妻――は、律たちが生まれる前に亡くなっている。

姑の峰にいびられている香はつんとして言ったが、すぐににやりとした。

「だから私はお祖母さまの無念を晴らすためにも、強くしぶとく生きてやるわ。りっちゃんだって、あの母さまが姑じゃ何かと不安でしょう？　だから護国寺詣でで、一緒に桂昌院さまにあやかりましょうよ」

「もう、香ちゃんたら……」

苦笑しながらゆるりと神田川沿いを西へ向かい、三月前と同じく水戸の屋敷の北側を回って護国寺を目指した。

護国寺で香と二人で手を合わせてから、昼餉の代わりに出店で団子を一串ずつ頼んだ。

木陰で団子を囓《かじ》りながら、香がふと西を見やる。

もしや本当は、鬼子母神さまをお参りしたかったのでは……？

だが、律から誘うのは躊躇われた。

子供のことで、香が引き続き峰から嫌がらせを受けているのは明らかだから、香が望むなら伴をするのはやぶさかでない。しかし今、鬼子母神を訪ねれば、己は否応なく先日の枕絵を思い出してしまいそうである。

ううん、もう手遅れだ――

思わず頰を押さえた律の顔を、香が興味津々で覗き込んだ。

「どうしたの、りっちゃん？　顔が赤いわ」

「な、なんでもないわ」

「なんでもないって顔じゃあないわ」

くすりとして香は続けた。

「でも、明日のことなら案ずることはなんにもないわ。お佐久さんやお勝さんにもそう言われたでしょう？」

「香ちゃん、どうしてそれを――」

「だって、私だって恥ずかしいし、りっちゃんだって嫌でしょう？　母さまには頼めたもんじゃないし……でも、お美和さんがいないのだから、誰かにお願いしなきゃって」

明日は化粧や着付けを手助けしてくれるという香である。

初夜の指南を頼んだのも、こうして気晴らしに連れ出したのも、女親のいない律への香の精一杯の気遣いだ。

「――母親をきどろうってんじゃないのよ。ただその、明日はりっちゃんの一大事だから、何か力になれないかって……余計なお世話だったらごめんなさいね」

慌てて付け足した香へ、律は小さく首を振った。

「ううん、ちっとも。ちっとも余計なお世話じゃないわ。今日だって、一人だったらきっと心細かったに違いないもの」

境内を出ると、音羽町に並ぶ店をゆっくりと見て回った。

道の両端を行ったり来たりしながら、一丁目から順に南に下り、やがて九丁目にたどり着くと、律はふと足を止めた。

八丁目よりの、表通りから西に入ったところに人だかりが見えたからだ。

以前、徳庵という主が営んでいた堀井屋《ほりいや》という質屋があった辺りである。堀井屋は律の仇の小林吉之助が世話係の豊次郎に命じて、伊三郎から奪った巾着と根付《ねつけ》を売り飛ばした質屋だった。徳庵と吉之助が手を組んだことにより、律はあわや殺されそうになったのだ。

盗品をそれと知りつつ売り買いしていた徳庵は火盗がしょっ引き、堀井屋は潰れたと聞いている。よって卯月には遠目に通り過ぎただけだった。

「りっちゃん？」

仇討ちを知らぬ香は律を見やって、それから人だかりに目を向けた。

「あら、何かしら？　ちょっと見てみましょうよ」

堀井屋はもうないと判っていても、人の好さそうな――今となっては空恐ろしい――笑顔の徳庵が店の奥に座っている姿が思い出されて律は躊躇った。

「香ちゃん――」

どう止めようかと律が迷った矢先、「おこうさん！」と弾んだ声が耳に届いた。

六

「秋彦さま」

声の主は秋彦であった。

「おりつさん！」

つないだ母親の手を引っ張りながら、秋彦はみるみる近付いた。

「おりつさん、おこうさん、おひさしゅうございます」

「お久しゅうございます、秋彦さま、弓江さま」

香と口を揃えて頭を下げると、秋彦は目を細めてから人だかりを指さした。

「おりつさんたちも、てづまをみにいらしたのですか？」

「手妻《てづま》……？」

「そこの茶屋で、日に幾度か手妻師が芸を披露しているのです」と、弓江。

秋彦に先導されて通りを折れると、かつての堀井屋と隣りの店を合わせた一角が茶屋となっていた。

ちょうど手妻が始まったところで、手妻師が繰り出す紙の蝶が舞うのをひととき楽しんだのち、律たちは空いた縁台に腰を下ろして茶と金鍔《きんつば》を注文した。

「きんつばはおいしいのです」

菓子は金鍔しか置いていないというのに、「きんつばは」と秋彦が言ったのは、この茶屋の濃いめの茶が秋彦の口に合わないかららしい。

暖簾は無地だが、幟《のぼり》には仮名で「はちくまや」と染め抜かれている。

「はっちょうめときゅうちょうめのあいだにあるから、はちくまやなのです」

秋彦が言うのへ、折敷《おしき》を運んで来た給仕の少年が微笑んだ。

「その通りにございます」

漢字で書くと「八九間屋」で、店主と手妻師と少年の三人は兄弟だそうである。

出てきた茶は確かに濃い。甘い金鍔にはこれくらいが合うとは思いつつ、微かに舌に残る渋みというより苦みが惜しい。

——どこからお茶を仕入れてるのかしら？

客の絶えない店を見回しながら律は思った。

この店を知っているかどうか、帰ったら涼太さんに聞いてみよう——

茶屋に詳しい涼太であるが、知らぬようなら新たな売り込み先として、八九間屋に関心を持つやもしれない。

帰ったら……

——うちが——ここがお前の家になるんだぞ——

明日からは青陽堂が己の「家」となるのだと思うと、なんとも不思議な気持ちになる。

堀井屋でのやり取りや、仇討ちの次第はまざまざと思い出せるのだが、同時にひどく遠い過去にも感じた。

手妻について秋彦が香へ熱心に語るのを聞きながら、仇討ちに続くこの一年を思い返していると、ふと目が合った弓江がつぶやくように言った。

「あれから一年になりますね……」

仇の小林吉之助をそれとなく教えてくれたのは弓江だった。のちに律が本田家を訪れた際に労いの言葉をかけてくれたから、仇討ちについて多少は知っていると思われる。それとは別に、弓江の夫である本田左衛門尉が、密命を受けて江戸を発ったのが昨年の文月の終わりでやはり一年ほどになる。

「本田さまは……？」

秋彦に聞かれぬよう囁くように問うと、弓江は寂しげな笑みを浮かべて首を振った。

律にも涼太の顔を見ない日々がないこともなかったが、せいぜい十日余りである。一年なぞ参勤交代している者にとっては慣れたものやもしれないが、この一年を思えば大層長い月日に違いなく、また弓江と本田は律の目にも仲睦《なかむつ》まじい夫婦であった。

弥生末日までの帰宅は叶わなかったと聞いていたが、この三月の間にも本田は家に戻っていないらしい。

秋彦さまも、お寂しいでしょうに……

同情を感じ取ったのか、弓江の笑みが微苦笑に変わった。

「ここの手妻はいい気晴らしになっています。秋彦がうるさいので、近頃は日参しているのですよ」

「けいこのためです」

胸元に挟んでいた扇子《せんす》を広げながら秋彦が言った。

「見るだけでなく、手妻の稽古をなさっているのですか?」

香の問いへ秋彦は胸を張った。

「はい。てづまのたねはおしえてもらえませんでしたが、ちょうをとばせて、ちちうえをおどろかせてやるのです。ねぇ、ははうえ?」

「そうですね。剣術や書き方も同じくらい身を入れて欲しいものですが」

「でも、てづまのけいこのほうがたのしいです」

「もう……この調子で困っておりますのよ」

「わたしもこまっております。けんのけいことかきかたをしないと、ここにつれてきてくれないのです」

「まあ」と、香が思わず口に手をやった。

律と弓江もついくすりとすると、一瞬遅れて秋彦もはにかんだ。

ひとときの歓談を楽しみながら律は金鍔を齧ったが、香は金鍔には口を付けずに取り出した懐紙に包んだ。

「おこうさん、たべないのですか？　おとのさまにおみやげですか？」

「お殿さまなんてとんでもない。うちはお武家さまではありませんから……」

「しってます。ふしのやという、おくすりのとんやさんです」

「よく覚えていてくださいました。私は先ほどお団子をいただいたばかりで……でも、そうですね。これは夫に土産にいたします。秋彦さまお墨付きの金鍔ですもの」

香が微笑むと、秋彦も嬉しげに目を細めた。

これから護国寺を詣でるという弓江たちとは茶屋を出てすぐの表通りで別れたが、家路につくべく南に歩いて半町ほどで香がつと足を止めた。

「あのね、りっちゃん。私、やっぱり鬼子母神さまをお参りして来るわ。秋彦さまにお目にかかったら、やっぱりなんだか諦めきれなくて……今から引き返すと遅くなるから、ここまで誘っておいてなんだけど、りっちゃんはこれで駕籠で神田まで――」

言いながら財布を取り出そうとする香の手に、そっと触れて律は止めた。

八ツの鐘を聞いてしばし経っている。これから鬼子母神まで出向けば帰りは七ツは過ぎようが、駕籠を使えば日暮れ前には帰れるだろう。だが駕籠代を渡そうとしたのは律を一人で帰すのをすまなく思っているからで、香は同行は求めていない。

一人で祈りたいのだろう……

諦めきれないということは、一度は諦めようとしたのだろう。

香の心情を律は推し量ることしかできないが、友として香の気の済むように――香の重荷とならぬように寄り添いたかった。

「香ちゃん、やめてちょうだい。もとから歩いて帰るつもりだったし、夕刻までまだ充分あるわ。それより香ちゃんこそ、帰り道は気を付けて」

「私は平気よ。お参りを終えたら、すぐに駕籠で帰るから。それより、りっちゃんを一人で帰すのは不安だわ。大事な花嫁に何かあったら、お兄ちゃんから恨まれちゃう」

「だったら尚更、駕籠には乗れないわ。慣れてないから、どうも酔いがちなのよ。それより歩いて帰って、ゆっくり湯屋で湯舟に浸かって……香ちゃんのおかげで、今夜は気負わず過ごせそうよ」

「それならいいけど、くれぐれも見知らぬ人にほいほいついてっちゃ駄目よ。近頃、一芝居して、大人を攫《さら》う拐かし一味がいるそうだから」

花とその一味は、既に日本橋界隈でも噂になっているらしい。

「その話なら広瀬さんから聞いたけど、それを案ずるなら香ちゃんでしょう。香ちゃんは伏野屋の若おかみなんだから」

「あらでも、りっちゃんだって、明日には青陽堂の若おかみになるじゃない。そりゃあ、店は今あまり振るわないけど、母さまも父さまも案外貯め込んでると思うのよ」

「もう、香ちゃん……」

からかい半分の香に律は呆れて苦笑で応えた。

「じゃあ、明日、八ツに青陽堂で」

「ええ、明日八ツに」

明日の祝言前の支度を約束して、律たちはそれぞれ南北に別れて歩き出した。

七

祝言とそれに続く初夜への期待と不安はあったものの、香に言った通り、ほどよい疲れが功を奏して心地よく律は眠りについた。

しかしながら、翌朝はいつもより早く目覚めてしまい、一人苦笑しながら布団を仕舞う。

朝餉《あさげ》の支度を始めるべく、着替えてそっと井戸へ水を汲みに行ったところへ木戸をくぐって来た者がいた。

大倉与五郎《おおくらよごろう》——本田家に仕える初老の武士である。

「大倉さま」

囁き声で名を呼ぶと、大倉がやはり囁き声で返した。

「お律さんか。よかった。こんなに早くから訪れて驚かせただろうが、火急の用にて――ちと表で話せぬかな?」

緊迫した面持ちからして祝言の祝いでないのは明らかだ。また昨日は、照れ臭さといらぬ気遣いをされぬよう、秋彦や弓江には今日が祝言だとは伝えていない。

木戸の外に出ると辺りに気を配りつつ、大倉は一層声を低めて問うた。

「昨日は音羽町の八九間屋で、奥さまと秋彦さまとご一緒されたと聞きましたが」

「はい。お茶と金鍔を一緒にいただきました」

「その際、茶屋で誰か――怪しい女を見かけなかっただろうか?」

大倉の言葉に律ははっとした。

「もしや、弓江さまか秋彦さまに何か?」

香と冗談交じりに話した「拐かし」を思い出したのである。

律が問うたのへ、大倉は痛ましげな顔をして言った。

「秋彦さまが行方知れずなのです」

「秋彦さまが?」

律たちと別れてから、弓江と秋彦は護国寺へ向かったそうである。参詣を済ませて再び音羽町へ戻った際、ふと尿意を覚えて弓江は近くの土産物屋で厠《かわや》を借りた。

「店の前には飴売りが来ていて、この飴売りが何やら三味《しゃみ》を弾いて唄を唄い、からくり人形を動かすとかで……」

興を示した秋彦にその場を離れぬよう、見知らぬ者について行かぬよう言い聞かせて弓江は厠へ向かったが、出て来た時には秋彦の姿はどこにもなかったという。

「辺りの者に訊ねても、皆、飴売りの芸に見入っていたと言うばかりでな。ただ一人、秋彦さまに女が話しかけていたのを聞いた、と。『お母上とお父上がお待ちです』と言っていたそうだから、お二方をだしに秋彦さまを連れ去ったと思うのだが、この者は女の顔はろくに見ていなかったらしい。語り口からして、てっきり伴の者だと思ったと言うのだ」

秋彦は今年六歳になり、聞き分けもよくなってきたため、近頃は護国寺のような慣れた場所には伴をつけずに出かけていたのも災いした。

「先日、広瀬さまから、花という女を頭とする拐かし一味の話を聞きました」

保次郎から聞いた話を伝えると、大倉は眉根を寄せて唸った。

「知らなんだ。そんなことが……」

秋彦が行方知れずだと町方には既に知らせてあるそうだが、夕刻からずっと護国寺周辺を探していた大倉には拐かし一味の話は伝わっていなかったようだ。

「しかし、この一味は浅草を縄張りにしているようですし、拐かされたのも町の者たちばかりと聞いております」

だが、先日拐かされたのは牛込の畳問屋の息子・裕太である。本田の屋敷は番町にあるから、裕太の家からもそう遠くない——少なくとも浅草よりはずっと近い——筈だ。

裕太さんが拐かされたのは浅草だけど、一味は牛込や番町でも獲物を探してるんじゃないかしら——

そう一度は思った律だが、すぐに内心首を振った。

一味は攫う者を入念に下調べしているようだし、金目当てなら秋彦のような武家の子よりも、裕太のような町人を狙う方が容易《たやす》く、理に適っている。

手口からして花の一味のようではあるが、もしもそうなら此度の狙いは本田から金を引き出すことではなく、誰かに金を積まれて頼まれたことではなかろうか。

例えば、本田さま——または弓江さまをよく思わぬ者の仕業では……？

「こう言ってはなんだが、当家より裕福な者はいくらでもいる。とすると——」

大倉も同じように考えたようだ。

「少しお待ちくださいませ」

律は急ぎ家に戻って、花の似面絵をあり合わせの紙に描いた。

「十日ほど前のことなので、しかとは覚えていないのですが、このような顔だちで……」

ぼんやりとしか覚えていないのは、記憶力もそうだが、女の顔にこれといった特徴がなかったからである。

涼太さんなら、きっともっと覚えているだろうけど……

しかし涼太は此度は花本人どころか、似面絵も見ていないのだから仕方ない。

「かたじけない」

似面絵を受け取ると、小さく頭を下げて大倉は小走りに去って行った。

再び家に戻るも、秋彦が行方知れずになったと知っては朝餉どころではない。

帯をよそ行きのものに替え、父親の形見といえる甲州《こうしゅう》印伝《いんでん》の入った巾着に矢立を、懐に財布を挟んで律はまたそろりと表へ向かった。

自らも護国寺へ向かおうとして——思い留まる。

大倉や町方が動いているなら、己が行ったところで大した助けにはならぬだろう。それよりも保次郎を訪ねて、元の似面絵からもっとよい写しを描こうと考えたのだ。

神田川を渡ってほどなくして六ツの鐘が鳴った。

ざわめき始めた通りを足早に律は八丁堀の保次郎の屋敷へ急いだものの、出て来た史織が言うには、保次郎は昨夜から戻っていないそうである。

「御用で帰れぬとの言伝を、遣いの者から聞きました」

「さようで……」

保次郎の「御用」は秋彦探しと思われるが、「御用」としか伝えていないのならば、律から委細を話すのははばかられた。

「先日の似面絵の件でお訊ねしたいことがあったのですが、また出直します」

「こんなに早くからご苦労さまです。ましてや今日は大事な日だというのに」

くすりとした史織に、律も笑みを浮かべて誤魔化した。

「ええ、ですから早くに目が覚めてしまったんです。他にすることもないものですから、似面絵を描き足してお上の役に立てないかと……先日は一枚しか描かなかったので、その、広瀬さまがお出かけになる前にお目にかかれないかと思ったのです」

それとないことを述べ、誘われた朝餉を断って、律は広瀬家を後にした。

そうだ。

香ちゃんなら――

伏野屋でもう一度花の似面絵を描いて、香に見てもらおうと律は思った。もしも花が秋彦を狙っていたのなら、大倉もそう考えたように、茶屋で律たちを窺っていたことだろう。己はまったく気付かなかったが、香なら何か見聞きしていたやもしれぬ。

急ぎ、八丁堀からほど近い三拾間堀の伏野屋まで行くと、勝手口の戸を叩く。

「ああ、お早うございます、お律さん」

出て来たのは女中の粂だった。朝餉の支度をしていたようで、中から炊き上がった米の匂いが漂ってくる。

「早くにすみません。でもちょっと香ちゃ――お香さんに急ぎの用事があるので、どうかこっそり呼んできてもらえませんか？」

「そんな――だってお香さんは、昨夜はお律さんとご一緒だったのでは……？」

きょとんとした粂に今一度繰り返して頼むと、粂の顔がみるみる険しくなった。

「えっ？」

粂の台詞に「えっ？」と今度は律が驚いた。

八

粂から話を聞いた尚介が飛んで来て、律は座敷に招かれた。

「だって、香が言っていたんだよ。お律さんのお嫁入り前の最後の夜だから、もしかしたら泊まりになるかもしれないと……その時は翌朝、一度家に戻るから――と」

鬼子母神参りさえ思いつかねば、それもまたよしと思っていたのだろう。

――初めに言わなかったのは、嫁入り前の私を気遣ってに違いない。

香ちゃんのことだもの……

律が一人で家族の想い出に浸りたいようなら家に帰り、心細いようなら共に過ごそうと考えていたのではなかろうか。

「香ちゃんとは八ツ過ぎまで一緒でした。朝のうちに長屋に来て、護国寺に行こうと誘われたんです」

「うん。香もそう言って出かけて行った」

「帰りも昌平橋辺りまでは一緒だと思ってたんですが、香ちゃんは音羽町でやっぱり鬼子母神さまをお参りしてから帰ると――」

鬼子母神、と聞いて尚介の顔が歪《ゆが》んだ。

口を開きかけ……思い直したようにつぐんで溜息をつく。

尚介にも様々な思いがあるのだろうが、今は香を探し出すのが先決だ。

「実は――」と、律は切り出した。

朝一番で大倉が訪ねて来たことから、昨日八九間屋で秋彦たちと会い、茶を共にしたこと、そののち秋彦が行方知れずになったことや、花という女が率いる拐かし一味がいること――

無論、香はまったく違う事故や事件に遭ったということもありうる。

「また暑気あたりか何かで倒れて、どこかでお世話になっているのかもしれません」

だがそれならそうと香は遣いを寄越すだろうし、尚介も同じ思いなようだ。

とすると昏倒《こんとう》したままなのか、もしかしたら悪い駕籠に捕まって――

駕籠で仇の屋敷に連れて行かれ、手込めにされそうになった日を思い出して身震いしたが、尚介のため、また己の希望をつなぐためにも律は言った。

「でも偶然が過ぎると思うんです。秋彦さまと香ちゃん……二人して同じ頃合いに行方知れずになるなんて。香ちゃんは拐かし一味のことを知っていました。だから香ちゃんが花の手口に引っかかるとは思えません。でも、もしかしたら――」

「もしかしたら香は、秋彦さまが連れ去られるのを見かけたのかもしれないね」

尚介が言うのへ律は頷いた。

さすれば、つなぎもままならぬままに一人で見張っているのか、はたまた一味に気付かれやはり囚われの身となっているのか。

あれやこれやと悪い予感ばかりが膨らんで、律はぎゅっと両手を握った。

「ではお律さん、私に香の似面絵と、その花という女の似面絵を一枚ずつ描いてください。町方は秋彦さままで手が一杯だろう。香は私が探しにゆくよ」

「私も――」

「しかし、お律さんは祝言が」

「尚介さん」

やや声を高くして律はきっぱりと言った。

「あんまりです。祝言よりも香ちゃんです。涼太さんだって、女将さんだって――青陽堂も長屋のみんなも、異を唱える人なんて一人としていませんよ」

「そうか……どうもありがとう、お律さん」

尚介から硯と墨を借り、似面絵を描く支度が整ったところへ峰が現れた。

「おせんから聞きましたよ。お香は昨夜お律さんと一緒ではなかったと」

粂が香の味方であるように、どうやら峰にもせんという女中の味方がいるようだ。

「香は、お律さんとは音羽町で別れたそうです」と、尚介が応えた。「急な病か——もしくは何かよからぬことに巻き込まれたのやもしれません。これからお律さんに似面絵を描いてもらい、それを持って私は香を探しに参ります」

「店はどうするのです？　何も主のあなたが出向くことはないでしょう」

「どうするって……所用で出かける時と変わりませんよ。番頭に任せます。親父さまもおりますし、何より妻の大事に夫の私が出向かなくて、それこそどうせよと言うのです？」

「ですが……」

「母さま、香はお律さんと別れてから、一人で鬼子母神さまへ向かったそうです。それから行方が知れぬのですよ」

尚介は静かに言い放ったが、峰は不満げなままである。

「鬼子母神さまへねぇ……近頃そう言っては出かけてばかりじゃないですか。子宝祈願と言われれば私も何も言えませんから、態《てい》のいい言い訳ではないの？　もしかしたら、子ができぬのをいいことに、やけになってどこぞの茶屋で——」

「母さま！」

「お峰さま！」

尚介と律の声が重なった。

香の不貞を仄めかした峰に我慢ならなくなったのだ。

「お香さんはそんな人じゃありません！」

香ちゃんがどんな思いで子宝祈願に通っていると——

「鬼子母神さまに足繁く祈願しているのは、それだけ子宝を願っているからです」

「そりゃ、うちから離縁されたら困るから必死なのでしょう」

「離縁なんて——」

一度は声をわななかせたが、怒りはかえって力となった。

「お香さんは伏野屋に」——あなたのような姑のいる家に——「未練はありませんよ。お香さんが別れ難いのは尚介さん……心から惚れ込んでいる旦那さまです。二世を契った旦那さまとの子を望むのに、なんら邪念があるものですか」

このように律が言い返すとは思わなかったのか、峰は律を睨み付けたが、律も真っ向から峰を見つめて引かなかった。

「母さま」

冷ややかに母を見つめて尚介が言った。

「私は香を微塵も疑っておりません。何度も申し上げておりますが、香と離縁する気もありません。私の堪忍袋にも限りがございますゆえ、私や父、店のためを思うなら、二度とこのようなことは仰らぬように願います。どうかお引き取りください。ことは急を要します。つまらぬ戯れ言を聞いている暇などないのです」

「尚介……」

声を震わせた峰を外へうながすと、尚介は律へ振り向いた。

「父と話してくるので、お律さんは似面絵を頼みます」

「はい」

尚介が隠居の父親・幸左衛門に会っている間に、律は香と花の似面絵を二枚ずつ描いた。

一組は尚介に、もう一組は己のためである。

尚介は幸左衛門と共に粂にも委細を話したそうで、青陽堂には粂が知らせに行くという。

まだ四ツにもならぬうちに、尚介が呼んだ駕籠が二丁、伏野屋につけた。

いつもなら駕籠は遠慮するところだが、今は一刻も早く香を探し出したい。

「ではお先に」

「はい。何かありましたら八九間屋に言伝を」

尚介は鬼子母神から、律は音羽町九丁目から香か花を見知っている者を探すことにした。

「飛ばしてくれ」

そう頼んだ尚介の駕籠があっという間に見えなくなるのを見送ってから、律も駕籠に乗り込んだ。

「私はその、駕籠に慣れてなくて——でも急いでいるのです」

座布団をしかと握って律が言うと、駕籠舁《か》きの一人が微笑んだ。

「合点《がってん》でさ。そう固くならねぇで、もちっと楽にしてくだせぇ。ここの――この結び目でも見ながら、抱っこされた赤子みてぇに揺られるがままになってりゃ酔いやせん」

男に言われたように、担ぎ棒と駕籠の結び目を凝視すること半刻余りで、律は音羽町の入り口にたどり着いた。

九

駕籠を下りた途端、ぐらりと足がよろめいた。

吐き気こそないものの、ぼんやりと頭が重い。半刻も駕籠に乗っていたと思えばそうでもないが、やはり少し酔ったようである。

とはいえ、己の足ならここまで来るのに更に半刻はかかったろうから、駕籠を手配してくれた尚介にも、極力揺らさぬよう急いでくれた駕籠舁きにも感謝しかない。

「あ、ありがとうございます」

「なんの。こちとらこれが商売でさ」

駕籠代は伏野屋から後でもらうと、駕籠舁きたちは一礼して、早々に新たな客を探しに歩いて行った。

香の行方を探すべく早速似面絵を取り出すも、再びよろけて律は顔をしかめた。

のろのろと九丁目を通り過ぎ、八九間屋の縁台に腰を下ろす。

昨日と同じ給仕の少年に茶だけを頼むと、少年はすぐに茶托を片手に戻って来て、律が受け取るのを不安げに見守った。

「どうもその、駕籠に酔ってしまいまして……」

「そうでしたか。ごゆっくりなさってください」

ごゆっくりしている暇はないけれど――

昨日ほど陽射しが強くないのが律には救いだ。苦みのある濃い茶も、重い頭と身体をしゃっきりさせるのにちょうどいい。熱い茶を少しずつ含むうちに頭痛も和らいできて、律は今度は空腹を覚えた。

出がけに水で喉を潤《うるお》した他、今まで何も口にしていない。ここらで少し腹ごしらえしておかねば、己が倒れてしまいそうである。

少年に金鍔を頼んでから、律は膝の上で似面絵を広げた。

「あ、この人は――」

金鍔を差し出した少年が花の似面絵を見て言うのへ、律は勢い込んだ。

「ご存知なのですか？」

「いやあの、明け方早々、同じ似面絵を持ったお年を召したお侍が来て、この人を見かけなかったかどうか、うちや辺りの店に訊いて回って……」

大倉に違いなかった。

「それで、この人に見覚えは？」

「それが……毎日入れ替わり立ち替わり、いろんなお客さんが来ますんで……ああでも、こちらの人は覚えてますよ」

下に重ねてあった香の似面絵を指しながら少年が言った。

「昨日、若さまといらした女性で……そうだ、お客さんとご一緒に――」

律のことは今思い出したようである。

――でも、並の人ならそんなものだわ。

嫁入り前に「相生小町」と呼ばれた香や、よく顔を出す弓江や秋彦はともかく、こうもひっきりなしに客が出入りする茶屋で、一人一人の顔なぞろくに覚えておらぬだろう。今井が言っていたように、「涼太のように一度会った顔は忘れず、日をおいても見分けられる者なぞ極々稀」である。ましてや花は、ほくろや傷痕のないありふれた顔立ちなのだ。

大倉が花の似面絵を見せて回ったと聞いて、律は香の似面絵を上に重ねた。

秋彦を連れ去ったのが花かどうか、香が二人を見かけたのかどうか、どちらも今は憶測に過ぎない。しかし、本田家や町方が秋彦と花を探しているのは確かである。

私は香ちゃんに専念しよう……

取り出しやすいよう重ねた似面絵を折って胸元に挟むと、律は黙々と金鍔を食《は》んだ。

食べ始めると空腹が増したように思えたが、そう悠長にしていられない。粂もとっくに青陽堂に着いていようから、今頃青陽堂はてんやわんや、追って涼太も香を探しにやって来ると思われる。

茶と菓子代を支払うべく律が財布を手にすると、ふいに「鞠巾着」という声が聞こえた。

声のした方を見やると、笠を被った女が店主と思しき男に話しかけている。

「ええ。苗色で、鞠の中に犬張子やら独楽やらの絵が描かれた巾着です。昨日、こちらに忘れたと思うのです」

「ん？　それなら確か——」

心当たりがあったようで、店主は一度奥へ引っ込むと、おかみと思しき女を連れて来た。

おかみが提げている鞠巾着はまさに己が描いたものだ。

犬張子に独楽に凧——と、年端《としは》のゆかぬ男児にどうかと思いつつ考えた絵柄である。

「ああ、よかった」と、女は胸を撫で下ろした。「きっとこちらだと思っていましたが、誰かに盗られていたらどうしようかと……」

「はあ、でも奥さま、そのぅ……こんなことを申し上げるのは心苦しいのですが、私どもは奥さまを存じ上げておりませんし、こちらは安いものではありません。ですから念のため、ご一緒に中を検めていただきたく……」

用心深く言ったおかみに、女は言葉を失ったようだったが、すぐに笠を取って頷いた。

「承知しました。巾着の中身は……使い古した錆鼠《さびねず》の市松模様の手ぬぐいです」

取り出した手ぬぐいの柄は律のところからは見えなかったが、「錆鼠」と聞いて何やら閃いたものがある。

あの鞠巾着は確か、大分前に……

まだ籤引きや、客に下染めの色や鞠の柄を選ばせる前に描いたものであった。

改めて女を盗み見て律ははっとした。

女の京風のおさ舟髷と櫛には見覚えがあった。今日は留袖ではなく桑染色の単衣であるが、卯月の頭に池見屋で見かけた——錆鼠の単衣を注文した——奥方と思われる。

それだけではない。

髷は違えど、その「ありふれた」女の顔かたちこそ畳問屋の裕太に言われて描いた花に似ているし、年頃や背格好も聞いた通りだ。またこうしてそれらしき「顔」を見てみると、今日描いた似面絵は似ているとは言い難く、己の記憶の頼りなさに律は内心歯がみした。

髷ならいくらでも変えられる……

しかし武家の奥方が拐かし一味の頭だとは、すぐには信じられないことである。

本当にお武家だろうか——と、小首をかしげるも一瞬で、律は急ぎ矢立を取り出し、筆を舐めた。

女が本物の武家かどうかはともかく、この女ならおそらく町女として裕太を、武家の奥方として秋彦を騙すことができる——否、できただろう。

何より、なんともいえぬもどかしさに突き動かされて律は文をしたため始めた。

《いまいさま　花とおぼしき女　いけみやにて　卯月に　犬はり子の　まりきんちゃく》

女を見たのは朔日だったと思い出し、「卯月」の横に「一日」と書き足した。

鞠巾着に入っていた手ぬぐいは女が言っていた通りのものだったようで、おかみと店主は恐縮しながら女に何度も頭を下げている。

「もうよいですから……いい加減なことを言って、人の物を着服しようと試みる者がいるのも承知しております。そもそも置き忘れた私が悪かったのです。昨日は急いでいたものですから、つい……」

「それならせめて、金鍔をお持ちくださいまし。ちょうど焼き立てがございます」

女が別の縁台に腰かけて金鍔を待つ間、律は更に筆を走らせる。

《さびねずの　こうしのひとえを　注文》

女が夫のために注文した単衣の反物を思い出しながら書いたところで、店主が金鍔の包みを持って来た。

急ぎ筆を仕舞って文を結ぶと、律は財布から四文銭を三枚取り出して茶托に置いた。

残りは財布に初めから入っていた四文銭一枚と、念のためにと出がけに入れた百文銭二枚である。

百文銭を一枚取り出し——刹那《せつな》迷って、もう一枚も出して重ねた。

女が金鍔の包みを手に表通りへ向かうや否や、律は給仕の少年に頼み込んだ。

「お願いします。これを——この文を神田相生町の青陽堂の裏にある長屋に届けて下さい」

「えっ？」

「今すぐお願いします。急いでるんです。お足はこの通り——」

律が差し出した二百文を見て、少年はますますたじろいだ。

「と、とんでもない。あの、お引き受けしたいのは山々ですが、店を空ける訳には……店が引けてからでよければ——」

「それじゃ遅いんです」

そうこう問答する間にも、女は表通りを南へ折れて行く。

「ああ、どうか——誰か——」

慌てる律の後ろからのんびりとした声がかかった。

「なんでぇ、どうした？」

「兄貴」

少年が兄貴と呼んだ男は、昨日見た手妻師だった。

「この文を、神田相生町の青陽堂の裏の長屋に、今すぐ届けて欲しいんです」

「文一つで二百文とは太っ腹だな」

「急いでるんです。お願いします」

女が消えた先の通りを横目に頼み込むと、男がくすりとして言った。

「なんだか面白そうだ。いいぜ。俺がゆこう」

「兄貴――」

「だが二百もいらねぇ。それだけ切羽詰まってんのは判ったからよ」

文と百文銭を一枚だけつまむと、男が律に顎をしゃくった。

「あんた急いでんだろう？」

「はい」

「神田相生町、青陽堂裏の長屋だな？」

「はい。今井先生に」

「合点だ」

頷くと男は律より先に走り出した。

「あああ、行っちまった。次の手妻はどうすんだ……」

呆れ声の少年に「すみません」と小さく頭を下げつつ、律も小走りに後を追う。

女と同じく表通りを南へ折れると、一旦立ち止まって通りを端から端まで見回した。

じっと目を凝らすこと数秒。

半町ほど先に、笠を被った桑染色の背中が遠ざかって行くのをとらえて、律は足を速めて歩き出した。

十

女から十間ほどまで距離を詰めると、律は足を緩《ゆる》めた。

足取りはそう速くないのだが、女が二度、三度と後ろを振り向くものだから、その都度律をどきりとさせる。

音羽町を抜けると女は江戸川を渡り、牛込の町並みをやはり辺りに気を配りつつ通り過ぎる。父親の伊三郎は殺される前、友人の達吉とこの界隈でよく飲んでいたそうだが、律は牛込の町には詳しくなく、女を見失わぬよう追うので精一杯だ。

女が赤城《あかぎ》明神《みようじん》の南側から神楽坂《かぐらざか》へと足を進めると、律の不安は増した。このまま行くと牛込御門で、その向こうはほぼ武家町だ。後をつけにくくなると危惧するも、幸い女は牛込御門までゆかずに南に折れてゆく。だが、町家を抜けた道の向こうには、やはり武家屋敷が連なっている。

尾行を気付かれぬよう、律はまた少し足を緩めて、女の背中を追い続けた。

ほどなくして女が曲がって行った角を律も曲がると、女の姿は見当たらない。だが、次の角までに門が一つしか見えぬことから、女は門の中に入ったとみてよいだろう。

武家屋敷ゆえに表札も看板もないばかりか、後をつけてきただけの律は己がどの辺りにいるのかも定かではなかった。

遣いか何かだと偽って門を叩こうかとも思ったが、相手になんと言ったものか。

塀や門を見る限り、近隣の武家と変わらぬ屋敷である。

とすると、あの人はやはり本物のお武家……

今になって己の思い違いではなかったかと、律は迷い始めた。

一旦門の前を通り過ぎ、踵を返して再び門の向こうを見やった。

辻番を訪ねて事情を話すことも考えたが、信じてもらえるとは限らず、時間もかかる。

それならいっそ音羽町へ戻って大倉か町方、尚介、もしかしたら涼太に助力を仰いだ方が早道だと思われた。

屋敷の場所を記すべく、門から少し離れて律は矢立を取り出した。持って来た紙は似面絵に使ってしまっていたため、胸元に挟んでいた似面絵の裏に絵図を描くことにする。

来た道へ足を向けつつ、音羽町への道のりを反芻《はんすう》していると、微かに戸が軋《きし》む音がした。

振り向くと、門扉の前に消えた筈の女が立っている。

「当家に何かご用ですか？」

「いえ」

とっさに否定したものの、女はゆっくりと近付いて来て、それゆえに足をすくませた律の手から畳んだ似面絵を無言で取り上げた。

広げた香の似面絵と、その下のあまり似ているとはいえない花の似面絵を交互に見てから、女は静かな声で言った。

「ついておいでなさい」

「え？」

「この方なら当家におります。あなたに他に道はありません。ついて来ないのなら――騒いだり、逃げ出すようなら、この方の命をいただきます」

淡々とした声がかえって律を恐怖させた。

狂気、ではなさそうだ。

尾行に気付いていたことや、ふいをついたことへの優越感や皮肉は感ぜられず、むしろ哀れみとも悲しみともいえる色を瞳に浮かべて女は律を門の向こうへいざなった。

女にうながされるまま、縁側の沓脱《くつぬ》ぎ石で草履を脱いで屋敷に上がる。

廊下に控えていた――目だけしか見えない竹田頭巾を被った男が律を見た。懐に匕首を差しているが、身なりからして小人か下男、目尻や手の皺から見て初老だろうと律は踏んだ。

「花さま、その娘は……？」

やっぱりこの女が「花」だったのだ――

唇を噛んで律は今一度花を見やった。

「お香という娘の知人のようです。音羽町からつけられてしまい、致し方なく」

「……さようですか」

短く応えて頷くと、男は襖戸を半分開いて顎でしゃくった。

おそるおそる部屋を覗くと、香と秋彦が揃ってこちらを見ている。

「おりつさん！」

「秋彦さま！　香ちゃん！」

思わず駆け寄ると、秋彦がひしと抱きついてきた。

閉じられた襖戸の向こうで、花と男が言葉を交わす。

「見張りを変わりましょう」

「では私は昼餉の支度を」

足音が一つ遠ざかるのを聞きながら、小声で香が問うた。

「りっちゃん、どうしてここが？」

「それなら私の方が先に問いたいわ。二人がいなくなったものだから、秋彦さまは大倉さまと町方が、香ちゃんは尚介さんと私が探しに出たのよ」

「尚介さんが……」

沈痛な面持ちでつぶやいて、香は昨日の出来事を話し始めた。

――律と別れたのち、香は音羽町の参道から一本西の通りを鬼子母神まで急いだという。人通りが少ない分、四半刻余りで鬼子母神に着くと、祈願を済ませてすぐに護国寺の方へ引き返した。しかしながら、護国寺前では駕籠を捕まえられず、それなら九丁目――参道の入り口――まで歩こうと、再び西側の、空いている通りへと足を踏み入れた。

すると九丁目にたどり着く手前で、子供をおぶった女――花――を香は見つけた。

「疲れた子供をおぶってるんだと思ったのよ。小さくもないし、大変そうだと……でもなんだか変な気がして今一度見たら、羽織を着せていることに気付いたの。この暑いのにどうしたのかと思って――」

つかず離れずで追ってみると、音羽町への入り口で女は駕籠を捕まえ子供を下ろした。

「そしたら秋彦さまの顔が見えて、思わず声をおかけしたの」

――お父上は江戸に帰って来ています。ただしお忍びで――

そのような言葉で、花は土産物屋の前から秋彦を連れ去ったらしい。

秋彦を駕籠に乗せてから、花は香を少し離れたところへいざない、秋彦に告げたのと同じ嘘を繰り返した。

本田は敵方から命を狙われているゆえ屋敷にはまだ戻れぬが、味方の屋敷で弓江と秋彦に一目会えるのを待っている。二人一緒では人目につきやすいから、弓江は別の駕籠で屋敷に向かった。秋彦に羽織を着せたのは敵方の目を誤魔化すためだ――と言うのである。

「頭から信じたんじゃないのよ。むしろ怪しいと思ったわ。いくら敵の目を誤魔化するためとはいえ、弓江さまと秋彦さまを引き離すなんておかしいもの」

しかし花はそんな香の疑惑を逆手《さかて》に取るごとく、香に同行をうながした。

「お疑いなら一緒にいらしてください——って。そんなこと言われたら、一緒に行くしかないじゃあないの」

疑いは晴れるどころかますます深まったが、それなら尚更、秋彦一人では行かせられぬと、香は秋彦と共に駕籠に乗り込んだ。花は駕籠には乗らず、駕籠舁きたちも花の足に合わせて歩いたために、ここへやって来た時にはもう大分陽が落ちていた。

駕籠から下りた香たちは、律と同じく縁側からこの部屋に案内され、騙されたことが明らかになった。

しかし——

「もしも騒いだり逃げたりしたら、秋彦さまにはまず私、それから弓江さまや本田さまを、私には秋彦さまの他、伏野屋のみんなも——仲間を使って必ず殺すと脅されたのよ」

律も同じように脅されているし、それこそがまさに花一味の手口である。

香が伏野屋の者だと知っているのは、花が八九間屋にいた証だろう。八九間屋で秋彦が香の家を「ふしのや」「おくすりのとんや」と言ったのを聞いていたに違いない。

「わたしがまちがえたのです……みしらぬものについていってはいけないと、ははうえからいわれていたのに、いいつけをやぶってしまったのです……わ、わたしはちちうえに……ちちうえにあいたかったのです……」

唇を噛み、涙を隠すべく秋彦は袖で顔を覆った。

まだ六歳だというのに、およその事情を呑み込んでいるようである。

「秋彦さま」

背中に触れて、できるだけ穏やかに律は言った。

「それを言うなら、お香さんも私も間違えました。——でも、一番間違えたのはあの人たちです。私たちはのちほど家の者から叱られましょうが、あの人たちはお上や……天からもきっとお叱りを受ける筈です」

花に聞こえても構わぬと思った。

本田を餌に秋彦を騙したことは許し難い。それとは別に、昨晩からいくらでも機会はあったろうにいまだ秋彦と香を殺さずにいるのは、そうするだけの理由があるに違いない。

少なくとも、今はまだ——

このまま無事に済むとは思っていなかった。

裕太の時と同様、顔をさらしているのは花だけだが、秋彦だけならともかく、律たちにも面が割れたのだから、ことが済んだら口封じに殺されるのではないかと律は恐れた。

閉じられた襖戸を一睨みしてから、律もここへ来るまでのいきさつを語った。

そうこうするうちに足音が近付いて来て、襖戸の向こうから花の声がした。

「昼餉をどうぞ」

十一

朝から出かけていた涼太が、届け物を全て終え、帰り道で蕎麦を手繰って相生町に戻って来たのは、八ツが鳴る少し前だった。

帰ったらすぐにも早仕舞いにかかるつもりで店へ急ぐと、表に出ていた丁稚の新助が、己を認めるなり半町ほども駆けて来た。

「どうした新助？」

「若旦那、それが女将さんが急に、祝言を先延ばしにすると――」

「なんだと？」

涼太が戻り次第、すぐに連れて来るように言いつけられたと新助は言ったが――

――言われるまでもねぇ。

今更、一体なんだってんだ！

血気にかられた己を客に見られぬよう勝手口から店に入ると、涼太は急いで佐和の姿を探した。

「若旦那――」

廊下に顔を覗かせた手代の恵蔵《けいぞう》の後ろから、佐和が歩いて来るのが見える。

「恵蔵、ちょうどいいところへ。お前も一緒に来なさい」

それだけ言うと、佐和は応えを待たずに家の方の座敷へ向かった。

座敷の戸を閉めると、涼太は声を低めて――だが強く佐和を問い詰めた。

「女将さん、祝言を先に延ばすとはどういうことですか？　一体何ゆえ今になって――あんまりです。お律に申し開きのしようが……」

「そのお律さんからの言伝です」

「えっ？」と、涼太と恵蔵は声を揃えた。

まさか、お律が心変わりを――？

呆然としかけた涼太へ、間髪《かんはつ》を容《い》れずに佐和が言った。

「香がいなくなったのです」

「えっ？」と、涼太と恵蔵の声が再び重なる。

四ツ半頃、伏野屋の女中・粂がやって来て、香が行方知れずだと告げた。

「藪入り前の皆を騒がせることもないと、旦那さまと勘兵衛、作二郎《さくじろう》にのみ話しました」

清次郎はすぐに手代の作二郎を連れて香を探しに出たという。

「幸い悪い知らせはまだありません。良い知らせもまだですが……しかし、急な病だろうが連れ去りだろうが、今宵の祝言は難しかろうと、半刻ほど前に貸し物屋と仕出し屋には断りを入れました。貸し物屋はともかく、仕出し屋は既に支度にかかっていましたから、祝い膳ではありませんが、のちほど皆に食べてもらいます」

「はあ、それより女将さん――」

「どうしたらよいと思いますか、涼太？」

己を遮った佐和の声が微かに震えたのに気付いて、涼太は母親を見つめた。

香を――娘を案じていない筈がなかった。一見冷静に見えても、胸の内は不安で一杯だと思われる。

親父の時とおんなしだ……

清次郎が行方知れずになった時を思い出して、涼太は居住まいを正した。

「お律の言い分じゃありませんが、同じ頃合いに本田さまのご子息が拐かされたのなら偶然とは思えません。その花という一味の仕業だとしたら、浅草から河岸を変えたのか……しかし、お武家の子息を狙うとは考えにくく……」

それよりむしろ本田に心当たりがないのか問いたいが、当人は江戸を留守にしているし、江戸にいたところで町人の己が問えたものではない。

「とにかく私は護国寺に向かいます。広瀬さまか大倉さまに会えれば、花という女の似面絵も拝めます。恵蔵、お前は勘兵衛と一緒に店を頼む。手筈通り、早仕舞いにしておくれ」

「若旦那、私も一緒に――」

恵蔵が言いかけた矢先、六太の声が聞こえてきた。

「今井先生が、若旦那に火急のご用事があるそうです」

涼太自らが立って襖戸を開くと、六太の後ろに今井の姿が見えた。

「涼太、これを。今し方受け取ったお律からの文だ」

「お律から？」

差し出された文に目を走らせると、涼太はすぐに心を決めた。

「恵蔵、六太、私と一緒に池見屋へ。先生、話は女将から聞いてください。花の正体を突き止めたら私と恵蔵はそちらへ、六太は町方へ遣いにやります」

十二

昼餉は握り飯と八九間屋の金鍔だった。

「毒は入っていないと思うけど、念のため」

おどけた口調で、だが少し青い顔をして香は握り飯を一つつまんで囓った。

二口、三口、食べてから頷くのへ、秋彦に続いて律も握り飯を手に取った。

部屋の中には一尺ほどの瓶が置かれていて、中の水は自由に飲める。

香曰く、厠の他は部屋の外に出られぬが、待遇は悪くないらしい。昨夕は、汗を拭うのに湯桶《ゆおけ》と手ぬぐいを差し入れてくれ、飯に汁物のみだが、夕餉も朝餉も出してくれたという。

「でも、夜は別の人が見張りに来たわ。一郎さんって名のやっぱり頭巾を被ったお侍よ」

「そうなの？　先ほどの人が一郎さんだと思ってた」

「あの人は二郎さんって呼ばれてる。三郎さんは見てないわ」

悪者に「さん」を付けるのはおかしい気がしたが、一郎二郎が頭の花を「花さま」と呼ぶのはともかく、花を含め、互いを呼び捨てにしていないらしい。昼餉の折敷を下げた花は二郎と見張りを代わったが、その際も「では二郎さん、お願いします」と丁寧だった。

この屋敷といい、言葉遣いや立ち居振る舞いといい、花は武家の女だろうと律は踏んだ。

また、浅草では拐かした者を連れ込むのに宿を使っていたそうだが、勝手知ったる様子から、ここは花の住む屋敷と思われる。秋彦――武家の子息――を閉じ込めるためとはいえ、顔のみならず住処《すみか》を知られたからには、ますます律たちを生かして帰すとは考えにくい。

でも、どうしてあの人は拐かし一味の頭なんかに……

言動は落ち着いている花だが、冷酷さは感ぜられない。なんらかの目的と覚悟はあるようだが、先ほど見た花の浮かない目の色が律は気になる。

厠を使いたいと申し出ると、二郎が鈴を鳴らして花を呼んだ。

花に伴われ、厠で小用を済ませてから、律は切り出した。

「あの……紙と墨をお借りできませんでしょうか?」

「遺言状でも書こうというのですか?」

「……その前に、似面絵と下描きを描きとうございます」

「あの似面絵はもしやあなたが描いたのですか?」

「そうです。私は上絵師ですが、似面絵も得意なのです」

「上絵師……?」

「はい。鞠巾着は、私が描いて池見屋に卸しているのです。あの鞠巾着は……ちょうど秋彦さまくらいのお子さまを思い浮かべながら描いたものです」

花にも同じ年頃の息子がいるのではないか?

もしそうなら、多少なりとも情けをかけてもらえぬかと思って言ってみた。

興を抱いたのか、律を部屋へ戻してから花は文箱を取りに行った。

文箱を差し出すと、見物しようというらしく、襖を開いたまま花は二郎の横に座る。

「秋彦さま。お寂しくないよう、今、弓江さまと本田さまの似面絵を描きますね」

律が言うと秋彦はまだ少し赤い目をこすってから頷いた。

墨を磨りながら香と一緒に秋彦に語りかけ、本田家でそうしたように、秋彦の言葉を聞きながら笑顔の弓江と本田の似面絵を描いた。

「ははうえ……ちちうえ……」

並んだ似面絵を見つめて瞳を潤ませた秋彦の手を香が取る。

「きっとお迎えが参ります。今少しの辛抱にございます」

衣擦《きぬず》れに律が振り向くと、花が腰を上げたところであった。

思わず合った瞳によぎったのは躊躇いだ。

──花の方から目をそらした。

「私はこれで。そろそろ一郎さんも戻るでしょう」

襖を閉めながら花が言い、足音が遠ざかって行く。

戸が閉まると安心したのか秋彦が言った。

「わ、わたしにもかみをいちまいください。てづまのけいこをするのです」

「それはようございますね」

香と一緒に、ようやく小さく笑うことができた。

手妻の稽古はいい気晴らしになるだろうし、秋彦が希望を捨てていないのは何よりだ。

紙の端を千切ってねじり、蝶を作ると、秋彦は扇子を広げて香と一緒に遊び出す。

その傍らで、律は余った紙に尾花《おばな》と桔梗、女郎花《おみなえし》を描き出した。

「秋の七草ね？」

遊びの手を止めて覗き込んだ香に、律は頷く。

「うん。雪永さんから、秋らしい袱紗を頼まれてるのだけど、なかなかいい意匠が浮かばないのよ」

期日まで随分あるから後回しにしていたけれど、こんなことならもっと早く描いてしまえばよかった……

死への恐怖がないと言えば嘘になる。

だが恐怖より強いのは後悔の念であった。

もっと早くから涼太や佐和に己の気持ちを伝えていれば、今日まで祝言を待たずに済んだやもしれない。

また竜吉とは少し違うが、もっと上絵に貪欲であればよかったと律は切に思った。

おとっつぁんがまだ生きてるうちに心を決めて、早くから修業に励めばよかった。

もっといろんな仕事を――いろんな絵を描いてみたかった……

「――紅葉《もみじ》や銀杏《いちょう》はありきたりでしょ？　七草でも撫子《なでしこ》や藤袴《ふじばかま》、萩《はぎ》、葛《くず》は雪永さんにそぐわないと思うのよ」

「そうねぇ。紅色は雪永さんにはちょっとねぇ……」と、香がくすりとする。

「柿《かき》や無花果《いちじく》――柘榴《ざくろ》なんかもどうかと思っているの」

言いながらさらさらと柿を描くと、横から秋彦が言った。

「くりやおいものほうがおいしいです」

「秋彦さまは栗《くり》やお芋がお好きなのですか？」

「はい。わたしはあきにうまれたからあきひこなのです。ですから、くりとおいもがこうぶつなのです。どんぐりもすきですが、どんぐりはおいしくないのです」

「まあ」と、香が微笑んだ。「団栗《どんぐり》をお食べになったのですね？」

「あじみです。おいしくなかったので、もうたべません」

「私もです。私も味見で食べたことがあります」

「おこうさんも？」

「やっぱり美味しくなかったですわ」

香と顔を見合わせて秋彦も笑った。

無花果、柘榴、栗、お芋に団栗……

律が次々描くのを横目に秋彦はしばらく蝶を飛ばせて遊んでいたが、やがて疲れたのか扇子を畳んで似面絵の傍でうとうとし始めた。

この時節、風邪を引くことはなかろうが、香が枕屏風《まくらびょうぶ》の向こうから掻巻《かいまき》を出す。香と一緒にそぅっと秋彦を掻巻の上に横たえると、秋彦が蚊の鳴くような寝言を漏らした。

「ははうえ……」

滲み出た秋彦の涙を手ぬぐいで拭いつつ、香が自身の目元にも指をやる。

「……りっちゃん。もしもの時は私が盾になるから、秋彦さまを連れて逃げてちょうだい」

囁き声で——絞り出すように香が言った。

「それは香ちゃんの役目だわ。香ちゃんの方が足も速いし、秋彦さまも懐いているし……」

「そんなの駄目よ。りっちゃんはこれから、お兄ちゃんと仕合わせになるんだもの」

「それを言うなら香ちゃんだって、尚介さんとこれからも仕合わせに暮らしていくのよ。それに涼太さんなら、必ず秋彦さまと香ちゃんの盾になるわ。そしてきっと最後の最後まで諦めないの。だから私も同じようにしたいのよ」

己の死は涼太を悲しませるだろう。

だが己が成すべきことを成さずに死したと知ったら、悲しみは一層深まるに違いない。

じっと互いの瞳をしばし覗き込み――律と香は同時に頷いた。

「二人で、力を合わせて秋彦さまをお守りしましょう」と、香。

「ええ。それだけじゃないわ。秋彦さまをお守りしつつ、二人一緒に――桂昌院さまのごとく、強くしぶとく生き延びましょうよ」

律が言うと香が小さく噴き出した。

「りっちゃんたら、思ったよりずっと逞しいのね」

「そりゃそうよ。だって」――いろいろあったもの――「伊達《だて》に年を食っちゃいないもの」

「嫌ぁだ。同い年だっていうのに、もう……」

もう一度微笑み合うと、律は弓江と本田の似面絵を改めて秋彦の枕元に並べて置いた。

香が似面絵と秋彦の寝顔を見比べるのへ、からかい半分に律は言った。

「尚介さんの似面絵も描きましょうか？」

「やめてよ、りっちゃん」

「だって尚介さんが恋しいでしょう？」

「一晩くらいなんでもないわ」

つんと強がってから香は続けた。

「――描いてくれるなら着物がいいわ」

「そう？」

「うん。私ずっと、りっちゃんの描いた着物が欲しかったわ。着物だけじゃない。赤子ができたら、お包《くる》みに産着《うぶぎ》、七五三、鞠巾着だって持たせてやりたかった――」

「香ちゃん」

香の手を取って律は精一杯の笑みを浮かべた。

「全部これからよ。私も、もっともっと描きたい。袱紗に巾着、着物に紋絵――もっとたくさん……だからなんとしてでも帰りたいの。それに――」

律にはどうしても、花が根っからの悪人とは思えない。

「それに、何？」

香が問うのと同時に表から何やら聞こえてきた。

「しっ」

襖戸に近付いて聞き耳を立てると、表で何かを——おそらく門扉を——叩く音がする。

「一郎さん」

襖の向こうで二郎の声がした。

「二郎さん、誰か訪ねて来たようだ。相手をしてきてもらえますか？」

二郎が駆けて行くと、おもむろに襖が開かれた。

驚いてよろけた律と香を、頭巾を被った侍が見下ろした。

十三

「静かに。声を上げれば一太刀《ひとたち》に断って捨てるぞ」

低い声でそう言うと、一郎は腰にしている大刀の鯉口《こいぐち》を切った。

頭巾や刀におののいたのも一瞬だ。男が着ているのは錆鼠色の糸の濃淡が粋な格子縞の単衣で、これこそ花が池見屋で頼んだ着物である。

とすると、一郎さんはお花さんの旦那さま……

一郎が被っているのも竹田頭巾だが、これもまた目元や手の甲、声の張りなどから鑑みて、花と同じく三十代だと思われる。

「一郎さん」と、廊下を渡って花がやって来た。

「客ですか？」

「いいえ。何やら葉茶屋が間違えて訪ねて来たようで……」

――涼太さんだ！

思わず香を振り向くところだったが、かろうじてとどまった。

が、花も一郎も何か察したようである。

「一郎さん、念のため二郎さんの助っ人に行ってください」

「しかし――」

「脇差しをお貸しください」

一郎が脇差しを外して渡すと、花は迷わずすらりと抜いて鞘《さや》を置く。

目配せして一郎を門へ向かわせると、花は律と香を交互に見やって下段《げだん》に構えた。

「私も剣術は心得ております。けして妙な真似はしないように」

律は剣術を知らぬが、揺らがぬ構えからしてはったりとは思えなかった。

助けを求めればその声は涼太に届くだろう。

だが涼太が駆けつけるより先に、己も香も――秋彦も――斬られてしまうに違いない。

私たちだけでなく、涼太さんだって――

「おこうさん？　おりつさん……？」

か細い声に振り向くと、目覚めたばかりの秋彦が身体を起こしたところであった。

「秋彦さま——」

間違っても秋彦が叫び出したりしないよう、小声で秋彦を呼んだ律を、横から香が後ろへ押しやった。

「香ちゃん」

「りっちゃん、秋彦さまを」

ずいっと、律と秋彦を庇《かば》うべく、香は花の——刀の前に立ちはだかった。

「どうか」

まっすぐ花を見つめて香が言った。

「どうかお情けを。あなたさまにもお子さまが——おそらくまだ幼きご子息がいらっしゃるとお見受けいたしました。八九間屋にわざわざ鞠巾着を探しに戻ったのは、ご子息のためでございましょう？」

微かに眉根を寄せた花へ、香は続けた。

「花さま、私は……私は子を授かる喜びには恵まれませんでした。けれども、だからこそ一人として幼き命を失いたくないのです。私は——」

膝を折って己を振り向いた香に、律はしかと頷いた。

「私とお律さんは斬られても構いません。ですがどうか——どうか秋彦さまはお見逃しくださいますよう、平に、平にお願い申し上げますする」

手をついて額を畳にこすりつけた香を、花は唇を結んで見下ろした。

門の方から何やら問答する涼太の声が聞こえた。

塀の向こうからいくつか駆けて来る足音と、涼太の名を呼ぶ保次郎の声も。

花が刀を握り直した。

斬られる——!

秋彦に覆い被さり、律は固く目を閉じた。

——と。

「ここをけして動かぬように。声を出してもいけません」

静かで——だが温かみの滲む声にはっとして、律は思わず花を振り仰いだ。

「よいですね?」

念押しした花は既に覚悟を決めたようだ。

「花さま」

つぶやくように呼んだ律には応えず、花はすっと襖を閉じた。

十四

大きな物音の後に、足音が屋敷内を交錯した。

いくつもの呼び声が飛び交い、ほどなくして律たちは救い出された。

保次郎を始めとする町方が捕り物を終えてしまうと、律と香、そして涼太は、秋彦を預かった同心について本田の屋敷へ向かったが、六ツ前の——まだ充分明るい空がなんとも不思議であった。

保次郎が先に走らせた小者から知らせを聞いて、本田家では弓江が門扉の外まで迎えに出ていた。

弓江の姿が見えるなり秋彦は駆け出したが、一間ほど手前で足を止めた。

「秋彦？」

「は、ははうえ、わたしは……い、い、いいつけを……」

唇を噛み、みるみる潤んだ目を袖で覆ってうつむいた。

「秋彦」

「な……ないてはおりません。わたしは……ははうえ、わたしは……」

「私は泣いておりますよ。秋彦がこうして無事に帰って来てくれたのですから……私は嬉しくて涙が止まりません」

はっと袖を下ろして弓江を見つめると、次の瞬間、秋彦はその胸に飛び込んだ。

「ははうえ……！」

ひしと抱き合う母子の姿に、律と香も小さく鼻をすすって顔を見合わせる。

「あら、お兄ちゃんはなんだか不満げね？」

「……そんな筈はねぇだろう」

ややぶっきらぼうに応えた涼太は、香が言う通りどことなく不満げで、律は涼太を見やっておそるおそる口を開いた。

「……ごめんなさい。祝言をふいにしちゃって……」

「いや、そいつはいいんだが……いや、いいとはとても言えねぇが……」

「違うのよ、りっちゃん」

歯切れの悪い涼太へにやりとしてから、香は声を低めて続けた。

「お兄ちゃんはりっちゃんに、あんな風に抱きついて欲しかったのよ」

「莫迦を言うな」

――騒ぎの最中に、律は花に言われたことを守らずに、自らの手で襖を開けた。

涼太の名を呼ぶこと数回で涼太は廊下に姿を現したのだが、弓江や秋彦のように無事を喜び抱き合う前に、律が案じたのは花であった。

――ああ涼太さん、花さまはどこ？――

――花さま？――

――あの人、きっと死ぬつもりなんです。早く――早く止めないと！――

その後すぐに花は寝所で見つかったが、律が危惧した通り自決寸前であった。

早くに取り押さえられた二郎はともかく、一郎もやはり自決しようとしたという。

「三人とも初めから、しくじったら死ぬつもりだったんじゃないかしら」と、香。

知らせを受けて、大倉と尚介も相次いで本田家に現れた。

皆の手前かやはり抱き合うことはなかったが、尚介と香は手を取り合って再会を喜んだ。

涼太曰く、今井から文を受け取ったのち、恵蔵、六太を連れて池見屋に赴き、類から花の本名と住処を突き止めた。

花の本当の名前は紗江《さえ》。三浦忠広《みうらただひろ》という小普請方《こぶしんかた》の妻だという。

武鑑で屋敷を確かめたのち、涼太は保次郎を始めとする町方、または大倉か尚介にこのことを告げるべく、六太を護国寺へと走らせた。涼太と恵蔵の方が先に三浦家にたどり着いたが、町方や大倉を探して音羽町を駆けずり回る六太に保次郎の方が気付いて、後を追う形で三浦家にやって来たのである。

皆で今日という長い一日を語り合っていると、出し抜けに弓江が言った。

「お香さん、少し横になりませんか？」

ずっと張り詰めていたのだろう。いつの間にか、今にも倒れそうなほど香の顔からは血の気が失せていた。

弓江の計らいで律と香は本田家で一夜を過ごすこととなり、涼太と尚介はそれぞれ店に戻り、翌朝出直すことで話がついた。

事の次第は翌朝——といっても四ツを過ぎて、大分陽が昇ってから——本田家を訪ねて来た保次郎の口からもたらされた。

「まず……紗江は花ではありませんでした。歳之《としゆき》も退助《たいすけ》も」

一郎は歳之、二郎は退助が本名らしい。

「此度、秋彦さまを拐かすにあたり、噂で聞いた拐かし一味の名を借りたそうです」

それなら、歳之さんというのは一体何者……？

律が疑問に思ったのは、歳之が着ていた着物は紗江が「夫」にと注文した単衣だからだ。

それに、あの方が花でなかったのなら、似面絵も別人ということになるけれど……

やはり偶然が過ぎるのではと、律は内心首をひねった。

涼太も同じ疑念を抱いたようで律の方を見やったが、兎《と》にも角《かく》にも話を聞こうと、互いに無言で保次郎へ向き直る。

「本田さまのお役目柄、伏せねばならぬことも多いのですが、奥さまと大倉さまはもちろん、ここにお集まりの皆さんには、他言無用をお願いした上で、できる限りを明かすがよいと本田さま、遠山さまから言付かってきました」

本田の名を聞いて目を輝かせた弓江に小さく頷いてから、保次郎は委細を語った。

若年寄《わかどしより》を上役とする本田が調べているのは、江戸にて要職に就く者らしい。本田が江戸を離れたのはこの者につながる者を探るためであったが、この者は同時に小普請奉行とも親しくしていたようだ。

「敵方は本田さまの探りの手を止めるべく、本田さまが江戸にお帰りになったのを見計らって秋彦さまを拐かし、本田さまを脅そうとしたようです。無論、自ら手を下すのははばかられるため、小普請奉行に持ちかけ、奉行が三浦に目を付けたと思われます。三浦は金と妻の処遇に困っていたそうで……紗江曰く、脅しゆえに秋彦さまを殺めるつもりはなかったとのことですが、拐かしの罪は免れません」

まだ紗江たちから話を聞いただけらしいが、本田や南町奉行にして保次郎が仕える遠山景元は彼らを信じたようだ。

紗江は二十歳で三浦に嫁いだが、常に高圧的な三浦とうまくいかず、子を授かることもなかった。三年経って紗江は自ら離縁を申し出てみたものの、三浦は取り合わなかった。というのも、その頃は既に亡くなっていたのだが紗江の父親はかつて小普請改役を務めていて、いまだ下の者に慕われていたからだ。

「しかし、跡取りがいないままでは困ると、三浦はよそに女を作り、夫婦仲はますます冷えていったそうです」

一晩休んだとはいえまだ顔色の優れない香が、保次郎の言葉に目を落とした。

すっかり家に寄りつかなくなった三浦に未練はなかったが、紗江はやがて三浦の部下である東谷《ひがしや》歳之と想い合うようになった。互いに分をわきまえ、何ごともなく数年を過ごすも三年前、たった一度の過ちをもって紗江は懐妊した。

今度こそ離縁して欲しい——そう、紗江は再び三浦に頼み込んだ。

臨月まで二月ほどとなり、隠し通すのが難しくなってきた矢先であった。

だが、激高《げっこう》した三浦に暴力を振るわれ、紗江はその場で流産してしまった。

「紗江は命は取り留めましたが、しばらく床を離れられず、そんな妻を離縁してはますます世間体が悪くなると、ほとぼりが冷めるまで三浦は待つことにしたそうです。ただし、不義に目をつむる気はなく、療養を言い訳に紗江に別宅をあてがいましたが、見張りに退助とその妻をつけました。退助の妻は今年初めに亡くなったとのことですが、二人とも紗江の世話をするうちに情が湧き、退助は此度、自ら助っ人を申し出たそうです」

上役の小普請奉行に頼まれ、三浦は紗江と歳之に秋彦誘拐を命じた。本田は実はもう一月も前に江戸に戻っていたのだが、敵方を更に探るべく、屋敷には帰れずにいた。そうこうするうちに、敵方に江戸にいることを知られてしまったらしい。

「しばらく留め置くだけで殺しはしない。本田さまが折れてくれれば、すぐに秋彦さまはお返しする。うまくことが運んだ暁には離縁してやるから、東谷と一緒になればよい。二人して江戸を離れてくれれば、全てを忘れ、水に流してやる——そのように言われて、二人は承知したそうです。秋彦さまを傷つけるつもりは微塵もなかった。万一の際には、自ら命を絶とうと互いに誓い合った上でことに及んだと……」

同情すべき余地がなくもないが、姦通《かんつう》も誘拐も死罪に値する。昨日は自決する前に取り押さえたが、遅かれ早かれ三人は死をもって罪を償うことになるのだ。

「あの鞠巾着は、紗江が流産した息子を偲んで買ったそうです。中の手ぬぐい――いや、あれは実は古着から作ったおむつだそうで、中にはへその緒が挟んでありました」

「そんな……」と、つぶやいたのは香である。

秋彦たちが頻繁に護国寺を訪れているのを突き止めて、紗江も護国寺へ出向くようになった。二人を尾行しながら機会を窺う間、紗江はお守り代わりに鞠巾着を常に胸元に忍ばせていた。だが一昨日は八九間屋でつい覚悟が鈍りそうになり、取り出した鞠巾着を握りしめることで己を奮い立たせたそうである。その後、秋彦たちに合わせて支払いを急ぐあまり、羽織の入った風呂敷は手にしたが、鞠巾着はうっかり置き忘れてしまったらしい。

「へその緒を――息子の形見を諦めきれずに、紗江は危険を冒して、次の日八九間屋へ舞い戻りました。だがそこで居合わせたお律さんに何やら勘付かれて、ことは明るみに出てしまった。おそらく息子が戒めようとしたのでしょう――そう、紗江は言っておりました」

皆が一様に黙り込んだところへ、女中が弓江を呼ぶ声がした。

「ささやかですが昼餉を用意しましたので、皆さん、どうぞご一緒に……」

戻って来た弓江と共に女中が膳を運んで来た。白飯と味噌汁、茄子《なす》の和《あ》え物と一汁一菜であるが、米は炊き立て、味噌汁も作り立てである。

と、隣りの香がふらりと立ち上がった。

「すみません……」

「おこうさん？」

女中の後から入って来た秋彦の横をすり抜けて、香が駆け出してゆく。

急ぎ律が後を追うと、香は厠へ飛び込んだ。

嗚咽《おえつ》は紗江のためと思われたが、吐き気も催しているようだ。

食欲がないと香は朝餉を遠慮していた。昨晩は夕餉の前に床についているから、昨日の昼の握り飯以来何も口にしていないというのに、香は嘔吐を続けている。

「香ちゃん……」

これはもしかして……

香の背中をさすっていると、やはり後を追ってやって来た弓江が言った。

「お香さん、もしや炊き立ての匂いが障《さわ》ったのでは？　とすると、悪阻《つわり》ということも……」

十五

三日後の八ツ過ぎ、律は一服すべく、今井宅で火鉢に火を入れた。

鉄瓶に新しく水をいれ、五徳にかけたところへ、涼太が客と共にやって来た。

伏野屋の尚介である。

今井と尚介は初対面で、涼太が引き合わせると二人して何やら照れた笑みを浮かべた。

「あなたが今井先生……ようやくお目にかかれて嬉しゅうございます。お噂は香からかねがね聞いておりますゆえ」

「こちらこそ。祝言でお目にかかるのを楽しみにしていたところです」

「私もですよ」

頷いてから、尚介は律の方を見て微笑んだ。

「その祝言なのだが、お律さん」

「はい」

「香のために一月延ばしてくれたそうだね。お詫びとお礼を兼ねて、かかる費えは全てうちでもたせてもらうよ。女将さんにも、先ほどそう話を通してきたところだ」

ちらり見やった涼太が頷くのを見て、律は丁寧に頭を下げた。

「それは大変ありがたく存じますが……その、それで香ちゃんは？」

「最後の月のものから二月近く経っているというから、おそらくそうだろうと医者にも言われたよ。香ももしやと思っていたそうなんだが、前にもなんだかぬか喜びしたことがあったんでね……なかなか言い出せなかったようだ」

「そうでしたか。でもよかった。おめでとうございます」

「いやいや、おめでとうはまだ早い。まずは二人の祝言だ」

涼太はすぐにでも仕切り直すつもりだったようだが、悪阻が治まるまで待ってくれと香に懇願され、それならちょうど一月後——中秋の名月を愛《め》でながら——という運びになったのだった。

「一月で治まりやすかね？」

「どうだろう？　だが香のことだから、治まらないようなら栗名月《くりめいげつ》まで待ってくれと言い出すやもしれんな」

栗名月とは長月《ながつき》の十三夜のことで、「豆名月」とも「後の月」とも呼ばれている。

「そいつぁ、いくらなんでも勘弁ですや。こちとら一月だって待ちたくねぇのに……」

涼太がぼやいて、律たち三人の笑いを誘う。

一月も延びたのは律も残念ではあるが、香には是非とも晴れ姿を見て欲しい。

奉公人たちには四日前——先に戻った恵蔵と六太から香の無事を聞いてすぐに——佐和が延期の真相を明かしている。奉公人の多くは店の事情——佐和の独断——だと思ったそうだが、中には涼太のように律の心変わりや、はたまた不貞や夜逃げまで疑った者もいたらしい。ゆえに佐和がその日のうちに正してくれたのが、律にはありがたかった。また真相を知ったことで、皆心置きなく仕出し屋の膳と藪入りを楽しめたようである。

「でも、ひどいわ。涼太さんまで私の心変わりを疑ったなんて……」

「そいつは俺が悪かった。だがなぁ、お律。もう二度と一人で護国寺に行くんじゃねぇぞ」

律に合わせて涼太もからかい口調であったが、どうやら本心のようである。昨年に続いて、またしても一人で出かけて囚われの身となったのだから、涼太が憂慮するのももっともだ。

また、此度は慶太郎にも大分心労をかけてしまった。

「……次は一緒に行きましょう。そうそう、八九間屋なんだけど、金鍔は美味しいけれどお茶は今一つなの。だから今度行く時は青陽堂の茶葉を――」

「それならもう置いてきた」

「そうなの？」

「ああ。文を届けてくれた礼を兼ねてな」

律が文を託したのは四ツ半という頃合いで、手妻師が今井のもとへたどり着いたのは八ツ前だ。駆け足なら半刻かからぬだろうところを一刻半近くかかったのは、手妻師がまず川南の「神田」へ出向いたためだ。川南の「神田」で「相生町」を探していると、通りすがりの者から「相生町なら両国だ」と教えられた。さては「神田」というのは律の勘違いだったかと、手妻師は神田川ではなく大川を渡って――両国は回向院の南にある「相生町」まで行ってしまったそうである。

「まあ、それでも間に合ったのだからよかったよ」と、今井。「皆、無事でよかった」

「まさしく」

今井の言葉に尚介が深く頷いたところへ、保次郎がやって来た。

「おや、皆さんお揃いとはちょうどいい」

にこやかに言って保次郎は胸を張った。

「同輩が、花とその一味をお縄にしたので知らせに来ました」

町方で二つに絞っていた浅草の宿の一つに、昨夕、まんまと一味が現れた。まずは花と一郎を宿で引っ捕らえ、拐かされた者の家に飛んで行って近くに潜んでいた二郎を見つけ出した。三郎は次の獲物を探しに出ていたようで、明け方、宿につなぎにやって来たところをお縄にしたという。

「そうだ。それを訊きそびれていたんでさ。香のおめでた騒ぎがあったから……花の一味がこうして捕まったってぇことは、あの似面絵はやはり他人の空似だったんで？」

「うむ。そのこともあって、こうして出向いて来たのだよ。だが涼太、まずは茶を一杯もらおうか？」

「もったいぶらねぇでくださいよ……」

つぶやきながら涼太は五つ目の茶碗を棚から取ったが、湯が沸くまでまだしばしある。

「実はあの似面絵は、もともと偽者だと判っていたのだ」

「えっ？」と、声を上げたのは律である。

「すまないね、お律さん。しかしそれゆえ一枚しか頼まなかったのだよ」

「どういうことですかな？」と、今井も興味津々になって問うた。

「花という女を頭とする拐かし一味が浅草を跋扈《ばっこ》していたのは事実です。けれども裕太が拐かされたというのは嘘だったのです。裕太は従兄《いとこ》の家に遊びに行くと嘘をついて、浅草で女と逢い引きしていたのです」

「逢い引き？」

律が思わず問い返したのは、裕太がまだ十五、六の少年だったからである。

「裕太は今年十六です。武家なら十五で元服させる家が多いですし、町の者だって十五となれば一人前といえないことも……」

涼太と尚介がそれとなく目を交わしたところをみると、二人ともそのくらいの年頃に「筆下ろし」を済ませたと思われる。

「怪我は不注意から、妹に持って来させた金は女のために使ったそうで……裕太の祖母は嘘を見抜いておりまして、白状させるつもりでお上に訴えると告げたのですが、裕太は白状するどころかますます意固地になって拐かしを言い張りました。困った祖母さんが、裕太から話を聞き出すべく私に一芝居打って欲しいと頼んできたのです。私の方も裕太の相手が私娼《ししょう》でないか、一味の話をどこで聞いたのか、もしや本当に花の顔を見たのかどうかなどが気になって、裕太とゆっくり話すためにもここへ連れて来ました」

帰り道で裕太は嘘と逢い引きを白状した。拐かしの話は従兄から聞いたそうで、のちの調べで従兄の友人が拐かしに遭っていたことが判った。

「そこらの女を思い浮かべただけで似面絵もでたらめだと言うので、お律さんに申し訳ないと思いつつ反故《ほご》紙に交ぜてしまったのですが、お紗江さんの顔を見てたまたまとは思い難く、昨日、ついでもあって裕太に問うてみたのです。すると——」

見たことのない花の顔を問われて、裕太がとっさに浮かべたのが紗江の顔であった。裕太の友人の店が三浦家に出入りしていたそうで、以前神楽坂で一緒に紗江を見かけた際に、紗江が不義密通した上で子を堕ろしたらしいと、こっそり教えてくれたのだという。

「ああいうありふれた顔の女でも、裏では何をしてるか知れたもんじゃない——と。しかしそのまま似面絵にするのは流石に悪いと思ったらしく、顔はお紗江さん、髷と櫛は女と泊まった宿の女将を思い浮かべながら話したそうです」

「なんとまあ」

尚介が驚く傍ら、律は保次郎が「お紗江さん」と呼び名を改めているのが気になった。

「それで……お紗江さんたちは……？」

おそるおそる訊ねてみると、保次郎はあっさりとして言った。

「死罪となります。お紗江さんと東谷は明日あさってにでも、退助もほどなくして旅立つことになるでしょう」

息を呑んだ律へ保次郎は人差し指を唇の前に立ててから、皆を見回して声を低めた。

「上からのお達しで、拐かしは三浦と妻の紗江、部下の東谷と下男の四人が企てたこととし、例の二人は此度は不問とするそうです」

例の二人というのは本田が調べている者と小普請奉行である。

「此度は、か」と、今井。

敵が大物ゆえにそう簡単に糾弾できぬのだろうが、自業自得とはいえ、三浦はまだしも紗江たち三人には同情心がなくもない。

「いずれ迎える勝負の時に備えて、本田さまは新たに密偵を三人雇い入れたとのことです」

己を振り向いた保次郎がにこりとして、律は察した。

新しい三人の密偵とは、紗江、歳之、退助に違いない。

「流石、本田さま。人心を心得ていらっしゃる」と、今井も微笑んだ。

三人に三浦や小普請奉行への忠義心がある筈もなく、これからは命の恩人である本田のために尽力してくれることだろう。

三人が「旅立つ」のが黄泉《よみ》ではないと判って、律は胸を撫で下ろした。

「お律さん」

改めて律に向き直って保次郎が言った。

「お紗江さんから、お律さんとお香さんに言伝を頼まれました」

「言伝？」

「お二人が最後まで、迷わず秋彦さまを守ろうとする姿に胸を打たれた、と。全てが——拐かしのみならず、己の不貞まで明らかになってかえってほっとした、お二人のおかげで真の救いを得ることができたと伝えて欲しい——と」

「そうですか……」

「お紗江さんが鞠巾着を忘れなければ、またお律さんが鞠巾着に気付かねば、秋彦さまやお香さんはいまだあの屋敷に閉じ込められたままだったかもしれません。敵方が気を変えて、殺されていたやもしれません。そうならなかったことに感謝して、お紗江さんはあの鞠巾着を戒めとしてではなく、護符として胸に抱いて旅立つそうです」

名を変えて、江戸の外へ出てしまえば、紗江と歳之が一緒になることも可能だろう。

本田の——ひいてはお上のために江戸を発つ紗江と歳之だ。二人の——否、退助を含めて三人の道中の無事を律は願った。

湯が沸いて、皆で涼太が茶を淹れるのをひとしき待った。

茶碗を受け取ると、涼太をちらりと見やって保次郎が言った。

「それにしても、私は本田さまが羨ましいよ。一度に三人も密偵を得て……」

わざとらしい声に、律は苦笑をこらえきれない。

「密偵も御用聞きも同じでさ。俺はお断りです、広瀬さん」

「まあ聞け、涼太。再び此度のようなことがあったとして——」

「とんでもねぇ。こんな騒ぎはもうこりごりですや」

「だが、また起こらぬとも限らぬだろう？　そんな折、十手があれば心強いぞ。町中はもとより武家町でもな」

「む……」

三浦家の門扉でのやり取りを思い出したのか、涼太の目に迷いがよぎった。

「いやしかし、俺には店がありますから……今は店のことで手が一杯だと申し上げたじゃないですか」

いつもより小声で断った涼太に、気を悪くした様子もなく保次郎は口角を上げた。

「ふむ。それならお律さんはいかがですかな？」

「私ですか？」

「ええ。秋彦さまやお香さんが行方知れずと知って、祝言の日にもかかわらず、すぐさま動いたその心意気。お紗江さんと鞠巾着から花と疑った洞察力と冴えた勘。その場で文をしためるという機転と──それからここが要《かなめ》なのですが、見知らぬ者からも信頼を得るに足る振る舞いとお人柄……どうです、お律さん？」

「あのでも、私はただ向こう見ずなだけで……それに、結句、お紗江さんは花ではなかったのですし……」

律が言うのへ、涼太が横から遮った。

「よしてくださいよ、広瀬さん。女に十手を持たせるなんて、それこそとんでもねぇです」

「おや涼太。女の上絵師がいるのだから、女の十手持ちがいてもいいじゃあないか」

「そりゃあまあ……けれどもお律はいけません」

「そうか？」

「たりめぇです。嫁に密偵やら御用聞きやら、危ねぇ真似はさせられやせん」

涼太が言うと、保次郎は再び「ふむ」と頷いてくすりとした。

「嫁か……次は邪魔が入らぬといいな、涼太」

「どういうことですか、広瀬さん？」

「どうもこうも、言葉通りさ。葉月には無事にお律さんと夫婦の杯を交わせるよう、史織と一緒に祈っているよ」

「私もだ、涼太」と、尚介。「私も香と共に、二人が夫婦となる日を心待ちにしているよ」

「……尚介さん。それなら香に、先延ばしはこれきりだと念押ししといてくださいよ」

「念押しならいくらでもしといてやるが、香が承知するかどうかは別の話でな……」

半ば本気で肩をすくめた尚介を見て、涼太の眉が八の字になる。

律は今井と顔を見合わせ——二人同時に噴き出した。

光文社文庫

文庫書下ろし
つなぐ鞠《まり》 上絵師《うわえし》 律《りつ》の似面絵帖《にづらえちょう》
著者 知《ち》野《の》みさき

2019年6月20日 初版1刷発行

発行者 鈴木広和
印刷 萩原印刷
製本 ナショナル製本

発行所 株式会社 光文社
〒112-8011 東京都文京区音羽1-16-6
電話 (03)5395-8149 編集部
8116 書籍販売部
8125 業務部

ISBN978-4-334-77868-2 Printed in Japan

組版 萩原印刷